녹채
鹿柴

인적 없는 빈산
들리는 건 사람의 말소리 울림뿐
석양빛은 깊은 숲 속까지 들어와
다시 푸른 이끼 위를 비추네

空山不見人
但聞人語響
返景入深林
復照青苔上

그림자호

影湖

그림자 호수 6

이정현 新무협 판타지 소설

초판 1쇄 찍은 날 § 2005년 3월 30일
초판 1쇄 펴낸 날 § 2005년 4월 8일

지은이 § 이정현
펴낸이 § 서경석

편집장 § 문혜영
편집책임 § 최하나
편집 § 장상수 · 이재권 · 한지윤

펴낸곳 § 도서출판 청어람
등록번호 § 제1081-1-89호
등록일자 § 1999. 5. 31
어람번호 § 제2-0560호

주소 § 경기도 부천시 원미구 심곡1동 350-1 남성B/D 3F (우) 420-011
전화 § 032-656-4452   팩스 § 032-656-4453
http://www.chungeoram.com
E-mail § eoram99@chollian.net

ISBN 89-5831-483-4 04810
ISBN 89-5831-309-9 (세트)

그림자호수 影湖

Fantastic Oriental Heroes
이정현 新무협 판타지 소설

6 완결

◆ 모든 것을 받아들일 수 있는 마음(天道)

黃昏庁月滿
地碎崖淸
絶技非技箚
疑有致
無畏
廣脊鑿
難折

도서출판
청어람

목
차

◆제1장◆ 신검마도객(神劍魔刀客) 2

黃昏庭月滿
地碎陰清
絕技非技
無쁨
庭質盤
難新

호남성에서 가장 유명한 것은 두말할 것도 없이 동정호였다. 시대를 불문하고 많은 사람들에게 그 수려한 경치로 사랑받아 온 거대한 호수.

이곳에서는 수많은 만남이 있었고 수많은 슬픔이 있었으며 수많은 이별이 있었다. 인간사 감정의 집합체라고도 할 수 있는 이곳 동정호변. 누가 그랬던가, 동정호는 사람의 감정을 먹고 사는 호수라고.

동정호변에 한 객인(客人)이 앉아 있었다. 얼굴을 가리는 큰 죽립을 쓰고 있어 얼굴은 볼 수 없었지만 그의 몸에서는 누구나 쉽게 느낄 수 있을 정도로 편안함이 진하게 흘러나오고 있었다. 아마 오랜 여행으로 인해 몸에 배인 여유 같은 것이리라.

그의 흰색 경장은 오랜 여행을 했다는 것을 보여주기라도 하듯 먼지가 제법 쌓여 있었다. 그의 팔 옆에는 긴 물건이 포에 싸인 채 바닥에 놓여 있었는데 그 물건은 나그네가 들고 다니는 것이라고 보기에는 어울리지 않았기에 약간의 이질감을 주었다.

그는 옆에 있던 돌을 주워 가볍게 던졌다.

퐁.

기분 좋은 소리와 함께 돌은 동정호 안으로 가라앉았다. 잠시 일던 동심원의 파문은 얼마 가지 않아 사라졌지만 사내의 마음속을 흔들던 작은 파문은 좀처럼 가라앉지 않았다.

"음……."

그는 나지막이 신음성을 흘려내었다. 이내 자리에서 일어난 사내는 포에 싸인 물건을 들고는 몸을 돌려 어디론가 걸어가기 시작했다.

연선각(蓮船閣). 연꽃으로 만든 배라는 풍취있는 이름을 가진 이 가게는 객점과 주점을 동시에 하는 곳으로 그 품격 높은 건물과 친절한 종업원들로 상당한 이름을 얻고 있는 곳이었다. 언제나 사람들로 북적거리는 이곳은 점심 시간이 되자 정신이 없을 정도로 사람들의 출입이 잦아지고 있었다.

"……."

죽립을 한 나그네는 잠시 고개를 들어 간판을 본 뒤 안으로 들어갔다.

"어서 오십시오!"

점소이는 바쁜 와중에도 친절을 잃지 않고 있었다. 그것이 연선각을 더 유명하게 만드는 것이기도 했다.

"식사를 하러 왔네."

목소리로만 본다면 나그네의 나이가 그렇게 많지 않았다. 기껏해야 삼십대 정도였다.

"네, 여기로 오십시오. 지금 사람이 많아 자리가 없습니다. 그래서 합석을 해야 하는데 괜찮습니까?"

"괜찮네."

"그럼 여기로 오십시오. 딱 한 자리 비는 곳이 있습니다요."

그는 사내를 이끌고 일층 끝으로 데려갔다. 그곳에는 네 명의 젊은 남녀가 식사를 하며 담화를 나누고 있는 곳이었는데 한 자리가 비어 있었다.

"손님 분들, 이분과 동석을 해도 괜찮겠습니까?"

"괜찮네."

한 청년이 고개를 끄덕이자 점소이는 죽립사내에게 자리를 안내하고 주문을 받아 갔다.

죽립사내는 동석을 허락한 사내를 잠시 보았다. 남녀 할 것 없이 누가 보더라도 아름답다고 생각할 정도로 잘생긴 남자였다. 빛나는 붉은 입술과 순한 양처럼 생긴 두 눈은 여장을 해놓으면 누가 봐도 절세미인으로 여길 것이다.

"허락해 주셔서 고맙습니다."

사내의 목소리는 굉장히 탁했다. 무언가 목에 걸린 듯 나는 목소리라 상대방에게 약간의 거부감을 줄 정도였는데 네 사람은 신경 쓰지 않는 듯 표정의 변화는 없었다.

"아닙니다. 사람도 많은데 동석이야 당연한 일이지요."

사내는 그렇게 대답하고는 가볍게 웃어주었다.

죽립사내는 이남 이녀의 네 사람을 잠시 살펴보았다. 언뜻 보아도 결코 평범한 젊은이들은 아닌 것 같았다. 하나같이 미남, 미녀였으며 얼굴에는 정광이 서린 밝은 모습이라 그 외양을 더욱 돋보이게 해주었다.

"……."

그는 잠시 네 사람을 살피고는 시선을 돌렸다.

"야, 그거 알고 있나?"

"뭘 말인가?"

"요 며칠 전부터 갑자기 등장한 신진고수 말야."

"아, 신검마도객(神劍魔刀客)?"

"그래."

죽립의 사내는 갑자기 들려오는 소리에 귀를 기울였다. 옆 자리의 두 남자가 식사를 하면서 이야기하고 있는 것 같았다.

"사라성의 무사들을 닥치는 대로 죽이고 있다지? 무슨 원한이 있는지는 모르지만 척사비한단 쪽에서는 꽤나 환영을 하고 있는 것 같더라고."

"입 조심해, 이 사람아. 재수없으면 큰일난다구. 함부로 사라성에 대해서 이야기하지 마."

"쩝."

두 사람의 이야기가 끝나자 죽립사내는 그들에게 신경을 꺼버렸다. 얼마 있지 않아 시킨 음식이 나오자 그는 식사를 시작했고, 밥을 먹으며 이런 저런 이야기를 나누고 있던 네 사람 중에서 한 여인이 돌연 화제를 바꾸며 말했다.

"신검마도객이 이번에도 그들을 막을까요?"

그녀는 아직 스물도 되어 보이지 않은 앳된 얼굴의 여인으로 양머리를 땋아 밝고 쾌활한 분위기를 자아내고 있었다.

"혼자서 그 많은 대군을 어떻게 막겠소만 분명 조금이라도 피해를 입히려고 할 것이오."

싸늘한 목소리를 지닌 사내는 남자다운 강한 인상을 주는 자로 싸늘한 표정과 말투는 쉽게 다가서지 못하게 하는 분위기를 풍기고 있었다.

　이들이 이야기하던 신검마도객은 갑자기 나타난 신진고수로 사라성의 마인들을 잔인하게 죽이며 활보하는 자였다. 나타난 지는 며칠 되지 않아 아직까지는 그렇게 두드러진 활동을 보이지 않고 있었지만 상당수의 사라성 무인들이 그에게 참혹한 죽임을 당했다. 하지만 어디서나 그런 자들은 존재했기에 아직까지는 사라성에서 그의 존재를 크게 신경 쓰지 않았다. 단지 단기간 내에 많은 사라성 무인들을 죽인 것은 꽤 놀라운 일이었기에 그의 이름이 조금씩 퍼지고 있었던 것이다.

　"그런데… 그쪽 대협 분도 혹시 무림인이신가요?"

　예의 여인의 질문에 죽립사내는 고개를 끄덕이며 대답했다.

　"그렇소. 이름없는 무졸이라 부끄러울 뿐이오."

　"아닙니다. 몸에 배인 진중한 몸가짐과 신중한 말투에서 결코 평범한 분이 아님을 알 수 있습니다."

　"고맙습니다. 과분할 뿐입니다."

　잘생긴 사내의 칭찬에 그는 고개를 살짝 숙여 인사했다. 하나 더 이상의 대화가 이어지지 않자 일행은 식사를 하며 자신들끼리 간간이 이야기를 나눌 뿐이었다.

　반 각이 채 지나기도 전에 식사가 끝났고 이들은 일어날 채비를 했다.

　"우리는 가볼 곳이 있어 먼저 일어나 보겠습니다."

　미청년의 작별 인사에 죽립사내는 말없이 허리를 숙여 보였다.

　네 사람이 자리를 떠나자 그곳은 순식간에 새로운 사람으로 자리가 찼고 죽립의 사내는 그들이 나간 입구를 잠시 바라보다 고개를 돌려

다시 식사를 했다.

"운 오라버니, 지금 사라성의 움직임을 보면 단으로 빨리 복귀해야 할 것 같아요. 군사님이 빨리 복귀하라고 당부까지 했었잖아요."

소화(素花) 도용민(途蓉敏)은 혈혈검(血血劍)이라 불리는 미청년인 주명운(珠明雲)에게 말했다.

"그래, 민매의 말이 맞구나. 사라성이 겉으론 타 세력을 흡수한다고 열 개의 세력을 분산시켜 보내었지만 언제 그들이 방향을 바꾸어 척사비한단 쪽으로 향할지는 알 수 없는 일이다. 군사님은 참으로 뛰어난 혜안을 지니셨다."

그렇게 말하며 그는 나머지 두 사람을 재촉하며 경공술의 속도를 더욱 빨리했다.

척사비한단은 요즘 들어 예전보다 더욱 강해진 세력을 지니게 되었지만 그것은 사라성도 마찬가지였다. 예전보다 더욱 방대해지고 강력해진 세력은 이미 척사비한단에 비할 바가 아니었다. 그런 때였으므로 척사비한단 쪽에서는 한 명의 고수라도 아쉬운 상황이었다.

일 다경 정도 달렸을까. 네 사람 중 가장 무공이 뛰어난 주명운이 세 사람에게 멈추라고 지시를 한 후 귀를 기울이고 있었다.

"무슨 일이죠?"

"어디선가 싸우는 소리가 난다."

"가봐요."

네 사람은 싸우는 소리가 들리는 곳으로 달려가다 거리가 가까워지자 조심스럽게 다가갔다. 병기가 부딪치는 소리가 매우 격렬하게 들려오는 것을 보니 싸움이 아주 치열한 것 같았다.

넷은 숲 안쪽으로 얼마 들어가지 않아 격전지를 찾을 수 있었다. 은신할 만한 곳에서 몸을 숨긴 뒤 네 사람은 격전지를 살펴보곤 이내 놀라고 말았다. 아까 연선각에서 자리를 같이했던 죽립의 사내가 그곳에 있었기 때문이다.

싸움은 매우 치열했지만 무엇보다 그 숫자가 놀라웠다. 일 대 오십. 죽립의 사내와 오십 명의 청의 무복을 입은 무인들이 싸우고 있었던 것이다. 오십 명의 무인들은 죽립의 사내를 원 안에 가둬놓고 협공을 하고 있었다.

오십 명 모두가 하나같이 창을 들고 있었고 등에는 자색의 큰 글자로 '사(邪)' 자가 적혀 있어 그들이 사라성의 오대(五隊) 중 가장 강하다는 풍운벽창대(風雲霹槍隊)임을 주명운은 쉽게 알 수 있었다. 일사불란한 움직임과 한 치의 오차도 없는 통일된 움직임은 그들이 오직 대집단 전투를 위한 무공을 오래 수련했다는 것을 알 수 있게 했다.

하지만 사내는 손에 들고 있는 검으로 여유만만하게 그들을 상대하고 있었다. 순식간에 이십여 자루의 창이 찔러 들어오는 순간에도 당황하지 않고 번개 같은 속도로 모두 쳐내며 흘려내고 있었다.

그의 놀라운 무위에 지켜보는 네 사람은 속으로 감탄할 수밖에 없었다. 누가 단신으로 풍운벽창대 오십 명의 차륜전을 여유만만하게 견뎌낼 수 있겠는가.

죽립의 사내와 오십 명의 풍운벽창대원의 싸움은 마치 서로 약속이나 한 듯한 움직임으로 매우 자연스러웠으나 그 치열함과 살벌함은 결코 약속 대련이 아님을 알게 해주었다.

"운 오라버니, 저 두 사람은 혹시 풍운벽창대주와 그의 아들인 조용한(趙勇罕)이 아닌가요?"

주명운은 그녀의 지적에 두 사람을 가만히 살펴보았다. 과연 무림에 알려진 그대로의 두 사람이 확실했다.

"맞구나. 풍운벽창대주까지 여기에 있다니… 저 죽립의 사내는 오늘 길보다는 흉이 많을 것 같다."

"죽립의 사내를 도와주는 게 좋지 않나요?"

"일단 더 지켜보자. 우리가 나선다고 전세를 역전시킬 수 있을 만큼 만만한 전력이 아니니까."

그의 말이 타당하다 생각한 도용민은 고개를 끄덕이며 다시 전장으로 시선을 돌렸다.

오십 명의 공격은 더욱 거세어지고 있었지만 사내의 방어는 여전히 여유만만했다. 보면 볼수록 뛰어난 무공이었다.

이대로 가봤자 별다른 소득이 없음을 판단한 풍운벽창대주 조무강(趙武强)은 눈살을 찌푸리며 중얼거렸다.

"생각보다 신검마도객의 무공이 아주 뛰어나군. 이대로 가봤자 끝이 없겠다."

"아버님, 진을 바꾸어 더욱 맹렬히 공격해야 하지 않을까요?"

"벽창진(霹槍陣)! 살(殺)!"

그의 외침이 떨어지기가 무섭게 진이 급격하게 변하기 시작했다. 그들이 움직이는 빠르기는 물론이고 진에서 솟아나는 그 위압감도 엄청나게 높아지고 있었다. 그 엄청난 위압감에 내공을 일으키기가 힘들어졌음을 느낀 죽립의 사내는 입가에 가는 미소를 지었다.

'이제야 진짜로 나오는군. 벽창진이 무림에서 수위를 다루는 합격진이긴 하나 어림없다.'

그의 검에서 신묘한 기운과 주위를 질식시킬 듯한 마기가 동시에 솟아오르기 시작하더니 놀랍게도 그 검에서 검강이 다섯 자나 솟아올랐다.

"저럴 수가!"

조무강은 그의 검을 보고는 자신도 모르게 경악성을 내질렀다.

다섯 자의 검은 기류와 흰 기류가 같이 맴돌고 있는 검강은 그의 손놀림을 따라 현란하면서도 무시무시한 춤을 추기 시작했다. 사방을 메우기 시작한 죽립사내의 검강은 순식간에 오십 명의 창을 가르고 있었다.

"피해라!"

"괴형수라(怪形修羅)!"

갈라지는 듯한 탁한 목소리가 장내를 울리는 순간 사내의 검이 사방으로 강렬한 바람을 몰며 휘몰아치기 시작했고 주위는 순식간에 지독한 마기로 뒤덮였다.

검강이 사방으로 미친 듯이 퍼져 나가자 오십 명의 무인들은 피할 생각도 하지 못하고 고스란히 맞을 수밖에 없었다.

"크아아악!!"

"크아악!!"

일순간 장내에는 피바람이 몰아치기 시작했다. 순식간에 삼십여 명이 죽었지만 죽립의 사내는 그칠 줄을 모르고 아직 살아남은 자들을 향해 더욱 잔인하게 휘몰아치고 있었다.

"괴형무상(怪形無常)!"

조용한 소리가 장내를 울린 순간 웅장한 신기(神氣)가 장내를 뒤덮으며 밝은 빛이 사방을 비추었다.

"저럴… 수가……!"

조용한은 벌린 입을 다물 수가 없었다. 살아남아 있던 이십여 명의 무인들뿐만 아니라 죽었던 나머지 시체들도 밝은 빛에 휩싸이는 순간 흔적도 없이 사라져 버린 것이다. 하나 그 빛은 멈추질 않고 계속하여 퍼져 나갔고 이내 두 사람마저도 위협하고 있었다.

"피해라, 아들아!!"

"아아악!!"

미처 피하지 못한 조용한은 왼팔이 깨끗하게 소멸됨을 느끼며 고통에 겨워 소리치기 시작했다. 조무강은 온 힘을 다하여 조용한의 뒷덜미를 잡아 뒤로 던졌고, 자신도 같이 뒤쪽으로 몸을 던졌다. 빛은 이내 사그라졌고 두 사람은 간신히 살아날 수 있었다.

"크으윽!!"

조용한은 온몸이 부서지는 듯한 지독한 고통에 정신이 없었다. 얼굴은 눈물과 콧물이 범벅이 되어 추한 모습이었지만 너무나 심한 고통에 그런 것은 신경조차 쓰이지 않았다.

"…무엇이 옳고 무엇이 그른지 판단도 하지 않으며 그저 시류를 좇아 강자에 빌붙어 사는 두 사람에게 조의를 표하오."

죽립사내의 탁한 목소리가 두 사람의 정신을 잠시나마 일깨워 주었다.

"너, 넌 누구냐?"

조무강은 방금 보여준 사내의 믿지 못할 무위에 전의를 잃은 상태였다. 그의 무공은 자신이 알고 있는 경지를 훨씬 뛰어넘은 천외천의 것이었다.

"……"

사내의 입이 가볍게 벙긋거리자 자신의 귀로 들려온 그의 말에 조무강은 더할 수 없이 눈이 커져 버렸다.

　"당신이……?"

　"……."

　"후후, 많이 변했구려."

　조무강은 씁쓸한 웃음을 지으며 말했다. 마치 아는 사람에게 말하는 투였으나 그의 얼굴은 이제 완전히 체념한 표정이었다.

　그의 표정에 조용한은 알 수 없는 공포를 느끼고 있었다. 마치 이제 자신과 아버지는 여기서 살아 나갈 수 없을 것 같은 느낌을 받은 것이었다.

　"예전의 유약한 듯한 그 순수함이 많이 퇴색되었구려."

　"그렇지 않으면 안 되니까."

　"……."

　조무강은 더 이상 할 말이 없는지 눈을 질끈 감아버렸다.

　죽립의 사내가 조무강과 조용한을 향해 두 손가락을 내밀자 이내 빛을 내며 손가락에서 지력이 쏘아져 나갔다. 그 광선은 정확히 두 사람의 미간을 뚫어버렸으며 두 사람은 자신이 죽는 줄도 모른 채 목숨을 잃어버렸다.

　"……."

　죽립의 사내는 잠시 두 사람의 모습을 살펴보다가 몸을 돌려 땅에 떨어져 있던 포를 주워 들고는 자신의 검을 감싸기 시작했다.

　"운 오라버니, 어떻게 하죠?"

　"음, 나도 모르겠다. 하지만 우리와 같은 길을 걷고 있는 사람일 가능성이 농후하구나. 우리 쪽으로 오도록 설득해 보는 것이 어떠냐?"

네 사람은 잠시 의논했고, 그렇게 하기로 결정을 보았다.

죽립의 사내는 검을 감싸고는 다시 다음 목적지로 향했다. 네 사람이 자신을 숨어서 지켜보고 있다는 것을 알고는 있었지만 굳이 아는 척할 필요성은 느끼지 않았기에 모른 척했다.

"대협!"

"……."

네 사람은 격전이 있었던 자리로 나오면서 그를 불렀다.

"……."

걸음은 멈추었지만 사내는 돌아보지 않았다.

"대협, 잠시 저희들과 이야기할 수 있겠습니까?"

주명운은 공손한 투로 그에게 이야기했다. 무림의 기인이사 중에는 성격이 괴팍한 자들이 많아 함부로 말했다가는 큰코다치기 십상이라는 것을 잘 아는 그였기에 공손히 나가는 것이었다.

"말하시오."

비궁(秘宮)의 소가주인 비천인(飛天刃) 당한(唐寒)은 자신들과 나이 차가 크지 않을 것 같은 젊은 사내가 무공이 세다는 이유로 거만한 자세로 나오는 것이 마음에 들지 않아 절로 인상이 찌푸려졌다.

이를 본 주명운은 쓴웃음을 지으며 고개를 가볍게 저어 보였다. 당한의 성격을 잘 아는 그인지라 그대로 놔두었다가는 그의 입에서 듣기 싫은 소리가 나올 것이 뻔했기 때문이다.

"대협의 무공이 하늘에 닿아 있다는 것에 저희는 정말 놀랐습니다. 저희는 무림의 평화를 위해서 사라성과 대적하고 있는 척사비한단에 속한 무부들입니다. 대협께서 가는 길을 막은 이유는 대협의 무공을 보고 저희들과 같은 길을 걸었으면 하는 심정에서였습니다. 대협 또한 사라성의 졸개들을 대하는 것을 보면 저희와 같은 길을 걷고 있을 가능성이 높을 터, 무릇 모든 일을 혼자 하는 것보다 같이하였을 때 훨씬 수월하고 뜻을 쉽게 잃지 않는다 하니 심사숙고해 주시길 바랍니다."

그의 말은 수려하면서도 상대방을 높이고 있었다. 그러면서도 자신을 심하게 낮추지 않아 달변이라 할 만했다.

"거절하겠소. 난 혼자가 좋소."

그는 냉정하게 거절하고는 다시 걸음을 옮겼다.

"대협!"

"잡을 필요 없네. 싫다는 사람을 잡을 필요가 있는가? 저런 자를 영입했다가는 단원 사이의 불화만 커질 뿐이네."

주명운이 그를 부르자 당한이 더욱 싸늘하게 굳은 말투로 주명운을 말렸다.

"음……."

주명운은 신검마도객의 단호한 태도와 당한의 만류에 더해 말을 거의 하지 않는다 하여 무언화(無言花)라 불리는 남궁정(南宮瀞)마저 고개를 희미하게 끄덕이자 더 이상 잡을 수가 없었다.

'우리 단 내에는 신검마도객 수준의 무공을 가진 자가 없다. 그가 있다면 척사비한단의 활동에 큰 도움이 될 것인데 안타깝구나. 인연이 없는 것인가?'

주명운은 안타까운 표정을 곧 지우고 멀어져 가는 신검마도객의 뒷모습을 잠시 응시한 후 몸을 돌렸다. 척사비한단으로 복귀해야 했다.

"제기랄!! 흩어지지 말고 모여라!!"

천하제일봉이라 불리는 추계연은 묵철로 만들어진 엄청난 중량의

봉을 휘둘러 자신의 앞에 있던 흑의무인의 머리를 부순 후 내공을 실어 크게 소리쳤다.

크게 소리침으로써 혼란에 빠져 있는 자신 편 사람들을 정신 차리게 함과 동시에 적의 사기를 조금이나마 낮추기 위해서였다.

하지만 상대방의 사기는 이미 숫을 대로 숫아 있었고 아군의 혼란은 갑작스런 기습으로 인해 가라앉을 기미가 보이지 않았다. 흩어진 사람들을 모으지 못하면 이길 방법이 없었건만 혼란으로 인해 도무지 모을 수가 없었다. 평소 훈련으로 다져져 있었는데도 단 한 번의 기습이 모든 것을 무용지물로 만들어 버린 것 같아 허탈한 마음이 든 그였지만 아직 포기하기에는 이르다고 생각했다.

그의 절초 묵강봉법(墨剛棒法)을 사방으로 흩뿌리며 자신을 향해 공격해 오던 흑의인들을 죽이며 추계연은 계속 소리치고 있었다.

얼마간은 버텨야 한 시진 거리에 떨어져 있는 곳으로 훈련을 위해 보냈던 세력이 이곳에 도착해 자신들과 합류할 것이니 그때까지만이라도 버틴다면 승산이 있었다.

'이렇게 급습을 해올 줄이야! 단지 열 방향으로 퍼졌다던 세력이 방향을 이쪽으로 향한 것이라고 생각했는데 그것은 위장이었단 말인가?!'

추계연은 사방을 돌아다니면서 흑의인들을 보이는 대로 마구 죽이고 있었다. 그의 무공이 그들에 비해 압도적이었기 때문에 그의 묵봉을 막는 자는 아무도 없었다.

"……!"

추계연은 자신의 좌측에서 갑자기 느껴지는 섬뜩한 살기에 급히 허리를 숙였고, 그 순간 그의 머리 위로 석 자 정도 길이의 검이 스쳐 지나갔다.

이기어검임을 눈치챈 그는 대경하며 재빠르게 다음 공격을 대비했지만 그 검은 길게 곡선을 그리더니 그의 뒤로 날아갔다. 추계연은 다시 몸을 돌려 검의 주인을 보았다.

"음!"

상대방은 생각보다 아주 젊은 사내였다. 남자답게 생긴 외모에 큰 키의 사내였는데, 이상한 것은 눈빛이 죽은 듯 멍해 있어 사람 같은 느낌을 주지 않고 있었다.

"누구냐?"

"……."

사내는 아무 말 없이 손으로 돌아온 검을 쥐고는 그를 향해 검을 휘둘렀다. 그러자 놀랍게도 반월형 검기가 검에서 분리되어 날아갔다.

"크읏!!"

추계연은 빠른 속도에 놀라며 묵강봉법을 시전하여 반월형 검기와 부딪쳤다.

콰앙!

"으윽!!"

추계연은 반월형 검기와 부딪치자 강력한 반동에 자신도 모르게 뒤로 십여 발자국을 물러나고 말았다. 상대방의 가공할 내공에 놀랄 틈도 없이 그를 향해 이기어검이 날아왔고, 추계연은 아까와는 다른 엄청난 위력에 본능적으로 위협을 느끼고 온 힘을 쏟아 묵강봉법 최강 초식을 시전했다.

"묵천굉(墨天轟)!"

묵봉이 강렬한 회전을 하며 봉강(棒剛)이 형성되자 그는 자신을 향해 날아오는 검끝을 향해 같이 찔러갔다.

사내의 이기어검이 묵봉의 봉강과 부딪친 순간 놀랍게도 봉강은 종 잇장 찢어지듯 갈라지기 시작했고, 이내 검은 묵봉마저 반으로 가르기 시작했다.

"으읏!"

어이없는 현실에 두 눈을 크게 뜨고 그 검을 바라보던 추계연은 봉을 갈라 버리고 자신의 손마저 가르는 검을 멍하니 볼 수밖에 없었다.

"크아아악!!"

처절한 비명 소리와 함께 검은 그의 팔에 이어 그의 몸 전체를 세로로 갈라 버리고 말았다.

비참하게 갈리진 그의 몸은 피와 내장을 바닥에 쏟아내며 좌우로 쓰러져 버렸다. 사내는 잔혹한 살인 후에도 아무렇지 않은지 어떠한 표정의 변화도 없이 무심히 쳐다본 뒤 다른 쪽으로 날아가 버렸다.

"이제 곧 끝나겠군."

사라광마존은 가마에서 나와 살육의 현장을 지켜보고 있었다. 이번 전투가 꽤 만족스러운지 아주 흡족한 표정이었다.

"큭큭큭! 저기서 많은 수의 이동이 느껴지는군."

그는 손을 앞으로 내밀어 방향을 지목했다. 그러자 옆에 서 있던 은발의 미녀가 도발적인 미소를 지으며 말했다.

"이제는 내 차례인가요?"

그녀는 은침색호접(銀針色蝴蝶)이라 불리는 전대 마녀로 나이가 백 살에 가까웠지만 아직도 이십대의 아름다운 외모를 유지하고 있는 여자였다. 남성들의 양기를 빼앗아 젊음을 유지하는 색녀였던 것이다.

"좋다. 군역호(君易祜)만으로는 부족할 것이니 네가 도와주어라. 큭큭큭!"

"호호호호! 멋있는 사내가 있어야 할 텐데 말이에요."

그녀는 나비가 날아가는 듯 화려한 경공술로 앞으로 날아갔다.

"완전히 끝을 내기로 했으니까. 확실히 해야겠지. 마성편마(魔星鞭魔)!"

"네."

그의 뒤에 있던 사십대 초반의 중년인이 허리를 숙이며 대답했다. 그의 얼굴은 거무튀튀했고 무표정했지만 그의 눈에서는 주위를 질식시킬 듯한 살기가 쉴 새 없이 뿜어져 나오고 있어 매우 공포스러웠다.

"너까지 나간다면 완벽하겠지."

"알겠습니다."

마성편마는 허리를 숙여 명을 받고는 순식간에 사라져 버렸다. 놀라운 경공술에 만족한 듯 사라광마존은 미소 지으며 고개를 끄덕였다.

"큭큭큭! 밀부대장."

"네."

모습은 보이지 않았지만 어디선가 목소리가 흘러나오고 있어 마치 유령 같은 분위기를 연출하고 있는 사내였다.

"이번 전투로 척사비한단은 큰 충격을 받겠지?"

"그렇습니다. 하지만 강한 고수는 그다지 많지 않았다는 것이 문제입니다."

"괜찮다. 내가 그들을 모두 죽여 버리면 되니까. 흐흐흐! 모두 죽여 버리면 되는 거야."

그의 조용하면서도 살기를 담은 끔찍한 말에 마치 주위가 얼어버리는 듯했다. 밀부대장도 그것을 느낀 듯 한동안 말이 없었다.

"열 방향으로 흩어진 우리 세력은 어떻게 되었지?"

"조금만 더 있으면 그에 대한 보고서를 가진 밀대원이 도착할 것입니다."

"좋아. 이대로 계속 살육을 한다. 모두 죽여 버려라. 결코 한 놈도 남겨두어서는 안 된다. 흐흐흐……."

그의 눈빛은 광기로 가득 차 있었다.

"세 개의 대(隊)가 몰살했다고?"

얼마 후 밀대원의 정보가 들어와 보고되자 사라광마존은 별다른 표정의 변화 없이 반문했다. 그러자 정보를 전한 밀부대장은 등에서 식은땀을 흘리며 대답했다.

"그렇습니다. 상대는 신검마도객이 확실하다고 합니다."

"하루 만에 세 개의 대가 몰살했다? 세 개 대의 거리는 어느 정도지?"

"두 개의 대는 만약 제가 이동한다면 한 시진이면 됩니다. 하지만 나머지 대는 가장 가까운 대에서도 하루는 꼬박 걸리는 거리입니다."

"그런 거리에 있는 대를 하루 만에 이동하면서 모두 몰살시켰다?"

"네, 그렇습니다."

"크크크, 나라면 가능하겠지. 그 말은 나와 같은 힘을 가진 자라는 의미."

그는 혼잣말로 중얼거렸다.

"좋아, 남아 있는 자들 중에서 젊은 여자를 제외하고는 모두 죽여라! 크하하하!! 반 시진 내로 모두 마무리를 하고 바로 본성으로 떠날 것이다!!"

원래의 목표는 더욱 나아가는 것이었지만 사라광마존은 마음이 바뀌었는지 사라성으로 돌아가려 했다.

"성주님, 그럼 원래 하려 했던 것은 어떻게⋯⋯."

"크크크, 급하지 않다. 그리고 내가 하려는 일에 토를 달지 말아라."

"네, 알겠습니다!"

밀부대장은 어둠 속에서 급히 그를 향해 오체투지하며 머리를 세 번 세게 박았다. 용서해 준 것에 대한 감사의 표시였다.

밀부대장이 명을 전하기 위해 사라진 후 그곳에는 사라광마존과 네 명의 가마꾼만이 남아 있게 되었다.

"초월경의 힘을 지닌 자가 나타났군. 흐흐흐, 아주 재미있게 되었어. 나의 진정한 힘을 알아볼 수 있는 기회가 되겠지."

신검마도객은 이틀 동안 이곳저곳에서 얻은 사라성의 열 개 세력에 대한 행선지 정보를 통해 대충 그들의 위치를 파악한 후 엄청난 빠르기의 경공으로 이동하였다. 그리고는 잔혹한 손속과 가공할 무공으로 각 대를 몰살시켰다.

단신으로 작게는 오백여 명에서 크게는 천오백 명에 이르는 대군을 상대하고 있었지만 그는 지치지 않는 불사신처럼 행보하고 있었다. 마치 피에 굶주린 아수라처럼 하루라도 대량의 피를 보지 않으면 안 되는 듯 돌아다니고 있는 것이었다.

단 이틀 만에 이룬 그의 기적 같은 일은 순식간에 전 무림으로 소문이 퍼져 나갔고, 얼마 지나지 않아 신검마도객의 명성은 하늘을 찌를 정도가 되어 있었다. 신검마도객이란 이름이 나오면 바람마저도 숨죽일 정도로 공포의 대명사가 된 것으로 이는 단 이틀 만에 이룬 일이었다.

이에 위기를 느낀 나머지 네 개의 대는 사라광마존의 밀령 아래 은밀하고 신속한 가운데 사라성으로 후퇴할 수밖에 없었고 사라광마존은 며칠 후 사라성으로 복귀하여 전력을 재정비하고는 신검마도객을 찾기 위해 사람들을 풀기 시작했다.

이렇게 되어 사라성에서 도모했던 세력 확장의 계획은 신검마도객이라는 단 한 명으로 인해 여섯 개의 대가 몰살당하는 엄청난 피해를 입으며 물거품이 되어버렸고, 이에 무림에는 어느 순간부터 신검마도객을 칭송하는 노래가 울려 퍼지기 시작했다.

신검이 울릴 때 마의 세력이 꺾이고,
마도가 충천할 때 마의 세력이 숨죽인다.

신검마도객이 검과 도라는 두 개의 무기를 같이 쓰는 것을 묘사한 노래로 단순하지만 강렬하고 직선적인 이 노래는 모르는 사람이 없을 정도로 널리 퍼지고 있었다.

사라광혈세(邪羅狂血世),
회골세독패(灰骨世獨覇),
신검마도무(神劍魔刀舞),
사라광마존이 혈세하고,
회골림이 세상을 독패하려 할 때,
신검마도가 춤춘다.

그리고 신검마도객에 대한 세인들의 기대를 보여주는 노래가 다시 무림에 퍼져 나가기 시작했다. 그만큼 신검마도객이 행했던 업적이 중원인들에게 큰 인상을 남겼던 것이다.

하지만 그것은 신검마도객 외에는 믿을 만한 단체나 사람이 없다는 것을 반증하는 것이기도 했고 간접적으로는 아무런 활약도 못하고 사라성에게 당하기만 하는 척사비한단을 세인들이 믿지 않고 있다는 것을 의미하기도 했다.

이렇게 강호는 혼란으로 치닫고 있었다.

◆제2장 ◆ 끝나지 않은 악연

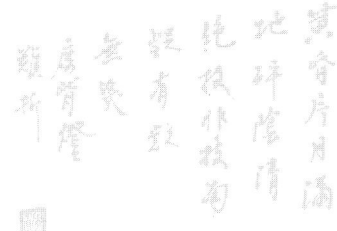

[모월 모일. 맑음.

며칠 전 대장장이 친구를 찾아갔다. 꽤 오랜만이었지만 그도 그렇고 나도 그렇고 여전히 변한 것이 없음을 서로가 느낄 수 있었다.

그는 요즘 강호의 정세가 매우 혼란스러운 것 같아서 아들이 걱정된다는 말을 했다. 사라성이 이상하게 변했다는 것이다. 그래서 그의 아들은 척사비한단이라는 새로운 단체에 몸을 담게 되었다고 한다. 사라성이 어떻게 변했는지는 모르지만 그의 아들이 사라성을 떠난 것을 보면 좋지 않게 변한 것은 분명했다.

겁황천에서의 일 이후로는 평화로운 나날이 계속되었지만 완전히 그런 것은 아니었다. 내부에 적이 있다랄까? 아빈과 냉미요의 은근한 신경전이 꽤 소란스러웠던 것이다.

서로 뭐가 그렇게 싫은지 사소한 일로도 말다툼을 하고 날 걸고 넘어지기도 해 제법 귀찮았지만 그래도 그게 사람 사는 재미라 생각하면 웃음이 나기도 한다.

서문설은 여전히 예전처럼 차분하고 편안한 모습으로 지내고 있다. 두 사람의 신경전으로 그녀는 말 상대가 없어서인지 나와 이야기를 많이 나누곤 했다.

앞으로 무엇을 해야 하는지에 대한 고민이 많았지만 그렇게 조급해하지 않아하는 모습에서 안도감을 느꼈다. 무엇을 할지는 누구나가 생각해야 할 문제이지만 결코 급하게 할 필요는 없다는 것을 알고 있는 여인이었다.

요 근래 극마성(極魔星)이 몇 날 며칠을 계속하여 하늘 높이 떠 있는 특이한 일이 생겼다. 극마성의 기운을 받은 극마인이 태어났거나 완성되었다는 의미이다. 몇 달 전에 극마성이 잠시 뜬 것은 보았지만 이렇게 오래 떠 있는 것은 심상치 않은 징조이기도 하다. 그가 과연 누구일지 잠시 궁금했지만 이내 지워 버렸다. 굳이 알 필요가 없는 것이다.

여전히 사막의 밤은 아름답다. 옆에서 조잘거리면서 잘 지내는 세 여인 중에서 아빈과 냉미요의 모습에 쓴웃음이 나온다. 미운 정이 드는 것인지…….]

[모월 모일. 맑음.

나의 힘이 처음 초월경에 들어섰을 때보다 훨씬 강해진 것을 느낄 수 있었다. 절대의 도로 번개를 가르던 몇 달 전의 그 장면은 아직도 기억이 난다. 사람이 번개를 가를 수가 있단 말인가? 하지만 난 갈랐으니…….

힘은 더욱 강해졌지만 그 힘에 결코 자만하거나 안도해서는 안 될 것이다. 항상 일관된 마음 자세로 꾸준히 무(武)를 수련하는 것이 올바른 길이다. 그래야만 진정 강한 자가 될 수 있는 것이다.

진정한 강함은 겉으로 드러나는 무공의 세기, 내공의 깊음 같은 것으로 판단하지 않는다. 진짜 강하다는 것은 자신을 소중히 여길 수 있는 마음이다. 자신을 소중히 여길 수 있을 때에야 남도 소중히 여길 수 있다. 그렇게 될 때에야 진정한 힘이 밖으로 표출된다.

무공만 세다고 강자는 아니다. 자신의 무공을 믿고 자신을 함부로 대하며 또한 상대방을 함부로 대하는 것은 강자가 아니라 무법자이고 살인자일 뿐이다.

예전에 난 살인자의 무공을 사용하고 있었다. 그러나 깨달음이 많아지고 그것이 몸에 배어감에 따라 난 조금씩 진정한 무공을 사용하고 있다는 것을 느낄 수가 있었다.

하지만 한편으로는 그때 그 사내가 걱정되기도 한다. 끊임없이 얼굴을 변화시키던 그 사내는 아마 회골림의 새로운 림주가 아닐까 한다. 예전에 내가 우연히 회골림으로 갔을 때는 없었던 자였다. 하지만 그가 간군학과 같이 있었고 그 정도의 무공이라면 림주의 위치에 있을 만한 충분한 자격이 되는 것이다.

문제는 그의 무공이다. 그의 비정상적으로 강한 무공은 더욱 강해진 나의 힘으로도 이길 수 없었다. 그의 인간의 한계를 뛰어넘은 움직임, 너무나 자연스러우면서도 강력한 장력. 그는 단 두 가지의 무공을 기본 골격으로 하고 있었지만 강했다.

치고 피하고, 피하면서 친다. 그것이 그의 무공의 전부였지만 무적에 가깝다. 가장 기본적인 무공의 이론에서 가장 강력한 무공을 얻어낸 그에게 경외감을 보낸다.

나의 마지막 무공이 그의 배를 갈랐다고는 하지만 바로 몸이 회복되었다고 하니 그의 몸에는 무한의 힘이 소용없는 것 같다.

그를 이겨야 한다는 의무감이 드는 것은 왜일까? 그가 언젠가는 나를 해치려 할 것 같다는 느낌이 들기 때문일 것이다. 그렇다면 난 더욱 강해져야 하겠지만 집착하지는 않는다. 자연스럽게 나는 조금씩 조금씩 강해질 것이다. 그러나 만약 그렇게 해서도 그를 이기지 못한다면 강호의 생리대로 약자인 나는 죽을 뿐이다. 운명이겠지······.]

[모월 모일. 맑음.
하늘에 별들의 움직임이 심상치 않다.
극마성.
극마성은 하늘의 정점에서 북극성처럼 정지한 채 움직임을 거부하고 있지만 며칠 전과 지금을 비교해 보면 그 위치는 점점 이동을 하고 있는 것이 분명하다. 마치 어디론가 천천히 이동을 하고 있는 듯한 움직임이다.
여전히 상대를 질식시킬 듯 그 강렬한 빛을 쏘아대는 극마성. 별은 아름답다지만 누가 보아도 극마성은 아름답다기보다는 유부(幽府)의 늪처럼 음습하고 불길하다.
대체 그 극마인이 무엇을 하고 있는가? 무엇을 위해 움직이고 있는가?
알 수 없다. 내가 어떻게 할 수 있는 것이란 없다. 내가 점성술에 대해 지금까지 줄곧 공부해 왔다면 대처 방법이나 일어나고 있는 현상 같은 것을 잘 알고 있겠지만 난 자연스럽게 점성법을 알게 된 것이라 평생 공부한 사람만큼 될 수가 없다.
단지 난 기다릴 뿐이다. 기다리고 자연의 흐름에 어긋나지 않게 대처하며 결과를 받아들인다. 사막에서 배운 것이다.]

[모월 모일. 맑음.

불길한 느낌은 더욱 강해지고 극마성은 이제 빛이 극에 달하고 있었다. 지금에서야 난 알게 되었다. 극마성이 이곳으로 향하고 있다는 것을.

왜 나를 향해 오는 것일까? 내가 그들에게 무엇을 했단 말인가? 대체 어떤 인과율이 적용될 것인가? 하지만 난 아무런 일 없다는 듯 아빈, 서문설, 냉미요와 함께 다른 날과 다름없는 일상을 보낼 것이다.

내일이면 극마성에 해당하는 인물이 이곳으로 올 것이다. 하늘이 정해준 기운을 타고난 극마인은 대체 어떤 인물일까? 그리고 왜 오는 것일까? 다만 지나치는 것일까? 모든 것이 궁금하지만 내일이면 알게 될 것이다.

가끔 보면 인생은 마치 무언가에 끌리듯이 따라가는 경우가 있는 것 같다. 누구의 인생이든 그런 경험은 있지 않을까 한다. 이 일이 원하는 것이 아님에도, 바꿀 생각을 하고 있음에도 계속하면서 생계를 꾸려가는 일도 그런 것에 속한다. 또 이 사람을 싫어하는 것이 아님에도 불구하고 무언가에 끌리는 듯 그 사람을 해하려고 애쓰는 것도 그런 것이다.

내가 본 극마성의 움직임은 마치 그런 것 같았다. 원치 않지만 마치 운명의 사슬에 이끌리듯이 어쩔 수 없이 움직이는 해바라기 같았다. 쓸데없는 감상임은 알지만 왠지 모르게 그런 생각이 드는 것은 왜 일까?

그러고 보면 나 역시 내 인생에서 의도하지 않았는데도 그렇게 했던 경험이 있었는지 생각해 본다.

분명 있다. 혈영천마라 불리던 시절, 원하지 않았음에도 나는 마치 무언가에 조종당하듯 사람들을 죽이고 또 죽였다. 사람들과 어울리고 싶었음에도 피했으며 말을 하고 싶었음에도 침묵했다. 웃고 싶었음에도 무표정했고 울고 싶었음에도 무표정했다. 지금 생각하면 그때는 그랬던 것 같아 안타깝다.

대체 그 이끌림의 주인은 누구인 것일까? 하늘인가, 운명인가, 아니면 저주인가? 아니면 자기 자신인가?

　알 수는 없지만 그 이끌림이 옳을 때는 몸을 맡기고 옳지 않은 것이면 벗어날 수 있는 사람이 되어야 하지 않을까 생각해 본다.]

　오늘따라 제법 쌀쌀한 아침이다. 관영호는 새벽의 찬 공기를 조용하면서도 깊게 들이키면서 아침을 맞이했다. 어젯밤부터 지금까지 한숨도 자지 않았지만 오히려 몸과 마음은 매우 상쾌했다.

　이런 저런 생각을 한 것은 얼마 되지 않았고 나머지는 모두 나름대로의 명상에 빠져 세상을 느끼고 있었다. 그렇게 오래 명상을 했기에 상쾌한 것이라 생각한 관영호는 자리에서 일어나 다듬어지지 않은 돌계단을 내려갔다.

　사박사박.

　밟히는 사막 모래의 소리가 정겹게 느껴진 관영호는 걸음을 옮겨 무덤이 있는 곳으로 갔다. 풀도 자라지 않는 봉분이었지만 매일 모래의 움직임으로 인해 덮이는 것을 막기 위해 이곳저곳에 나무를 박아놓아 누가 봐도 봉분임을 알 수 있게 해놓았다.

　"……."

　그는 잠시 봉분을 내려다보다 자리에 주저앉았다. 앉아서 먼 지평선을 바라보던 관영호는 다시 한 번 깊게 숨을 들이켰다.

　얼마를 그렇게 앉아 있었을까? 그는 멀리서부터 다가오는 어떤 희미한 느낌에 고개를 돌렸다. 그것은 너무나 친숙한 느낌으로 바로 초월경의 고수들끼리만이 느낄 수 있는 공명이었다.

　"…왔군. 역시 초월경의 고수였는가?"

　다가오는 속도는 느끼기가 바쁘게 앞으로 앞으로 가까워지고 있을 정도로 대단했다. 마치 그쪽이 자신을 느끼고 더욱 속도를 내고 있는 것은 아닌가 하는 생각이 드는 그였다.

관영호는 여전히 바닥에 앉아 있었다. 손님이 오려면 아직은 조금 더 시간이 걸릴 것이다.

"낭군."

문이 살짝 열리면서 냉미요가 관영호를 불렀다. 결혼을 한 적도 없고 인정한 적도 없었지만 냉미요는 관영호를 막무가내로 낭군이라 불렀다. 처음에는 하지 말라고 했지만 여전히 무시하고 계속 불러댔기에 지금은 어느 정도 익숙해진 그였다.

"누가 오는 것인가요? 절대의 도가 이렇게 강하게 진동하기는 처음입니다."

그녀는 걱정스런 표정으로 계단을 내려와 그의 곁으로 온 뒤 무릎을 꿇고 옆에 앉았다. 동영에서의 전통 예절이기에 전혀 불편해하지 않아 보였다.

"나와 같은 경지의 고수가 오는 것이오."

"아! 적인가요, 아니면 동지인가요?"

"알 수 없소. 극마성의 인물이라 그 성향에 따르자면 극마인으로 무섭고 잔인한 인물일지도 모르겠지만… 사람이란 알 수 없는 동물이니 그 마음에 따라 우리와 친구가 될 수도 있고 적이 될 수도 있는 것이 아니겠소. 곧 올 것이니 그때 판단하면 될 것이오."

"네. 호호, 낭군님의 말씀은 항상 옳죠."

"……."

그녀의 조금은 장난기 섞인 말에 쓴웃음을 지으며 고개를 저은 관영호는 다시 극마성의 인물이 다가오고 있는 방향을 바라보았고, 냉미요는 극마인이 오든 말든 상관없다는 듯 관영호의 옆모습만을 보고 있었다. 바닥에는 자신을 찬 바닥에 놓아버린 것을 투정이나 하듯 절대의 도가 부르르 떨고 있었다.

한두 사람이 아닌 것을 느낀 관영호는 조금 불길한 생각이 들 수밖에 없었다.

'모두 다섯……'

이제 멀리서 그들의 모습이 보이고 있었다. 그러다 이상한 생각이 들었다.

'모두가 극마성의 인물만큼 강한 것은 아니거늘 어떻게 다 같이 그렇게 빠르게 올 수가 있지?'

그는 잠시 그에 대해 생각하다가 이내 결론을 내렸다.

'극마성의 인물이 다른 네 명을 자신의 속도와 같도록 만들어서 오는 것이겠군.'

분명 힘의 분산이 될 수밖에 없음에도 그 속도는 엄청났다. 그만큼 상대가 강하다는 의미일 것이다.

'공명의 정도가 희미한 것을 보면 그때의 도운영이라는 극궁문의 인물보다 더욱 강할지도 모른다.'

그 생각에 약간 긴장이 되었지만 그보다 더욱 강한 사람과도 상대해본 그였다. 그 생각을 하자 약간의 긴장은 이내 평상심으로 돌아와 있었다.

'세상에 강자는 끝이 없구나. 이 사람이 강하다 싶으면 저 사람이 강하고 저 사람이 강하다 싶으면 그 위에 또 사람이 있구나. 역시 세상은 넓고 인간은 많다.'

그는 그 생각에 왠지 모를 희열을 느낄 수가 있었다. 그 희열을 인간의 끝없는 가능성에 대한 자부심이라 생각한 그는 자리에서 일어났다. 냉미요는 관영호를 정신없이 바라보다 그가 갑자기 일어나자 상대가 왔다는 것을 알고는 같이 자리에서 일어났다.

"상당히 지독한 마기군요. 벌써 느낄 수 있을 정도로."

"하지만 진짜 강한 자는 모든 것이 드러나지 않는 법이오. 저 중 한 명은 지저(地低) 깊숙이 흐르는 저주스런 마기를 가지고 있을 것이오."

"음, 동생들 둘은 어떻게 하죠?"

"……."

그는 그녀의 말에 희미하게 미소 지으며 말했다.

"괜찮소. 놔두면 되오."

다섯 사람의 모습은 순식간에 그들과 가까워졌지만 그들이 오는 곳에는 모래바람이 일고 있어 얼굴을 확연히 볼 수가 없었다.

이윽고 그들이 도착했고, 관영호는 그들이 자신의 십 장 앞에 섰다는 것을 느낄 수 있었다. 그리고 나머지 네 사람이 사방으로 흩어지는가 싶더니 곧 집 주위를 포위하는 것도 느낄 수 있었다.

"오랜만이군요."

매혹적인 여인의 목소리가 모래바람 속에서 들려왔다. 마치 자신을 아는 듯한 여인의 말에 관영호는 의아함을 느꼈지만 대답은 하지 않았다.

"벌써 절 잊었나요? 섭섭하군요."

그녀의 목소리에는 사람의 마음을 들끓게 하는 묘한 색정(色情)이 담겨 있어 만약 관영호가 아니라 일반 무림인이었다면 목소리를 듣는 것만으로도 들끓는 감정을 조절하기 힘들었을 것이다.

관영호는 그녀의 복잡한 감정이 섞인 목소리에서 진심인지 거짓인지를 판단하기가 어려웠다.

"……."

"당신을 찾느라 꽤 시간이 걸렸어요. 호호호! 당신을 찾아서 꼭 해야 할 일이 있었거든요."

"……."

조금씩 모래바람이 걷히면서 여인의 윤곽이 드러났다.

"으음……."

관영호는 얼굴을 살짝 찌푸리며 혹시나 하는 심정으로 앞에 있는 여인의 음영을 뚫어지게 쳐다보았다.

"당신을… 반드시 내 손에 굴복시키겠다고 말이에요."

그 말이 끝나는 순간 모래바람이 사방으로 터지듯 날아가면서 그녀의 몸 주위로 엄청난 마기의 회오리바람이 몰아치기 시작했다.

"아니……!"

냉미요는 온몸을 꼼짝도 하지 못하게 할 정도로 강력한 마기에 놀랄 수밖에 없었다. 삼극마안과는 비교도 되지 않는 엄청난 마기임을 느낀 그녀는 크게 긴장하였다.

"냉 소저, 집을 지켜주시오."

"네, 알겠어요. 조심하세요."

둘 사이에 전음이 오간 후 냉미요는 아직도 진동을 멈추지 않는 절대의 도를 움켜쥔 뒤 몸을 날렸다. 모두가 깜짝 놀랄 정도로 순식간에 문 앞에 선 그녀는 입고 있던 옷을 서슴없이 벗었다. 그러자 이내 무적의 갑옷을 입고 있는 그녀의 아름다운 몸매가 드러났다.

절대의 도를 뽑은 그녀는 근래에 보이지 않았던 매우 냉혹한 미소를 지었다.

"이 집은 아무도 건드리지 못한다."

"호호호! 당신 곁에는 많은 여인이 있군요! 신기해요, 혈영천마!"

"…간도민!"

자신의 정체를 알고 있는 여인의 모습이 완전히 드러나게 되자 관영호는 처음과는 달리 오히려 놀라지 않고 침착해질 수 있었다. 혹시나 했던 것이 확실히 드러난 것인데다 자신의 과거의 정체에 대해서도 알고 있으니 더 이상 놀랄 필요가 없었다.

"그래요. 당신이 살려준, 아니, 정확히는 천풍공자 뇌운성이 살려주었지만… 어찌 됐든 날 잊지 않았겠죠? 난 아직 죽지도, 타락하지도 않았어요. 오히려 이렇게 멋지게 변했어요. 호호호!"

"……."

관영호는 그녀가 살아 있다는 것보다는 어떻게 저런 엄청난 힘을 얻었는지가 궁금했다. 특히 그녀가 극마성의 힘을 가진 사람이라는 것은 전혀 예상치 못했기에 더욱 놀라웠다.

"당신은 내가 어떻게 이런 힘을 얻었는지가 궁금한가 보군요?"

그녀는 몇 걸음 앞으로 걸어나왔다. 아름다운 궁장 차림의 그녀는 온몸이 노란색의 하늘거리는 요대가 감싸고 있었다. 너무나 아름다운 그녀의 모습은 하늘마저 숨죽일 듯한 요사스러운 얼굴에 더하여 극에 달해 있었다.

예전의 얌전하면서도 사악한 본성이었던 그녀는 온데간데없고 오직 도발적이며 상대방을 유혹할 듯한 색기 서린 모습 일색이었다.

"많이 변했군."

"호호호호! 많이 변해서 얻은 것도 많죠. 당신이 이렇게 강한 사람이었다는 것을 새삼 알게 된 것도 얻은 것 중 하나예요."

“…….”

“호호호호!!”

그녀는 기혈을 들끓게 하는 마력을 품은 웃음을 계속 웃었다. 꽤나 큰 소리였기 때문에 안에서 자고 있는 두 여인이 잠에서 깨어날 만도 했지만 냉미요가 내공으로 강기 막을 형성했기 때문에 집 안은 조용했다.

“흥!”

간도민은 냉미요를 한 번 노려보더니 싸늘하게 코웃음을 친 후 그녀를 향해 손을 한 번 휘둘렀다. 그러자 엄청난 기류가 용솟음치더니 이내 무형의 기운이 생성되어 주위의 모래들을 위로 파 올리며 앞으로 쏘아져 나갔다.

“합!”

냉미요가 강한 기합성과 함께 절대의 도를 종으로 휘두르자 그녀가 쏘아 보낸 아지랑이 같은 기운이 반으로 갈라지더니 이내 소멸되어 버렸다.

“멋있는 칼이군요. 형태가 없는 기운마저도 가르다니.”

간도민은 싸늘한 눈빛으로 그녀를 흘겨보고는 다시 관영호에게로 시선을 돌렸다. 그녀의 눈빛은 방금 전과는 달리 또다시 색정적으로 변해 있었다.

“당신… 나에게 무릎 꿇지 않으면 저 세 여자를 가만두지 않겠어요. 당신을 힘으로라도 제압한 뒤 세 여인들을 처참히 능욕해 주겠어요. 기분에 따라… 내가 직접 그녀들을 능욕할지도 모르죠. 난 그런 여자 니까. 오호호호!!”

눈살이 찌푸려질 만한 말이었지만 관영호는 태연할 뿐이었다.

"어떻게 그런 힘을 단기간에 얻은 것이오?"

"마교."

"음!"

관영호는 그녀의 단 한 마디에 많은 것을 추측할 수 있었다. 한편으로는 그녀가 마교 비전의 무공에 어울릴지도 모른다는 생각도 들었다.

'그녀의 재능이라면 대단한 성취를 이루었을지도 모른다.'

더구나 극마성의 인물인 그녀라면 충분히 다음 대의 마교 교주일 것이란 생각이 들었다. 천재적인 재능에 극마성의 기운을 타고난 그녀 말고 교주에 어울리는 자가 또 어디 있겠는가?

"혹시 마교 교주가 당신을 교주로 선택한 것이오?"

"호호호호! 아니오. 내가 찬탈했어요. 늙은이였지만 평생 여자를 모르고 살았더군요. 여인의 맛을 보여줬더니 정신을 차리지 못했죠. 오호호호!!"

그녀는 정말 우스운지 배를 잡고는 요란하게 웃었지만 좋지 않은 이야기에 관영호는 고개를 저을 수밖에 없었다. 어찌 된 영문인지는 모르지만 그녀의 말이 거짓은 아닌 듯했기에 안타까운 마음이 들었다.

"이 모든 것이 누구 때문이라 생각하죠? 모두 당신 때문이에요! 당신만 아니었다면 모든 것이 정상이었을 텐데… 다 당신 때문이야!"

그의 표정을 읽은 그녀의 절규 섞인 소리가 사막에 울려 퍼졌다.

"……."

"왜 아무 말이 없죠? 무슨 말이라도 해봐요!"

그녀의 표정이 갑자기 애처롭게 변하는 모습에 관영호는 그녀의 감정 기복이 매우 심하다는 것을 눈치챘다. 감정 기복이 매우 심하다는 것은 심리 상태가 불안한 것일 수도 있지만 그녀의 또 다른 성격일지도 몰랐다.

문득 사라성에서 보았던 그녀의 눈빛이 떠올랐다. 눈물이 맺혀 있던, 아름답지만 아름답다고 할 수 없던 그녀의 눈.

"……."

그 눈빛은 애증과 분노였다. 그때는 단지 착각이라 생각했지만 후에는 그것이 착각이 아니라는 것을 알 수 있었다.

잠시 머리가 복잡해진 관영호는 쓴웃음을 짓고는 고개를 살짝 저었다.

"모든 것은 나 때문이 아니라 간 소저 자신 때문이라는 것을 알아야 하오."

"나 때문이라고요?"

"……."

관영호는 말없이 고개를 가볍게 끄덕였다.

"아니야! 나 때문이 아니야! 다 당신 때문이야! 당신은 항상 당신이 생각한 것만 옳다고 생각하는 독선자일 뿐 당신에게 가졌던 내 마음이 어떤지, 왜 당신을 그렇게 죽이고 싶어 했는지는 생각조차 해보지 않았어!"

그녀의 몸이 부들부들 떨리고 있었고 몸 주위로 마기가 스멀스멀 피어오르고 있어 애처로움과 귀기스러움이 동시에 보여지고 있는 기괴한 모습이었다.

"당신의 마음을 생각할 필요가 없었소. 왜냐하면 당신은 스스로를 학대하면서 동시에 남을 아프게 했기 때문이오. 생각해 보시오. 당신의 마음을 남이 알게 하기 위해 먼저 다가선 적이 있었는지. 모두… 거짓과 위선뿐이었을 것이오."

"아니야!! 아니야!! 당신, 죽여 버리겠어!!"

그녀의 분노한 눈빛은 마기로 타오르고 있어 엄청난 위압감을 주위에 뿌리고 있었다. 열화와 같은 마기는 홍분한 그녀의 심정을 충분히 반영하고 있었다.

"하앗!!"

그녀의 외침과 함께 주위가 상상도 하지 못할 무시무시한 마기로 뒤덮이자 태양마저 가려지게 되었고, 주위는 곧 어두워졌다.

"으음……!"

이미 초월경의 힘을 시전한 그녀가 그를 향해 거친 몸동작으로 손가락을 내밀었다. 그러자 마교 비전인 십마공 중 무한지(無限指)가 시전되었고 흑색의 지강(指罡)은 이름 그대로 끝이 없을 정도로 쏟아져 나왔다.

"흡!"

그제야 관영호는 그녀가 진정 마교의 비전 무공을 익혔음을 알게 되었고, 이에 방심하지 않고 바로 초월경의 힘을 개방하여 혈영천마장을 시전했다.

콰콰콰쾅!!

관영호는 강력한 반발력이 전신을 강타하자 뒤로 살짝 물러날 수밖에 없었다. 생각보다 엄청난 위력이었다. 거기다 사방을 뒤덮는 끔찍한 마기는 정신을 혼미하게 만드는 기운이었는지 은근히 그를 괴롭히고 있었다.

"죽엇!"

"……!!"

무수한 장강(掌罡)들이 마치 하늘을 수놓을 듯이 쏟아져 나오더니 이내 합쳐져 거대한 장(掌)을 만들었고, 그것은 마치 폭풍이 휘몰아치듯 관영호를 향해 쏘아져 나갔다. 바로 마교 교주 극현탁이 썼던 극련수라절명장이었다.

"황(荒)!"

그의 손이 앞으로 나오자 붉은 섬광이 사방을 가득 메우기 시작하며 이내 극련수라절명장과 부딪쳤다.

우우우웅!!

격렬한 폭음 대신 주위는 대기를 뒤흔드는 엄청난 진동으로 메워졌다.

진동에 귀가 찢어질 듯 아파오자 두 사람은 자신도 모르게 얼굴을 찌푸렸다. 두 힘의 부딪침이 극에 달해 벌어지는 현상을 관영호는 기이하게 여기다 갑자기 자신의 장력을 뚫고 다가오는 거대한 장강을 보고 경악했다.

"……!!"

그녀의 극련수라절명장이 자신의 황보다 앞선 것에 잠시 놀랐지만 곧 냉정을 되찾은 뒤 무의(無意)의 끝 자락을 잡으며 손을 내밀었다.

펑!

놀랍게도 손바닥 모양의 장강이 일그러지는가 싶더니 폭죽이 터지듯 터져 버렸다. 그 모습에 놀라던 간도민은 자신의 주위가 순간 어두컴컴해지는가 싶더니 아득한 나락으로 떨어지는 느낌을 받았다. 두 눈을 크게 뜬 채 당황한 그녀는 자신도 모르게 본능적으로 통천대마강을 시전했다. 거대한 강기가 그녀의 몸에서 커져 나가 그녀를 가두던 어두운 공간과 부딪쳤지만 그녀의 강기는 맥없이 사라져 버렸고, 이내 그녀는 전신을 강타하는 충격에 피분수를 쏟으며 제자리에서 위로 펄쩍

숫아올랐다.

"으으……!"

극도의 충격과 고통을 받으면 오히려 소리를 내지 못하는 것처럼 그녀 또한 비명이 아니라 짧막한 신음 소리를 내는 것이 다였다.

바닥에 내동댕이쳐져 버린 그녀는 엎드린 채 상체를 일으키려 애썼다. 하지만 온몸이 부들부들 떨리고 있어 자력으로 일어서긴 힘들어 보였다.

"호… 호호… 호호호호!!"

그녀는 극심한 고통 속에서도 요사스러우면서도 아름다운 웃음을 터뜨렸다.

"……."

관영호도 더 이상 공격할 마음이 생기지 않아 아무 말 하지 않고 그녀를 가만히 쳐다보기만 했다.

한동안 계속되던 간도민의 웃음은 어느 순간 멈춰졌고, 그녀의 몸은 더 이상 떨고 있지 않았다. 상체를 천천히 일으킨 그녀는 아주 멀쩡히 자리에서 일어나 관영호를 놀라게 했다.

"……."

고개를 숙인 채 아무 말 없이 서 있는 그녀는 바람에 휘날리는 산발한 머리와 옷에 범벅인 피로 인해 더없이 공포스러운 분위기를 자아내고 있었다.

"……."

그녀는 아무 말 없이 그를 향해 다가왔다. 약간은 느린 속도였는데 갑자기 그녀의 신형이 두 개로 분리되는가 싶더니 그 분리된 또 하나의 간도민은 예상치 못한 엄청난 속도로 관영호를 향해 날아왔다. 말 그대로 온몸으로 부딪치는 육탄 공격이었고 피하는 것이 힘듦을 판단한 관영호는 급히 오장 '황'을 시전했다.

붉은 빛의 장력과 그녀의 전신이 부딪치자 그녀의 전신은 폭발하듯이 터지며 붉은 빛을 감싸기 시작했다. 그 순간 그의 좌우로 검은색 장환(掌環)이 날아왔다. 절명환이라 불리는 두 개의 장환은 순식간에 관영호의 옆구리를 강타했다.

"크헉!!"

관영호는 미처 피하지 못하고 맞은 절명환에 내부가 강렬히 진탕됨을 느끼며 입에서 피를 쏟아내었다. 하지만 아직 분신폭(分身爆)의 영향력이 남아 있었기 때문에 쓰러지려는 것을 억지로 참아내고 다시 한 번 '황'을 시전했다.

쿠우우웅!!

더욱 강력한 폭음과 함께 분신폭의 힘은 소멸되어 버렸고 관영호의 장력의 여력이 간도민을 향해 날아갔다. 이에 그녀가 다시 장을 내밀자 앞에서 마기가 스멀거리며 솟아오르더니 마벽이 형성되었다. 황과 천마벽이 부딪치자 반감되었던 황의 힘은 아무런 영향도 발휘하지 못하고 사라지고 말았다.

간도민은 아까보다 더욱 빠른 속도로 그를 향해 다가오더니 극련수라절명장을 시전했다. 무수한 장력이 그의 전신을 노리자 관영호는 손가락을 튕겨 무한역도구를 날렸다. 가공할 힘이 공기를 찢어발기듯이 날아가 극련수라절명장을 순식간에 와해시켜 버리고 이내 그녀의 전신을 노렸다.

무한역도구가 그녀의 몸을 적중시켰다 싶었지만 그녀의 잔영만이 남아 있을 뿐 그녀는 어느새 분신마공(分身魔功)으로 관영호의 옆에 나타나 그의 허리를 치고 있었다. 검은 불꽃이 손을 감싸며 허리를 찍어 버리자 관영호는 온몸이 부서지는 느낌을 받으며 칠공으로 피를 쏟고 말았다.

"으으윽!"

관영호는 마염잔폭십이수(魔炎殘爆十二手)의 첫 번째에 적중당하는 순간 재차 오는 두 번째의 마염잔폭십이수를 몸을 뒤틀어 간신히 피하고는 그녀의 머리를 손으로 잡았다.

잡히자마자 그녀의 몸은 무언가에 감전이 된 듯 계속 온몸을 떨다가 결국 고통의 비명성을 내질렀다.

"아아아악!!"

관영호가 시전한 것은 겁황사법(劫荒邪法) 중 뇌겁법량전(雷劫法量電)으로 부적이 필요없고 주문 시전 속도가 매우 빠르며 그 위력 또한 상당해 위급할 때 매우 유용한 구명 절초였다.

하지만 간도민은 자신을 옭죄어오는 고통을 참아내고 그를 향해 절명환을 쏘았고, 미처 피하지 못하고 적중된 관영호는 그녀를 잡고 있던 손을 놓을 수밖에 없었다. 결국 두 사람은 큰 내상으로 잠시 움직이지 못하고 서로를 쳐다보고 있을 뿐이었다.

"호호호! 당신은 왜 모든 힘을 쓰지 않죠?"

그녀는 다시 예의 요사한 미소를 지으며 그에게 말했지만 눈은 뭐라 형언하지 못할 분노로 이글거리고 있었다. 감정을 잘 보이지 않으며 차분하게 보였던 예전과는 너무나 다른 모습에 적응이 되지 않는 관영호였다.

"…정말 많이 변했군. 대체 뭐가 간 소저를 그렇게 변하게 했는지 의아하구려."

"난 변하지 않았어! 이게 원래 나의 모습일 뿐이야! 당신이 모르고 있었던 것일 뿐!"

그녀는 발작적으로 소리치더니 허리에 차고 있던 검을 꺼내 그를 찔렀다. 검에서는 뇌력과 마력이 번쩍이고 있었고 검의 찌름이 끝난 순간 검에서는 수십 개의 검환이 일렬로 쏘아져 나갔다. 섬전무가의 절학 섬전검법의 십이식 중 십일식인 연환뢰섬강(連環雷閃剛)이 그녀의 마공과 혼합된 형태였다.

그녀가 검을 쓰자 섬전무가의 자식답다는 생각을 잠시 한 그는 이내 잡생각을 지우고 겁황무형사공으로 겁황인을 시전했다. 그가 다섯 손가락을 펴 어지럽게 휘두르자 곧 무형의 방어막이 생성되었고 검환은 보이지 않는 강기에 부딪쳐 사방으로 날아가고 말았다.

관영호가 생성시켰던 실타래처럼 얽혀 있는 무형의 겁황인들이 소멸되지 않고 그대로 그녀를 향해 앞으로 날아가자 간도민은 다른 한 손으로 극련수라절명장을 시전해 겁황인을 막아냄과 동시에 다른 손의 검을 날려 구식(九式) 낭아회척(狼牙回斥)을 써 검을 날렸다.

꽤 가까운 거리였기 때문에 회전하던 검은 순식간에 그의 면전에 다다라 있었고 관영호는 피하지 못하고 무한역도구를 장에 생성시켜 검끝을 막을 수밖에 없었다.

파지지직!!

강렬한 뇌음이 울려 퍼지며 그의 장과 검끝에서 엄청난 뇌전이 퍼져 나감과 동시에 마기도 피어올라 관영호를 감싸려 했다. 하지만 그의 손에 있는 무한역도구는 그러한 두 가지의 힘을 쉬이 밀어내고 있어 관영호는 아무런 피해를 받지 않고 있었다.

이때 무시무시한 힘이 검에서 솟아 나오며 무한역도구를 뚫을 듯이 앞으로 나아가자 갑작스런 힘에 관영호는 뒤로 주르륵 밀려났지만 그 이상은 아무런 피해를 입지 않았다. 검이 땅에 떨어지는가 싶더니 곧 공중으로 떠서 간도민에게로 돌아갔다.

그는 이러한 무공을 예전에 오화란과 싸우면서 본 적이 있음을 상기하고는 내심 고개를 끄덕였다. 초식 면으로 본다면 매우 뛰어난 섬전무가의 검법이었다.

그때 간도민의 몸이 갑자기 다섯 개로 나뉘어지더니 눈 깜짝할 사이에 관영호의 사방을 가로막아 버렸고 곧 그 분신들은 각기 다른 다섯 가지의 극강 마공을 동시에 사용했다.

"……!!"

그녀의 무공이 예전의 마교 교주 극현탁이 사용하던 무공임을 바로 간파한 그는 위험함을 느끼며 다섯 방향으로 무한역도구를 한꺼번에 쏘았다.

콰콰콰쾅!!

"……!!"

엄청난 폭음과 함께 모래가 하늘 높이 치솟아올라 두 사람의 모습이 가려지게 되었다. 관영호는 모래바람으로 시야가 가려진 가운데서 아까와는 비교도 할 수 없을 정도로 강력한 기운을 느낄 수가 있었다.

"조심하세요!!"

냉미요가 놀람 섞인 투로 관영호에게 소리쳤다. 무언가 놀라운 것을 본 듯 경악에 찬 모습이었다.

"……!!"

그는 전신을 옥죄는 불길한 기운을 느끼고 사방으로 무한역도구 십여 개를 날렸다. 무한역도구가 모래바람을 헤치며 날아가는 그 순간 그는 자신의 주위로 여섯 명의 간도민이 쏟아져 나오며 각기 다른 마공을 시전하는 놀라운 장면을 볼 수 있었다. 극현탁과 다른 점은 하나가 늘어난 간도민이 검을 들고 있다는 것이었다.

단 한 명의 간도민이 늘어난 것이었지만 그 위력은 다섯 명일 때와는 비교도 되지 않을 정도로 강했다. 그 강력함은 무한역도구를 단번에 소멸시키면서도 본래의 위력 그대로 그를 향해 날아갈 정도였다.

"정랑!!"

그 광경을 목격한 냉미요는 경악에 찬 외침을 질렀지만 이미 늦은 후였다.

쿠쿠쿠쿠쿵!!

"아아!!"

염려와 슬픔이 가득 찬 냉미요의 탄식이 강렬한 폭발 뒤에 솟아오른 모래와 먼지 속에서 터져 나왔다. 쉽사리 가시지 않던 모래먼지는 폭풍처럼 휘몰아치며 사방으로 뻗어 나가는 마기에 의해 사방으로 날아가기 시작했다. 간도민이 결과를 확인하기 위해 기운을 뿜어내고 있었던 것이다. 얼마 지나지 않아 모래먼지는 사방으로 날아가 버리며 관영호가 있던 자리가 보이게 되었다.

"정랑!"

냉미요는 걱정스런 눈빛으로 관영호를 바라보았다. 당장 그를 향해 다가가고 싶었지만 그랬다간 주위에 숨어 있는 네 명의 마인들이 언제 이 집을 덮칠지 알 수 없는 상황이었다.

관영호는 제자리에 서서 고개를 숙인 채 가만히 서 있을 뿐 미동조차 하지 않았기 때문에 그의 상태가 어떤지는 아무도 알 수 없었다.

하지만 간도민은 그의 숨소리가 고르지 못하고 기혈의 움직임 또한 매우 불안정함을 느꼈기에 그가 크게 상한 채 정신을 잃었음을 알았다.

"흥! 당신은 날 이기지 못해요! 그런데도 있는 힘을 다 쓰지 않는 것은 바보 같은 짓이었어요! 호호호호!"

그녀는 요사스럽게 웃으며 냉미요를 힐끔 쳐다보고는 다시 관영호를 향해 시선을 돌린 후 냉미요가 들으라는 듯이 말했다.

"오고 싶으면 와보지, 계집!"

"흥! 아직 끝났다고 생각하지 마라! 정랑은 그렇게 쉽게 당할 분이 아니야!"

냉미요는 눈을 살짝 감으며 싸늘하게 대꾸했다. 걱정은 되었지만 쉽게 심기의 싸움에서 질 수는 없었다.

"호호! 그래, 네년이 사랑하는 정랑이 네 눈앞에서 죽어가는 꼴을 잘 지켜보아라."

"……."

냉미요가 아무런 대답을 하지 않자 살짝 코웃음을 친 간도민은 관영호를 향해 걸어갔다.

"그 노인은 오심마를 이루었지만… 난 육심마를 이루었어요. 그 차이를 느낄 수 있겠지요? 호호호호, 방금 것은 그 노인의 최후 무공이었죠. 초월경이라는 것이 내단을 전수받는 자가 전수해 주는 자의 최후 무공을 자연스럽게 익힐 수 있다는 사실은 알고 있을지 모르겠네요."

간도민은 관영호의 앞에 서서 손을 들어 그의 턱을 살짝 들어 올렸다. 눈을 감은 채 기절해 있었지만 얼굴 표정만은 매우 평온하여 다른 사람이 본다면 선 채로 잠들어 있다고 착각하기 십상인 모습이었다.

"당신은 이런 상황에서도 언제나 그런 표정이군요."

간도민은 턱에 있던 손을 미미하게 움직이며 얼굴의 감촉을 느끼고 있었다. 어느새 아련한 눈빛을 띠고 있던 그녀는 입을 살짝 벌린 채 달콤한 한숨을 가볍게 쉬었다.

"당신은… 내 모든 것을 알고 있지 않았나요? 그러고도 항상 일관된 자세로 날 대했죠. 물론 후에는 아니었지만."

그녀의 손은 다시 그의 턱을 가볍게 들고 있었지만 그녀의 손에는 조금씩 힘이 들어가고 있었다.

"당신을 몰랐겠지만… 아니, 나도 몰랐어요. 미친 듯이 무공을 익히면서 알았죠. 당신 생각만 떠올랐어요."

천천히 자신의 얼굴을 그의 얼굴 가까이에 댄 그녀는 그의 입술에 살짝 입술을 맞추었다. 눈을 감은 채 음미하며 잠시 그렇게 있던 그녀가 살짝 눈을 뜬 순간 그 눈은 다시 사이하면서도 마기에 가득 차 있었다.

"…당신을 사랑했어요."

"안 돼!!"

냉미요의 외침이 들려옴과 동시에 그녀의 손에서는 흑색 검강이 생성되며 그의 목을 꿰뚫었다. 하지만 약속이나 한 듯이 그 순간 관영호가 눈을 뜨더니 그녀의 손에서 벗어나 순식간에 뒤로 물러났고, 동시에 그녀를 향해 한 손을 다른 손의 손목에 살짝 대며 내밀었다. 유유객의 무공인 '사파 패'였다.

"악!!"

간도민은 자신의 내부가 터지는 듯한 고통을 받으며 뒤로 하염없이 날아갔지만 곧 몸의 균형을 잡으며 한 바퀴 회전하며 바닥에 안전하게 착지했다.

"운이 좋았군요. 딱 맞춰서 회복이 됐네요."

간도민은 입가에 피를 흘리면서 묘하게 미소 지었다. 안도의 웃음 같기도 했고 그저 의미없이 짓는 웃음 같기도 하여 정확한 의도를 파악할 수가 없었다.

"…예전 마교 교주의 실력을 훨씬 뛰어넘는 놀라운 무공이었소. 하마터면 죽을 뻔했군."

완전히 피하지 못해 꽤 깊은 상처를 입었는지 그의 목에서는 피가 꾸역꾸역 흐르고 있었다. 마기가 침투해서인지 치유 속도가 빠른 관영호임에도 출혈이 멈출 기미가 보이질 않았다.

씁쓸한 웃음을 지은 그는 혈영천마공을 일으켰다. 마기가 운기행공을 잠시 방해했지만 극현탁과 싸울 때와는 달리 큰 문제가 되지 않는 것이 겁황천에서 더욱 강해진 덕이라 생각했다.

"혹시 마교황령의 마법도 익히고 있는 것이오?"

"호호호호! 그런 것도 알고 있었나요? 제법이군요. 제대로 익히지 못하면 흉측한 모습으로 변하는 저주 서린 능력이지만… 제대로 익히면 그렇지만도 않죠."

그녀의 말에 관영호는 그녀가 그 마법을 익히고 있음을 알 수 있었다. 만약 그때 그 정도의 수준이라면 지금의 그로서는 충분히 이길 수 있었지만 만약 더욱 높은 수준이라면 결과는 예측하기 힘들었다.

"육심마(六心魔)인 나의 최후 무공마저 그렇게 받아내다니 정말 대단했어요. 물론 지금 당신의 상태는 말이 아니지만. 이젠 정말… 당신을 죽여야겠어요."

"정말 날 죽이고 싶은 것이오?"

"호호호호!! 그 말투는 내가 당신을 죽이고 싶어 하지 않는다는 말로 들리는군요! 대체 무슨 근거로 그런 엉뚱한 말을 하는 것이죠? 당연히 당신을 죽일 거예요!"

"……."

관영호는 그녀가 자신을 죽이려 하기 직전에 속삭이던 말을 들었던 터라 그녀의 마음 상태에 대해 어느 정도나마 이해할 수 있었다.

"후후, 나도 그랬지."

그는 쓰게 웃으며 그녀의 눈을 직시했다. 평소답지 않은 강렬한 눈빛에 간도민은 잠시 흠칫했지만 이내 교태스럽게 웃었다.

"오호호호! 왜 그렇게 보죠? 살려달라는 애원인가요? 하지만… 난 당신을 죽일 거예요!"

그녀는 말이 끝나자마자 그를 향해 손을 휘둘렀다. 그러자 푸른 불꽃이 생성되더니 그를 향해 날아갔다.

"타올라라! 호호호호!"

그녀는 연이어 계속 손을 휘둘렀고, 푸른 불꽃은 관영호를 억겁의 나락으로 추락할 때까지 태워 버릴 듯 넘실거리며 날아오고 있었다.

쾅! 쾅! 쾅!

그러나 그의 장력이 하나하나 그 불꽃들을 소멸시키고 있어 아무런 해도 가하지 못하자 간도민은 단전 앞에 두 손을 올려 손바닥이 하늘을 보도록 했다. 그 순간 주변의 모래들이 놀랍게도 그녀의 의지를 반영하는 듯 하늘로 치솟아올랐다.

"덮어버려라!!"

"하앗!!"

그는 자신을 향해 날아오는 거대한 모래 더미를 향해 장을 내밀었다. 붉은 빛이 번쩍이자 모래는 공중에서 폭발하듯 더 위로 튀어오르더니 사방으로 흩어져 내려갔다.

거대한 모래비를 강기로 막으며 두 사람은 서로를 향해 다시 장력을 날렸다. 수차례 폭음을 울리며 장력이 부딪친 후 잠시 뒤로 물러난 간도민은 허리에서 다시 검을 뽑아낸 후 그를 향해 검을 날렸다.

"파쇄뇌각(破碎雷角)!"

그것은 한마디로 장엄한 광경이었다. 손가락 마디만한 크기로 조각조각 난 검들은 하나하나 강력한 마기를 띤 검강을 품고 있었고 그 속도는 가히 번개를 방불케 했다.

'무의계.'

그의 손이 펼쳐지자 간도민은 순간 아득한 어둠의 나락에 빠져든 듯한 느낌을 받았다. 아득한 느낌에서 벗어나려 할 때 날아가던 파쇄뇌각을 향해 거대한 검형 강기가 회전하며 앞으로 나아갔다.

"저럴 수가!"

수많은 검 조각들은 모래처럼 산산조각나 버렸고 거대한 검형 강기는 앞으로 계속 나아가 간도민을 노리며 흉심을 드러내었다.

"흥!! 꺼지지 않는 불꽃! 우주를 불태우리라!!"

그녀가 눈높이까지 손을 들어 올리며 외치자 붉은색 화염이 손 위에서 넘실거리기 시작했고, 그녀는 그것을 검형 강기를 향해 날렸다.

평범한 속도로 날아간 그것은 검형 강기와 부딪쳤고, 화염은 순식간에 검형 강기를 감쌌다. 놀랍게도 그 불꽃은 검형 강기를 불태워 버리더니 같이 소멸해 버렸다.

전 마교 교주의 마법보다도 더욱 강력한 위력을 지닌 그녀의 마법에 관영호는 내심 절로 탄성이 나왔지만 지금은 그럴 때가 아님을 알고 있었다. 그녀는 자신을 진심으로 죽이려 하고 있음을 느낄 수 있었기에 한순간도 방심해서는 안 되었다.

"솟아올라 모든 것을 바꾸어놓아라!!"

그녀의 한 손이 하늘로 들어 올려지자 관영호가 있는 모래땅이 울렁거리더니 위로 솟아오르기 시작했다. 기적 같은 그녀의 능력에 관영호는 놀라며 공중으로 몸을 띄워 그녀를 향해 무한역도구를 날렸다. 공기마저 가르는 소리를 내며 날아가던 무한역도구는 그녀의 다른 한 손이 그것을 멀리서 잡는 듯한 시늉을 하자 허공에서 폭발해 버리고 말았다.

'대단하군! 응?'

그는 간도민의 마법에 놀라다 그녀의 얼굴이 조금 이상한 것을 발견할 수 있었다. 땀이 쉴 새 없이 흘러나오고 있었고 그녀의 눈에서는 붉고 요사스런 빛이 번쩍이며 뿜어져 나오고 있었던 것이다. 그녀의 입술은 무언가를 참는 듯 꼭 깨물고 있어 피도 흘러나오고 있었다.

"……!!"

그는 그녀의 상황을 대충 눈치챌 수 있었다. 그것은 예전에 경험했던 전 마교 교주 극현탁의 끔찍했던 모습과 비슷한 것이었다.

'대체 그것이 무엇이기에……! 힘이란 것이 사람의 모습을 버려야 할 정도로 필요한 것이란 말인가? 겨우 힘 따위가 사람을 그렇게 타락시킬 수 있단 말인가!'

그런 생각을 하자 그는 왠지 모를 서글픈 분노를 느꼈다. 사람의 나약함에 대해서인지, 아니면 사람의 끝없는 욕심과 어리석음 때문인지는 알 수 없었지만 그는 그 무언가를 향해 분노하고 있었다.

"아아아아악!!"

그녀는 하늘이 울릴 정도로 크나큰 비명을 질렀다. 그녀의 몸에서는 쉴 새 없이 마기가 넘치고 있었고 그녀의 마기에 주위의 모래들마저 타오르며 소멸되는 놀라운 장면을 관영호에게 보여주었다.

"……!!"

우우우웅!

멀리서 엄청난 굉음이 울리며 땅이 흔들리기 시작하자 깜짝 놀란 관영호는 소리가 들린 쪽으로 급히 고개를 돌렸다.

"용권풍(龍圈風:사막에서 거대하게 일어나는 모래태풍)!"

"모두… 모두… 모두 죽어라!! 오호호호호!!"

맑던 하늘에서는 돌연 먹구름이 생성되더니 번갯불을 간간이 내비치고 있었다. 거대한 자연의 힘이 그녀를 통해서 그 분노를 드러내려 하자 관영호는 경악하지 않을 수가 없었다.

"저럴 수가!"

냉미요 역시 이 기적 같은 일에 놀란 모습을 감추지 못하고 있었다. 어느 누가 인간의 힘으로 이런 기적을 이룰 수 있을 것인가!

'마교황령… 마교의 창시자……. 당신의 그 한계를 알 수 없는 역천의 마법에… 찬사를 보내오. 그리고 동시에… 동정도 보내오.'

그는 자신의 내부에서 잠자는 무한의 힘을 마구 끌어올리기 시작했다. 그의 몸 전체가 붉은 빛으로 빛나자 그의 주위에는 그 무엇도 침범하지 못하는 절대의 영역이 만들어지고 있었다.

간도민의 얼굴은 점점 인간의 모습을 벗어나 악마의 그것으로 변하고 있었다. 그 모습을 보고 있던 관영호는 예전에 있었던 삼극마안의 일도 지금 그녀의 모습도 모두 우연히 일어난 일이 아니라 생각했다.

'모든 것은 사람의 마음이 만들어내는 것이다. 이 세상에 결코 인과율이 없는 일은 없으니까. 나의 마음과 당신의 마음에 의해 생기게 된 우리의 악연, 그리고 나에 대한 그 애증을… 깨끗이 끊어버리겠소.'

결자해지라 했던가. 자신에 의해 생성된 악연은 자신에 의해 종결되어야 마땅하다고 생각한 그는 이제 확실히 결정을 내렸다.

그의 손에서 무수한 무한역도구들이 생성되더니 이내 뭉쳐져 도의 형상을 띠게 되었다. 오 척 길이의 붉은 도는 그의 손을 따라 움직이면서 주위의 공기마저 소멸시키는 엄청난 힘을 발휘하고 있었다. 그것은 모든 것을 압도하는 절대적인 힘!

"하얏!!"

그는 무한역도구로 만들어진 도를 간도민을 향해 날렸다. 엄청난 속도로 날아오는 붉은 도를 본 간도민은 그것을 잡는 시늉을 했지만 도는 아무런 영향도 받지 않았는지 여전한 속도로 날아갔다.

"죽엇!!"

그녀의 입에서 또다시 비명이 울리자 그녀의 손이 손목에서부터 찢어지면서 날아가 그 도를 잡았다. 그 끔찍한 상황에 관영호는 눈살을 찌푸렸지만 이미 늦은 상황이었다. 그의 심정처럼 잠시 멈칫하던 도였지만 자신을 잡은 그 팔을 소멸시켜 버리고는 순식간에 그녀의 전신을 갈라 버렸다.

"꺄아아아아아!!"

그녀에게서 나오는 소리는 이미 인간의 것이 아닌 듯 짐승의 포효와 같았다. 허리가 반으로 갈라져 상체가 떨어져 나간 그녀의 하체는 부들부들 떨고 있었고 상체는 꿈틀대더니 팔을 움직이며 하체를 향해 기어가기 시작했다. 그 모습에 눈을 질끈 감은 관영호는 더욱 분노할 수밖에 없었다.

'저주받은 힘은 사라져야 한다!'

공중에 떠 있던 도는 빠른 속도로 날아가 상체에 있는 목을 뚫고 지나갔고 그녀의 상체는 폭발하듯이 터져 버렸다. 그러자 그녀의 남아 있는 하체는 바람에 휘날리듯 힘없이 옆으로 날아가 버렸다.

그녀의 존재가 사라지게 되자 하늘에 있던 먹구름은 마치 썰물이 빠져나가듯 사막 위에서 사라져 버렸다.

"저것은? 완성이 되었단 말인가?"

멀리 있던 용권풍은 그녀가 죽었음에도 멈출 기미가 보이지 않았고 그 거대한 위용은 여전히 세상을 삼킬 듯이 회전하며 모든 것을 빨아들이고 있었다.

"정랑, 어서 피하세요!!"

소리치는 냉미요는 천근추로 근근히 버티고 있었다.

"까악! 이게 뭐야?!"

"관 공자!!"

두 여인은 세상을 날려 버릴 듯한 강맹한 바람을 마주하게 된 엄청난 상황에 당황할 수밖에 없었다. 음파를 차단하던 냉미요의 내공이 풀려 버리자 일어난 일이었다.

관영호는 가까이 다가온 용권풍을 향해 급히 날아가 그것을 마주 보고 섰다. 그가 선 곳은 자신의 집과 등진 곳이기도 했다.

"오빠!! 어서 피해요!!"

"정랑! 위험합니다!!"

하나 그들의 소리는 거대한 용권풍의 울림에 들리지 않고 있었다. 더구나 관영호는 몸을 가누기조차 힘들었을 뿐만 아니라 피하기에도 이미 늦은 상태였다.

"하아앗!!"

큰 기합성과 함께 관영호는 두 손을 내밀었다. 그러자 무한역도구가 쏟아져 나오면서 막이 형성되었고, 이내 더욱 많은 무한역도구가 스며들어 집 높이까지 커지게 되었다.

"오빠!! 안 돼요!!"

유아빈의 경악에 찬 목소리는 모든 것을 삼킬 듯한 바람에 묻혀 버려 관영호에게 전해지지 못했다. 그녀의 외침을 뒤로한 채 관영호는 거대한 용권풍의 기둥과 부딪쳤다.

"으으으윽!!"

관영호는 순식간에 칠공에서 피를 쏟으며 온몸이 갈라지는 느낌을 받았지만 초인적인 인내력으로 견뎌내고 있었다. 힘이 끊기려는 것도 잊은 그의 뇌리에는 이미 생각이란 개념이 사라진 상태였으며 몸 상태가 어떻게 되든 오직 미친 듯이 힘을 끌어올려 붉은 막을 형성시키고만 있을 뿐이었다.

이는 소중한 사람들을 지키기 위한 몸부림이었다. 더 이상 소중한 사람들이 자신의 눈앞에서 사라져 가는 것을 볼 수 없었던 것이다. 예전의 그였다면 결코 이런 마음을 가지지 않았을 테지만 지금은 너무나 달라진 모습을 보이는 관영호였다.

하지만 이러한 그의 발악에도 불구하고 붉은 막은 거대한 절대자의 위용 앞에서 서서히 휘기 시작했고 바람의 영향에 잠시 안전했던 집과 여인들도 조금씩 용권풍에 노출되기 시작했다.

"아악!!"

"꽉 잡아!!"

"오빠아아!!"

집의 지붕은 이미 바람에 날아가 버리고 없었다. 세 여인도 천근추를 시전하며 기둥을 잡고 간신히 견디고 있었지만 당장 쓸려가 버리지 않는 것이 이상할 정도로 위태로워 보였다. 어느 순간 유아빈과 서문설은 뒤로 나뒹굴더니, 간신히 난간에 버티고 있게 되었다.

"아악!!"

"오빠!!"

관영호는 계속해서 흘리는 피에 정신이 몽롱한 상태로 거의 본능적으로 힘을 끌어올리고 있었지만 서서히 자신의 몸도 무한역도구로 이루어진 방어막도 스러져 가고 있었다.

"오빠!! 오빠!!"

유아빈의 울음 섞인 울림이 계속 그의 귀를 간질이고 있었다.

'아빈……'

그녀의 울부짖음으로 잠시 정신이 든 순간을 그는 놓치지 않았다. 쉽게 놓쳐 버리기엔 그가 지켜야 할 것들은 너무 소중했고 간절했던 것이다. 용권풍은 이제 반을 지나가고 있어 그 영향력이 최고조에 다다른 시점이었다.

"으… 으으……!!"

관영호는 몽롱한 가운데서도 자신의 내부에서 다시 끓어오르는 엄청난 힘을 느낄 수가 있었다. 그것은 무한의 힘. 그 근원을 알 수 없는 깊은 곳에서부터 솟아오르는 무한의 힘은 죽음에 근접한 상황에서도 스러지지 않고 용솟음치고 있었던 것이다.

"으아아아!!"

그의 울부짖음과 마찬가지인 외침과 함께 그의 앞으로 다시 무한역도구가 계속 형성되어 막을 만들어내고 있었다.

"끄으으!!"

그의 칠공에서는 용권풍의 압력으로 인해 계속하여 피가 흘러내리고 있어 이 상태로 조금만 더 가다가는 과다 출혈로 죽을지도 모르는 일이었다.

"…저, 정랑……!"

어느새 냉미요가 그의 옆으로 와 있었는데 손에는 무적의 갑옷이 들려 있었다. 그녀의 입가에 핏자국이 있고 창백한 안색인 것을 보니 큰 내상을 입고 있는 듯했다. 가공할 태풍의 압력에 견딜 수 있었던 것은 그나마 관영호가 목숨을 걸고 지켜주고 있기 때문이었다.

"이것을……."

그녀는 그의 가슴과 등 쪽에 갑옷을 대어 부착시켰다. 부착하자마자 그녀는 압력의 영향을 이기지 못하고는 자리에서 쓰러져 정신을 잃고 말았으며 종내는 바람의 영향으로 뒤로 맥없이 날아가 바위에 부딪쳤다.

"아학!!"

그녀는 큰 고통 덕분에 피를 쏟으며 잠시 정신을 차렸지만 다시 찾아오는 지독한 고통에 정신을 잃고 말았다.

관영호는 자신을 눌러오던 압력이 크게 줄어들었음을 느낄 수 있었다. 무적의 갑옷이라는 이름에 걸맞는 성능에 놀라는 와중에도 출혈은 벌써 줄어들어 덕분에 용권풍을 막는 것에 좀 더 신경 쓸 수 있었다.

'조금만, 조금만 더…….'

그는 그래도 여전한 위력으로 인해 흐트러지려는 자신을 다잡기 위해 쉴 새 없이 그 말을 되뇌고 덜 되뇌었다.

'조금만 더… 조금만 더… 조금만…….'

그의 의식은 점점 멀어지고 있었고 용권풍은 그의 집을 지나가고 있었다.

"으음……."

쓰러져 있는 관영호의 입에서 미약한 신음 소리가 흘러나왔다. 벌어진 그의 입 안으로 모래가 흘러들었지만 그는 아무것도 모르는 상태였다.

칼바람으로 인해 찢겨진 그의 전신은 피딱지로 뒤덮여 있어 비참해 보였지만 얼굴만은 매우 편안해 보였다. 무언가를 완수한 듯한 만족감도 서려 있었다.

"음!"

관영호는 아득한 나락의 세계에서 순간 정신을 차리며 눈을 번쩍 떴다.

"……."

그는 잠시 혼란스러운 머리를 정리하고는 바로 냉정을 되찾으며 얼마 전까지 있었던 일들을 모두 기억해 낼 수 있었다. 자리에서 벌떡 일어나 주위를 살펴본 그는 할 말을 잃고 말았다. 얼마 전까지만 해도 익숙했던 사막의 지형이 크게 변해 알아보기 힘들 정도였기 때문이다.

'집은? 그들은?'

다행히 집은 그대로였다. 나무와 풀 줄기로 엮어진 지붕은 날아가고 없었지만 형태는 만족스러울 정도로 온전했던 것이다.

정신을 잃었던 동안 몸의 회복이 거의 다 되었는지 그는 믿지 못할 정도로 상쾌함을 느끼며 세 여인들을 찾기 위해 주위를 돌아다니기 시작했다. 자신의 방어가 성공했다면 어딘가에 그녀들이 있을 것이 분명했다.

그는 가까이서 아주 미약한 숨소리를 듣고 그곳으로 급히 달려가 모

래를 파헤쳤고, 얼마 지나지 않아 긴 머리가 보이자 그는 지체없이 내
공을 끌어올려 그녀의 전신을 들어 올렸다. 모래가 쏟아져 내리며 냉
미요가 나타났다. 안도의 한숨을 쉰 관영호는 그녀의 상체가 나신임을
보고 자신이 쓰고 있는 갑옷을 내려다보았다. 그녀가 찼을 때는 가슴
의 곡선이 드러나도록 딱 맞았는데 지금 자신이 차고 있는 모습을 보
니 자신에게 또한 딱 맞았다.

'정말 신기한 것을 많이 가지고 있군.'

그는 갑옷을 벗어 그녀에게 입혔다. 그러자 언제 그랬냐는 듯 그에
게 맞던 흉갑은 그녀의 상반신에 딱 맞게 착용되었다.

냉미요의 내상이 심한 것을 안 그는 그녀의 명문혈로 자신의 내공을
불어 넣기 시작했다. 자신의 힘 정도면 간단히 요상 대법으로 내상을
치료할 수 있기 때문에 망설임없이 시작한 것이다. 과연 얼마 지나지
않아 그녀가 검은 피를 토해내며 정신을 차리게 되었다.

그녀가 본능적으로 운기행공에 들어가자 그는 나머지 두 여인을 찾
기 시작했다. 얼마 지나지 않아 찾은 그녀들은 다행히도 집 뒤쪽에서
모래에 파묻힌 채 정신을 잃고 있었는데 심한 내상은 없는 듯했다. 몸
여기저기 긁힌 상처만이 있을 뿐이었다.

'다행이군.'

그는 두 여인을 내공으로 끌어 올린 뒤 계단 앞으로 옮겨다 놓았다.
두 여인의 몸 상태를 잠시 확인한 그는 이상이 없음에 다시 안도하고
집 주위를 살피기 시작했다.

정말 몰라볼 정도로 지형이 많이 변해 있어 마치 다른 장소에 온 듯
한 이질감마저 느껴질 정도였다.

'변하긴 했지만 변한 환경도 시간이 지나면 다시 적응할 수 있을 테

니까.'

그는 무덤이 있을 만한 위치를 찾아보았지만 거대한 사구로 변한 광경에 고개를 저을 수밖에 없었다.

"불가능하구나."

안타까움이 섞인 목소리였다. 하지만 어쩔 수 없는 일이었기에 곧 마음을 다잡을 수 있었다.

"……."

그때 그는 언덕에서 무언가를 발견하고는 위로 단숨에 도약했다. 그리고 그 자리에서 모래를 몇 번 파헤쳤다.

"아!"

그가 발견한 것은 사람의 하체로 흐르던 피는 말라 있었고 창백하게 굳어 있어 끔찍함이 아니라 쓸쓸함을 주고 있었다. 시체라고 할 수도 없는 몸의 일부분이었지만 그것이 간도민의 몸이었다는 것은 충분히 알 수 있었다.

"이것만은 그래도 사람이구나."

그는 무심한 표정으로 하체를 쳐다보았지만 마음은 결코 무심할 수가 없었다. 오늘따라 힘에 대한 안타까운 마음이 드는 것은 왜일까?

'왜 나에게 그런 감정을 가졌던가? 그리고 그렇게 나에 대한 애증이 컸단 말인가? 애증이 날 죽이려 했으며… 그 욕망은 힘에 대한 갈구였나? 그리고 그 결과는 이렇게…….'

그는 그녀의 하체를 들고는 자리에서 일어났다. 소중한 물건을 받쳐 들 듯 그는 그렇게 하체를 들고 있었다.

그리고 하늘을 올려다보았다. 사막의 태양은 언제나 그렇듯이 매우 뜨거웠다.

사구의 꼭대기로 올라간 그는 한눈에 사막의 풍경이 들어오는 것을 보며 잠시 상쾌한 공기를 깊이 들이마셨다. 바람이 그의 머리칼을 흩날리자 그는 바람이 불어오는 방향으로 고개를 돌렸다. 그가 무엇을 보고 있는지는 알 수 없었지만 그의 시선은 안타까움을 담은 채 오랜 시간 움직일 줄을 몰랐다. 태양이 그를 비추고 있었다.

[모월 모일. 맑음.

용권풍은 모든 것을 바꿔놓은 듯했다. 일단 나의 집 주위의 풍경을 완전히 뒤바꾸어 놓았다. 문을 나오면 오른쪽에는 의자가 있는데 문이 있는 방향으로 사막이 탁 트여 있어 의자에 앉으면 너른 사막의 풍경을 볼 수가 있었다.

하지만 이제는 방향이 바뀌었다. 문을 나오면 왼쪽 방향이 탁 트인 사막이 되어버렸다. 안타까운 것은 예전만큼 너른 사막의 풍경이 아니라는 것이다. 원래의 가운데 방향은 매우 큰 사구가 생긴 탓에 막혀 버려 사막을 감상할 수가 없었고 그나마 트여 있는 왼쪽도 아직은 허전함이 맴돈다.

어제도 생각한 것이지만 다 적응하기 나름이 아닐까 한다. 언제나 이곳에 있을 나이니까 곧 익숙해질 것이다. 사람은 그런 동물인 것이다.

세 여인은 이제 모두 회복된 것 같다. 그중 냉미요가 가장 큰 내상을 입었는데 다행히 나을 수 있었다. 그녀가 가진 무적의 갑옷이 아니었다면 끝까지 버티지 못했을 것이고 어쩌면 죽었을지도 모르는 일이었음을 알기에 그녀에게 고맙다는 인사를 했다.

그녀는 당연한 일이라고 말했지만 그녀의 말에서 약간의 부담감도 느껴졌다. 그녀의 나를 향한 마음이 진심임을 알았기 때문이다. 겁황천에서의 모습이 너무나 강해 쉽게 믿지 못할 여인이라고 생각했는데 그게 아님을 알게 되자 부담감으로 다가오는 것이다.

그러고 보면 사람의 운명은 정말 알 수가 없다. 만약 그녀가 여기로 오지 않았다면 나는 죽었을지도 모르고 또한 유아빈과 서문설마저 위험했을지도 모른다.

지금 생각나는 것이지만, 세 여인을 위협했던 네 마인들은 아마 죽은 듯했다. 거대한 용권풍의 위력에 시체마저 보전하지 못한 것 같았다.

밤 시간이 되자 유아빈과 서문설은 날아간 지붕 덕분에 보온이 되지 않아 꽤 추워하고 있다. 내일은 어두워지기 전까지 지붕을 만들어야겠다.

우습게 들릴지도 모르겠지만 왠지 변화를 야기하는 아주 큰일을 겪고이겨낸 듯한 느낌이 든다. 다른 여인들도 나와 다르지 않은지 얼굴에는 안도감과 기쁨이 서려 있다.

이 큰 환경의 변화 중에 그래도 변하지 않은 것이 있다. 바로 우리들 자신. 우리 네 사람의 마음은 항상 똑같을 것이다. 우리는 언제 그랬냐는 듯이 일상으로 돌아갈 것이고 일상은 항상 그러하듯이 흘러갈 것이다.]

[모월 모일. 맑음.

오늘 새로이 지붕을 했다. 이틀간 방풍이 되지 않아 자는 데 상당한 불편함이 있었지만 용권풍으로 집이 날아가 버린 것보다는 훨씬 낫다고 유아빈이 말했다. 확실히 맞는 말이지만 용권풍이 불지 않은 것이 차라리 더나았을 텐데……. 그녀는 용권풍을 불러내기 위해 무리하게 힘을 썼고 결국 그 악마의 힘에 굴복당한 것이 아닌가. 만약 그 힘을 쓰지 않고 나와계속 소모전을 펼쳤다면 난 그녀를 살린 채로 이길 수 있었을 것이고 새로운 사람으로 교화시켰을지도 모른다.

하나 이미 늦은 일이고 어쩔 수 없는 상황이었다. 스스로 그렇게 생각하려 했지만 그렇게 쉽지는 않아 왠지 모를 미안함과 안타까움이 계속 마음 한 켠에 남아 있었다.

예전에 무덤이 있던 자리에 새로이 생겨 버린 사구 자락에 비록 하체뿐인 몸이었지만 정중히 묻어 간도민의 무덤을 만들었다. 그녀에 대한 미안함과 안타까움으로 그녀를 영원히 기억할 것이다. 나와의 인연은 결국 악연이었지만 악연도 연은 연이지 않은가.

사람과 사람 사이의 관계는 참으로 재미있다고 생각한다. 어느 때이고 어느 순간에고 간에 항상 닥쳐오며 결코 예견할 수가 없다. 그래서 인생은 재미있는 것일까?

그녀의 죽음은 나에게 어떤 의미일까? 나도 잘 모르겠다. 하지만 한 가지 확실한 것은 그녀라는 존재가 나에게는 슬픔이라는 것이다. 처음에는 아니었지만 그녀와 싸우면서 점점 느끼게 된 감정이었고, 죽는 순간에는 그 감정이 확실함을 느낄 수 있었다.

그녀는 대체 무엇을 위해 그렇게 살아왔던 것일까? 그녀를 여기까지 끌고 온 그것은 단순한 애증이었을까, 아니면 자신은 원치 않았지만 운명의 끈이라는 것이 자꾸만 그녀를 그곳으로 몰아넣었던 것일까?

모든 것이 확실하지는 않지만 그녀는 이제 없고 남아 있는 사람은 가슴 깊이 그녀를 남긴 채 살아가야 하는 것이 몫이리라. 언젠가는 잊혀지겠지만 깊은 심연 속에 남아 가끔 내 마음을 슬프게 할지도 모른다. 잘 가시오, 간 소저.]

◆제3장 ◆ 떠나는 마음

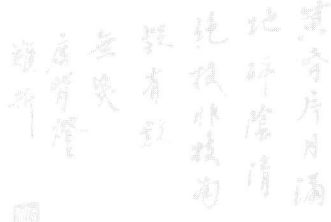

두 달 동안 강호에는 큰 싸움은 일어나지 않아 의외로 평화로운 상태가 지속되고 있었다. 사라성이 간헐적으로 군소 세력을 몇 개씩 흡수하고 있었고 회골림도 예전의 혈행보(血行步)가 아니라 무혈(無血)의 세력 흡수만이 있었기에 전체적으로 유혈 사태는 일어나지 않고 있었다. 겉으로 본다면 보통 때의 일상적인 무림의 상태라고 보아도 무방한 두 달이었다.

하나 신검마도객과 사라광마존과의 은근한 줄다리기는 아직까지도 계속되고 있었다. 가공할 만한 무공을 지닌 신검마도객은 자신을 추적하는 사라성의 무인들을 결코 가만두지 않았다. 자신의 눈에 띄는 순간 남김없이 모두 죽여 버린 것이다. 자신을 쫓는 수가 얼마나 많든 간에 한 사람도 살아남지 못했다.

특히 근래에 있었던 일은 신검마도객의 위상을 하늘 끝까지 드높여

준 결정적인 일이 되었다. 십헌비의 네 장로와 검마대 천여 명. 이들이 신검마도객의 행보를 발견하고 급히 추격하였고, 결국 따라잡을 수 있었다. 정확히 말하자면 그들이 따라잡은 것이 아니라 그가 그들을 기다린 것이지만.

그리고 천 대 일이라는 경천동지할 싸움이 일어났다. 천 대 일. 아무리 생각해도 말도 되지 않는 불가능한 싸움이었지만 신검마도객의 무공은 그들의 예상을 완전히 뒤엎어 버렸다. 그의 검이 허공을 가를 때마다 피와 살이 어김없이 하늘로 치솟아올랐다. 말 그대로 피의 제전이었다.

일방적인 도살. 천여 명의 검마대원이 끊임없이 덤벼들었지만 신검마도객은 지치는 기색 하나 없이 그들을 꾸준히 베어갔다. 끝이 보이지 않을 정도로 깊은 그의 내공을 바탕으로 시전하는 그의 검법은 그야말로 천외천을 보여주었다.

그의 검은 수많은 살을 베었음에도 그 예기를 잃지 않았고 그의 몸은 수많은 사람을 죽였음에도 처음처럼 태산 같은 기도를 유지하고 있었다 한다.

전투의 끝에는 결국 사장로 중 오직 한 사람만이 살아남아 사라광마존에게 패배를 전했으니 일 대 천의 싸움이 얼마나 끔찍했는지는 보지 않아도 알 만했다.

그들이 싸우던 전단평(田緞平)이란 곳은 살육의 현장이 되어 피범벅이 되었으며, 어느 순간 전단평은 혈해평이라는 끔찍한 이름으로 바뀌어 불리게 되었다.

회골림은 예전의 끔찍한 살육을 그만둔 지 오래되었지만 여전히 그들에 대한 인식은 공포 그 자체였다. 황궁의 조사단은 그들이 일주일 간 활동하면서 무공을 모르는 백성을 포함하여 단 한 명도 살려두지 않았다는 사실을 확인하였고 이로 인해 황궁에서는 회골림으로 사자를 보내 일차 경고를 보냈다고 한다. 지금 당장 무림 활동을 그만두고 회골림을 해체하지 않는다면 황제의 명으로 구족을 멸할 것이라는 내용 이었다.

하지만 회골림은 황명 따위는 전혀 두렵지 않은 듯 어명을 들은 후 그 사자의 목을 단칼에 베어 성 밖에다 효시해 두었다고 한다. 이에 황 궁은 크게 노하게 되었고 세인들은 황제를 깔보는 그들의 안하무인적 인 태도에 시선을 집중시킬 수밖에 없었다. 세인들은 그들이 황제의 군대에 의해 처절하게 파멸하여 구족까지 멸하게 될 것이라 입을 모으 며 그 귀추를 주목하였다.

그러나 회골림은 계속하여 세력을 확장하며 무림 활동을 지속할 뿐 이었다. 황궁이 오든지 안 오든지 전혀 상관하지 않는 듯 어떠한 입장 도 내세우지 않았다. 이리하여 회골림은 전 무림이라는 적에 이어 황 궁이라는 또 하나의 거대한 힘을 적으로 둔 셈이 되었다.

그러나 회골림은 끊임없이 세력을 키워 나가고 있었고 두 달이 지나 자 또 하나의 성을 차지하게 되었다. 이로써 그들은 산서성, 하남성을 차지하게 되었고 사라성보다도 더욱 큰 세력을 이루게 되었다.

얼마 전 무림은 또다시 충격적인 사건 소식을 접하고 말았다. 그것 은 또 다른 무인의 등장이었다. 그러나 그 무인은 신비천장처럼 신비 스럽지도, 신검마도객처럼 목적을 가지고 무림 활동을 하는 자도 아니 었다.

그는 한마디로 미치광이였다. 그렇다고 아예 정신이 없는 자가 아니라 평상시에는 누구보다도 멀쩡한 사내였다. 훤칠한 키에 신중한 몸가짐, 그리고 사내다운 말투는 여성들을 매혹시키며 남자들의 마음을 끌 정도의 인물이었다.

그러나 그는 아무런 이유 없이 미쳐 버리는 사람이었다. 예고없이 정신이 나간 뒤에는 닥치는 대로 살육을 벌이는데 그 참상은 끔찍하기 이루 말할 수가 없을 정도였다. 특히 미친 후에 시전하는 그의 무공은 그야말로 악마적이라고밖에는 달리 표현할 길이 없었다.

그는 한 자루 단창(短槍)을 들고 다녔는데 그 창에는 악마의 영혼이 깃들어 있어 스스로 날아다니고 사내의 힘을 악마적인 힘으로 증폭시켜 귀창(鬼槍)이라 불리웠다.

눈이 좋은 자들은 그 창에 무해(無海)라는 글자가 새겨져 있는 것을 보았으며 이로 인해 그 사내는 무해귀창마(無海鬼槍魔)라 불리게 되었다.

무해귀창마는 보통 때는 정처없이 떠돌아다니다 한번 미치게 되면 자신의 눈에 띄는 사람은 모조리 죽이는 생활을 반복했다. 뜻있는 무림인들이 모여 그를 처단하려 했지만 평상시의 무해귀창마의 실력 역시 강하고 잔인했기에 모두 죽을 수밖에 없었다.

사라성의 폭주, 회골림의 본격적인 만행, 그리고 새로 등장한 살성으로 인해 사람들은 조금씩 혼란스러워지고 있는 무림에 대해 우려하기 시작했다. 한동안 전성기를 구가하던 평화스러운 무림에 피바람이 몰아치는 것을 두려워함은 인간의 공통된 심정이 아닐 수 없었다.

이런 상황에서 사람들은 절실히 영웅의 등장을 원하고 있었다. 어떻게 할 수조차 없는 이런 혼란스러운 상황에서 질서를 잡아줄 강력하면서도 지도력있는 영웅을 필요로 하고 있었다.

그나마 가장 인정받고 있는 것이 현재는 신검마도객이었지만 그는 어떤 단체도 거느리고 있지 않은 채 고독한 강호행을 하고 있는 실정이었다. 그리고 지자(智者)들은 그의 행보를 지켜보고 어떤 단체에 들어갈 것 같은 사람이 아닌 것으로 판단하였기에 아쉬워했다.

그 다음으로는 현재 척사비한단의 단주인 철사접 호사란이었다. 그녀의 무공은 비록 신검마도객이나 사라광마존보다는 뒤진다는 평가를 받고 있지만 거대한 단체를 무리없이 이끌어가는 그녀의 지도력과 뛰어난 자들을 상당수 거느리고 있는 그녀의 인화력, 그리고 무림의 평화를 위해 인류의 고리마저 스스럼없이 잘라 버린 그녀의 용단과 무림 정의의 정신을 높이 사 인정받고 있었다.

하지만 무림인들은 이들만으로는 만족할 수가 없었다. 그러기엔 마의 세력이 너무나 높았던 것이다. 마고천장(魔高千丈). 마의 세력이 하늘을 치솟고 있는 이 시점에서는 완벽한 자를 필요로 하고 있었다.

훤칠한 키에 호리호리한 몸매는 그를 더욱 크게 보이게 했다. 육 척사 촌(190㎝ 정도)은 충분히 넘을 듯한 그의 키는 바람에 쓰러지지 않을까 하는 걱정마저 들게 했다. 무림에는 이 사내처럼 큰 키의 사내는 많았지만 이자처럼 마른 몸매를 가진 자는 매우 드물었기에 눈에 뜨일 수밖에 없었다.

무림에서 무해귀창마라고 불리고 있는 광인 현무태는 지금 회골림이 있는 곳으로 향하는 중이었다. 그가 찾고 있는 상대는 바로 유유객이었다. 자신을 정상인으로 깨우고 나서 자신에게 심리적인 충격을 자주 주었고 결국 자신의 상태를 엉망으로 만들어 버린 자였다.

그런 그를 가만히 놔둘 수는 없었다. 같은 생사초월의 힘을 가진 둘이었기에 승부를 쉽게 예측할 수는 없었지만, 그리고 비록 초인천에서 한 번 밀린 전적이 있지만 포기할 생각은 당연히 없었다.

"유유객……."

유유객은 자신이 아는 생사초월의 힘을 가진 몇몇의 인물들 중에서도 매우 독특한 사람으로 기억하고 있었다. 우선 그 누구보다도 생사초월의 힘을 가지게 해준 장본인을 증오하고 있었고 그 누구보다 무공에 대해 소름 끼칠 정도로 천부적인 재능을 지니고 있었다. 생사초월의 힘을 가진 자들 모두가 천재적인 재능을 가지고 있었지만 그중 유유객은 단연 압도적이었다.

그러나 특이한 것은 유유객은 무공보다는 제약(制藥)에 더욱 많은 관심을 가지고 있는 자였고 천재적인 능력에 맞추어 제약에 놀라운 능력을 가지고 있었다. 그래서 무공보다는 환단(環丹)을 만드는 데 더욱 파고든 사람이었다.

나중에 안 사실이지만 그는 스스로 죽기 위한 치명적인 환단을 만들기 위해 그런 것이었으며 결국은 실패했다고 한다. 독단이라는 개념을 뛰어넘는 죽음의 환단, 사환단(死環丹)을 만들었지만 그것을 먹고도 죽지 않기 때문이다.

"내가 죽여주겠다."

그의 눈에서 순간적으로 섬뜩한 살기가 스쳐 지나갔다. 그가 아무리 생사의 개념을 초월한 자이기는 해도 자신의 치부를 드러낸 것도 모자라 자신의 정신을 엉망으로 만들어놓은 자에게 결코 좋은 감정이 생길 수는 없었다.

얼마나 걸었을까. 갑작스럽게 다섯 사람이 그의 앞에 나타나 그의 길을 막았다. 다섯 사람은 각기 다른 복장을 하고 있었고 다양한 무기를 가지고 있었다. 그들의 목적은 분명 자신을 죽이려는 것임을 아는 현무태였지만 그는 아무런 상관도 하지 않고 그저 걸음을 계속할 뿐이었다.

그가 태연하게 계속하여 걸어오자 어느새 그들과의 사이는 삼 장으로 가까워졌다. 그들은 현무태가 가까이 올수록 왠지 모르게 자신들을 옭아매고 있는 무언가가 느껴져 자신도 모르게 뒤로 물러나기 시작했다.

"머, 멈춰라!!"

다섯 중 수좌로 보이는 자가 애써 용기를 내어 소리쳤지만 현무태는 그들을 보고 있지도 않았다. 그저 생각에 잠긴 채 걸어갈 뿐이었다.

"으으……!"

그들과 그의 사이가 다시 좀 더 가까워지자 다섯은 또 물러날 수밖에 없었다. 이렇게 가다가는 끝이 없을 테지만 물러나자니 수치스러웠고 그를 해치우려 하자니 뭔가 꺼림칙한 느낌이 너무나 강하게 들었다.

"네 이놈!!"

그중 한 명이 그를 향해 검을 찔러가자 그 순간 잠시 생각에서 벗어난 현무태는 그때 멀리서 들리는 어떤 소리에 고개를 돌렸다.

"으아아악!!"

놀랍게도 검을 찌른 사내는 창에 꿰뚫려 죽어버렸다. 현무태의 허리에 검처럼 매어 있던 무해창이 자동으로 빠져나와 검을 갈라 버리고는 상대의 심장을 꿰뚫어 버린 것이다. 하지만 현무태의 시선은 여전히 그들이 아니라 다른 쪽을 보고 있었다. 그들의 존재를 완전히 무시하는 처사였지만 그들은 그의 행태에 분노할 겨를이 없었다.

"귀, 귀창이다!"

네 사람은 창이 스스로 천천히 심장에서 빠져나와 창신을 살짝 흔들며 묻은 피를 털어내는 장면에 할 말을 잃고 말았다.

"그들일지도 모른다."

현무태는 알 수 없는 말을 중얼거리고는 몸을 튕기듯이 날렸다. 그 순간 이미 현무태의 신형은 보이지 않았고 무해창 또한 사라져 버리고 없었다. 두려움으로 떨고 있는 네 사람과 죽어버린 시체만이 장내에 말없이 있을 뿐이었다.

숲 속에서는 흑의 복면을 한 사내가 한 여인을 겁탈하고 있는 끔찍한 난행이 벌어지고 있었다. 여인은 계속하여 반항의 몸부림을 치고 있었지만 사내는 오히려 그것을 즐기는 듯 더욱 거칠게 몸을 움직였다. 여인은 아혈을 짚였는지 입은 벌린 채 소리치고 있었지만 소리는 나오지 않고 있어 속절없이 눈물만 흘리고 있었다.

그리고 그들 주위에서 열 사람의 사내가 빙 둘러싸고 구경하고 있었다. 그들의 가슴에는 동그란 원 안에 밝은 회색으로 '살(殺)'이라고 적혀 있었고 그 위에는 작은 회색 회골이 그려져 있는 것이 회골림의 살마대원들임을 짐작케 해주었다. 그들은 살마대의 이동 중 쉬는 시간을 틈타 빠져나와 지나가던 여인을 잡아 이런 악행을 저지르고 있었던 것이다.

"크크크!!"

"어서 빨리 하라고!"

사내들은 음탕한 말을 주고받으면서 상황을 한껏 즐기고 있었다. 구경과 악행에 정신이 팔린 사내들은 그들의 뒤에 말없이 서 있는 키 큰 사내를 느끼지 못하고 있었다.

"……."

현무태는 눈살을 찌푸리며 살마대원들의 행태를 지켜보다 더 이상 참지 못하고 한 발자국 앞으로 걸어나왔다. 일부러 소리를 낸 것이기에 사내들은 곧 눈치를 채고 재빨리 몸을 돌려 그를 쳐다보았다.

"네 이놈!! 네놈은 누구냐!"

"어서 죽이자구! 말이 필요없어."

한 사내의 말에 열 명은 너나 할 것 없이 한꺼번에 덤벼들었다. 오직 뒤에서 겁탈을 하던 사내만이 여전히 그 짓에 열중하고 있었다.

사내들의 움직임이 꽤 날렵한 것이 결코 시시껄렁한 잡배는 아닌 듯했다. 하지만 현무태는 아무 상관 없다는 듯 시선을 겁탈을 하고 있는 사내에게로 향한 채 앞으로 걸어나왔다. 그를 공격하던 열 명은 그가 미친놈이라고 판단하고 괜히 모두가 덤비는 수고를 한다고 후회했지만 이내 상황은 급반전되었다.

"아니!!"

"으아아악!!"

"크아악!!"

갑자기 현무태의 허리에서 창이 튀어나오더니 십오 자(4.5m) 이상의 창강을 내뿜으며 크게 횡으로 움직여 살마대원들의 몸을 반으로 갈라버린 것이다.

처절한 비명과 함께 뜨거운 김을 뿜는 내장들이 바닥으로 무수히 떨어졌다. 순식간에 발생한 끔찍한 상황에 겁탈을 하던 사내와 겁탈을 당하던 여인은 크게 비명을 질렀으며 두 눈은 경악으로 째질 듯 크게 떠졌다.

"으아아아!!"

"……."

여인은 아혈이 찍혔기에 비명 소리는 나오지 않았지만 그녀의 얼굴은 이미 공포로 한껏 창백해진 뒤였다. 그러다 서서히 눈을 까뒤집더니 입에 거품을 물고는 기절해 버렸다.

"……."

현무태는 아무 말 없이 시체들의 잔해를 밟으며 사내의 앞으로 다가갔다.

"으… 으으! 사, 사, 살려주십시오!!"

사내는 급히 바지춤을 추스린 후 무릎을 꿇고 목숨을 구걸했지만 현무태의 표정은 아무런 변화도 없었다.

"너의 일행들이 있겠지?"

"네? 아, 네! 있습니다!"

"……."

현무태는 아무 말 없이 그를 가만히 쳐다보기만 했다. 그의 무심한 눈길에 사내는 잠시 어리둥절했지만 이내 그의 눈빛이 자신의 온몸을 찌르는 듯한 느낌과 동시에 아득한 나락으로 빠져 버리는 느낌에 다시 공포심으로 물들 수밖에 없었다.

"이, 있습니다! 저쪽으로 이 다경 정도만 경공으로 가면… 이, 있습니다! 사백여 명에 이르는 살마대원들이… 으으… 쉬, 쉬고 있습니다! 으아아아!!"

그의 목소리는 공포로 인해 걷잡을 수 없이 떨리고 있었다. 현무태가 두렵기도 했지만 그의 옆에 둥둥 떠 있는 귀창이 자신을 향해 창끝을 겨누고 있었기 때문이다.

현무태는 사내를 향했던 시선을 돌려 손가락이 가리키는 방향으로
시선을 돌렸다.

"음, 있군."

그는 몇십 리나 떨어져 있는 거리에 있는 사람들의 기척도 느끼는지
고개를 살짝 끄덕였고, 그 말이 끝남과 동시에 처절한 비명성이 그의
옆에서 울려왔다.

"크아아아악!!"

무해창의 날카로운 날이 사내의 심장을 꿰뚫어 버린 후 현무태의 옆
으로 되돌아왔고 사내의 주검은 앞으로 힘없이 무너져 버렸다.

쿵!

"……."

시체를 향해 눈길조차 주지 않던 그는 사내가 가리켰던 방향으로 몸
을 날렸다.

현무태는 나무 위로 올라가 몸을 숨긴 상태로 숲 안에 만들어져 있
는 작은 공터를 주시하고 있었다. 이곳에서 약 삼십여 명의 살마대원
들이 앉아서 휴식을 취하고 있었다. 숲인 관계로 사백여 명의 많은 인
원이 한 장소에 있을 수 없었기에 이곳저곳으로 나뉘어서 휴식을 취하
고 있었다.

현무태는 일차적인 경고로 이들을 모두 죽일 속셈이었다. 물론 자신
의 말을 전할 한 사람만을 놔두고. 굳이 이런 방법을 쓸 필요는 없었
다. 바로 그에게로 가 결판을 내면 자신도 오히려 편하지만 그러면 유
유객을 너무 편하게 해주는 것일지도 모른다고 생각했다.

그가 단체의 장을 맡고 있는 이유를 확실히는 몰라도 대충 감은 잡

은 상태였다. 만약 그의 밑에 있는 자들을 교묘히 괴롭히고 수를 급격히 줄여 그가 목표를 이루는 데 큰 장애를 만든다면 나름대로 그의 신경을 괴롭히는 방법이 될 것이라 생각했다. 그렇게라도 해야만 자신의 이 분노가 조금이나마 풀릴 것 같았다.

'나답지 않다고 생각하겠지만… 이런 것도 일종의 전략이다.'

그는 성격상 어떤 계략이나 속임수를 쓰는 것을 싫어했지만 이번만은 그것을 깰 작정이었다.

"야, 아까 그 녀석들, 왜 이렇게 안 오지?"

일행 중에 한 명이 말을 꺼내자 옆에 있던 복면의 사내가 대답했다.

"그 녀석들 취미가 그 짓거리 아닌가? 다 끝나면 바로 올 거야."

우연히 들린 대화에 현무태는 방금 전에 있었던 일들이 잠시 떠올랐다. 그러다 유린당하고 있던 여인이 생각났고 공교롭게도 아주 오랜 옛날의 악몽과 겹쳐지고 말았다.

'음……'

현무태는 잠시 인상을 찡그렸다. 옛 기억이 또다시 자신을 미치게 만들지도 몰랐기에 마음을 진정시키려는 것이었다. 하지만 자신의 인생을 망쳐 버린 그 당시의 사건은 아무리 그라고 해도 쉽게 진정시킬 수 없는 노릇이었다.

연상 작용으로 계속하여 좋지 않은 기억이 자꾸 떠오르자 겁탈을 당하던 여인이 종내에는 자신의 죽은 아내로 변해 버렸다. 그리고 유린당하는 그녀의 얼굴은 결국 고통이 아닌 쾌락으로 이성을 잃은 짐승 같아 보이게 되었다.

"으으!"

그의 신음 소리는 미약했지만 삼십여 명의 이목을 속일 수는 없었다.

"누구냐?!"

한 명의 외침에 나머지 모두가 자리에서 일어나 병기를 꺼내 들었다.

"저 나무 위다!"

현무태를 발견한 사내가 소리치자, 곧이어 다른 사람들도 욕설과 함께 갖가지 소리를 지르더니 이내 그를 향해 달려들었다.

"으으으!!"

한 손으로 얼굴을 움켜잡고 있던 그의 손에서 시작한 경련은 이내 온몸으로 퍼져 나가 부들부들 떨고 있었다. 하지만 그런 안타까운 경련과는 달리 그의 신형에서는 항거할 수 없는 힘이 솟아오르고 있었고, 그 여파로 주위의 나무들이 돌풍을 만난 듯 강하게 흔들리기 시작했다.

"뭐, 뭐야?!"

"조심해! 엄청난 고수다!!"

"저 창을 봐!!"

사람들은 어떻게 할 바를 모르다 그의 옆에 둥둥 떠 있는 창을 보고는 경악하고 말았다. 그가 무림을 공포로 몰고 있는 무해귀창마임을 알아챈 것이다.

"무해귀창마다!!"

"으아악!!"

그중 한 사람이 비명을 지르며 뒷걸음질쳤다. 그들이 보아하니 들은 바대로 무해귀창마의 모습이 미치기 직전인 것 같았기에 두려움을 느꼈던 것이다. 하나 소란이 꽤 요란했는지 뒤로 물러나는 사람들보다는 여기저기 흩어져 있던 살마대원들이 모여들고 있어 수는 결과적으로 붙어나고 있었다.

"크ㅎㅎㅎㅎ!"

얼굴을 잡고 있던 현무태의 입에서 흘러나온 음산한 웃음에 그를 올려다보고 있던 삼십여 명의 무인들은 순식간에 투지가 꺾이고 말았다.

"두려워하지 마라! 우리 살마대원이면 저 미친놈은 충분히 잡을 수 있다!!"

이들을 통솔하고 있는 우두머리 격의 사내가 나타나더니 물러서려는 수하들을 독려하기 시작했다.

"끄으으으… 으으으……!"

현무태의 발작은 거의 폭발 직전처럼 위태로워 보였다. 그에 따라 그의 몸에서 솟아오르는 기운 또한 주체하지 못하는 것이 아닌가 할 정도로 끊임없이 솟아올라 수많은 살마대원들을 위협하고 있었다. 그가 올라가 있던 나무의 잎은 그의 기운에 닿자마자 재가 되어 바닥으로 떨어지고 있을 정도로 그 기운은 살인적이었다.

"발작하기 전에 쳐라!! 공격하라!! 저자가 강하다곤 소문나 있지만 우리는 사백 명이나 되는 데다 죽음을 두려워하지 않는 살마대원이다! 가라!"

우두머리인 듯한 사내가 명령하자 살마대원들은 자신들의 수가 압도적으로 많다는 것에 안심하고 공격을 하기 시작했다.

"죽여라!!"

"미친놈은 매가 약이다!"

"우와아아!!"

누군가가 나무 기둥을 검으로 단숨에 베어버리자 나무가 크게 기울더니 땅으로 쓰러져 버렸다. 정신을 차리지 못하고 있던 현무태는 미처 피하지 못하고 바닥에 세게 굴러 떨어졌지만 여전히 손으로 얼굴을 감싸고 있었다.

"죽여라!!"

여러 명이 쓰러져 있는 현무태에게 다가가 검을 찌르려는 순간 찡그리며 감고 있던 현무태의 눈이 번쩍 뜨이며 그의 입에서 세상을 저주하는 듯한 포효가 울렸다.

"끄아아아아!!"

"으으윽!!"

"우엑!!"

엄청난 내공이 실린 그의 포효는 멈출 줄을 몰랐다.

"우에엑!!"

"어, 어서 저놈을! 우에엑!!"

"으아악!!"

가공할 음파는 주위뿐만 아니라 제법 멀리 있던 살마대원들의 기혈마저 뒤집어놓고 있었다.

"그만!"

계속되는 음공에 사람들은 하나둘 쓰러져 가고 있었고 운기행공으로 버티려던 자도 도무지 인간이 시전하는 것이라고는 믿기지 않는 음공에 속절없이 피를 토하며 죽어갔다.

그의 포효는 장장 일 다경이나 지속되었다. 그 가공할 음공에 이미 주위에 있던 대부분의 사람들은 죽어 있었고 그나마 살아 있는 사람들도 심맥이 파괴되거나 치명적인 내상으로 다시는 무공을 쓰지 못하는 상태가 되어버린 후였다.

"크크크크!!"

상체를 벌떡 일으킨 현무태의 눈은 이미 사람의 눈이 아니었다. 광기로 번들거리고 있는 그 눈 속에서는 세상을 불태울 듯한 살기마저 맺혀 있었다.

"모두 죽어!!"

그는 어느새 쥐어져 있는 무해창을 사방으로 무자비하게 찔러갔다. 마치 발악을 하는 듯 휘두르는 창에서 폭발하는 것처럼 창강이 터져나갔다. 그러자 가공할 위력의 창강들은 죽어 있는 자들과 죽어가는 자들을 가리지 않고 무자비하게 휩쓸기 시작했다.

쿠쿠쿠쿠쿵!!

그 숨 막히는 장면은 한마디로 창의 해일이었다. 해일은 주위의 나무를 휘몰아치고 있었고 여기저기 널브러져 있던 사람들의 전신마저 삼켜 버리며 끝없이 앞으로 나아가고 있었다. 정녕 인간이 사용한 것이라고는 도저히 볼 수 없는 끔찍하기까지 한 무공이었다.

"으아아아아아!!"

굉음 가운데서도 그의 포효는 계속되고 있었다. 세상을 모두 삼켜 버릴 듯한 저주스런 해일은 계속되고 있었고 사방에 쓰러져 있던 시체들과 부상자들은 비명조차 지르지 못한 채 속절없이 죽어갔다.

이윽고 창의 해일은 끝이 났지만 그 결과는 너무나 참혹했다. 숲이었던 이곳이 순식간에 흙만이 드러난 황무지가 되어버린 것이다. 그 누가 사람이 한 짓이라고 믿을 수 있겠는가?

그의 무공과 현재의 미쳐 버린 모습은 결코 인간 같아 보이지 않았다.

"크아아아!! 모두 죽여 버리겠다!!"

그의 분노의 포효는 좀처럼 사그라지지 않을 듯 계속되었다. 그는 살육의 대상을 찾아 고개를 두리번거리다가 살아 있는 생명체가 느껴지지 않자 결국 어디론가 날아가 버렸다. 무림에 또 다른 살육의 피바람을 예고하는 모습이었다.

장내에는 여덟 명의 남녀가 앉아 있었다. 그들 앞에는 뜨거운 김이 나는 차가 있었지만 너무나 가라앉아 있는 장내 분위기 때문에 아무도 손을 대지 않고 있었다.

척사비한단의 긴급 수뇌회의였다. 그들은 오늘까지 사라성과의 마지막 싸움을 위해 모든 출정 준비를 마친 상태였지만 갑작스런 단주의 출정 취소 명령으로 수뇌부들을 어리둥절하게 만들었던 것이다. 그리고 수뇌부들의 만장일치로 긴급회의를 가지게 되었다.

그 수뇌부들이라 하면 오대세가주, 즉 중광장주(中廣莊主) 도현악(途玄岳), 혈명각주(血鳴閣主) 주검군(珠劍君), 독패장주(獨覇莊主) 남궁현원(南宮賢源), 금단장주(金緞莊主) 공손혁(公孫赫), 비궁주(秘宮主) 당세기(唐貰己)와 비도대주 천수환도 궁상, 군사 호미란, 그리고 단주인 철사접 호사란이었다.

대사청의 화려함과는 달리 호사란은 수수한 흰색 상복을 입고 있었다. 이것은 그녀가 단주에 취임할 당시부터 줄곧 입어오던 것으로 그것이 그녀의 남편인 임사우의 제(祭)를 지내기 위해 입고 있는 것임을 알 만한 사람은 다 알고 있었다.

회의가 시작된 지 일각이 지나고 있었지만 단주의 침묵으로 인해 다른 사람들도 아무 말 하지 못하고 그저 침묵에 동참하고 있을 뿐이었다. 하지만 이런 분위기를 가장 싫어하는 도현악이 결국 가장 먼저 침묵에서 벗어나기 위한 시도를 했다.

"단주님, 출정 취소에 대한 이유를 말씀해 주셔야 합니다. 그에 대한 합당한 이유가 있어야 하지 않겠습니까!"

그의 어디로 튈지 모르는 성격이 이 정도로 말한 것이면 대단히 참은 것이었다. 그녀의 딸 도용연이 죽은 것이나 마찬가지가 된 이후로 크게 상심했고, 그로 인해 예전보다는 인내심이 제법 깊어진 그였다. 그가 말문을 트자 기다렸다는 듯 주검군이 이어서 말했다.

"맞는 말입니다. 당장 내일이면 사라성과 최후의 생사전에 돌입해야 하는데 갑자기 취소시키신다면 단주님에 대한 의혹이 높아지며 단원들의 사기 또한 내려갈 것입니다. 출정 취소에 대한 명령을 물려주십시오."

"……."

호사란의 표정은 시종일관 무심했다. 두 사람의 말을 듣고도 아무 말 없이 찻잔만을 바라보고 있었던 것이다. 그 모습에 오대세가주 중 남궁현원을 제외한 네 사람은 인상이 그다지 좋지 않게 변해 있었다.

남궁현원은 호사란을 가만히 지켜보다가 입을 열었다.

"단주님이 쉽게 결정을 내리실 분은 아닌 것을 알고 있소. 생각하시는 바를 말씀해 주시오. 같은 배를 타고 있는 사람들끼리 숨길 필요는 없다고 보오."

남궁현원은 오대세가주 중에서 가장 나이가 많았고 성격 또한 가장 신중하며 지혜로운 사람이었다. 하나 그와는 반대로 화통한 면도 많이 있었기에 직위상 상관인 단주에게도 하대를 하는 면모도 보여주는 것이었다.

"단주님, 혹시 단주님은 그 우려되는 일 때문에 망설이는 건가요?"

호미란이 공석인지라 예를 차려 그녀에게 조심스럽게 물었다. 그녀의 말에 호사란은 가볍게 고개를 끄덕였다. 그리고 뭔가를 결심한 듯한 표정으로 고개를 들어 좌중을 살펴보았다.

"내가 말할게요. 여러분들, 이번 출정은 취소해야 합니다."

"……."

모두들 그녀의 다음 말을 기다리는 것인지, 아니면 그 내용에 너무 놀라 할 말을 잃은 것인지 장내는 침 삼키는 소리마저 들릴 정도로 조용해졌다.

"지금 사라성이 잠시 우리에게서 눈을 돌린 듯하나 실은 결코 그렇지 않을 것입니다. 그때 우리 세력의 최전선에 있었던 추계연 장로님께서 비참한 죽음을 맞았다는 것을 알고 있을 것입니다. 그리고 백무도 장로님 또한 큰 부상을 입으셨죠. 사라성이 그때 공격한 것은 필히 우리와 결판을 내기 위해 온 것이었습니다. 그만큼 자신이 있다는 증거겠죠. 특히 사라성주가 직접 왔다니까 두말할 필요도 없습니다."

그녀는 잠시 말을 중단하고는 찻잔을 들어 살짝 차를 마셨다.

"지금 겉으로는 신검마도객이라는 자 때문에 잠시 활동을 하고 있지 않은 듯하나 실제로는 결코 그렇지 않을 것입니다. 오히려 그쪽에서 우리를 끌어내리려는 장기전을 펼치고 있는 것입니다. 그들은 우리에게는 신경을 쓰지 않는 척하면서 다른 쪽으로는 세력을 불리고 있는 것이 확실합니다. 조사로도 어느 정도 윤곽이 잡혀 있으니까요. 이런 상황에서 우리가 그들을 향해 공격한다면 분명 그들은 기다렸다는 듯이 총전력을 우리에게 쏟아 부을 것입니다. 그렇게 된다면 우리는 대패할 것이 명약관화하겠지요."

"그렇다면 우리 척사비한단이 언제까지나 꼬리를 내리고 계속하여 세력만 기르고 방어만 하자는 것입니까?"

금단장주 공손혁이 날카롭게 쏘아붙였다. 그의 말대로 언제 끝날지 모르는 소모전으로 가봤자 결국 자신들만 손해인 것이다.

그에 대한 대답은 호사란이 아닌 호미란이 대신했다.

"아닙니다. 저희들도 때를 기다려야 합니다. 저희들은 객관적으로 드러나 있듯 세력 면에서는 사라성이나 회골림에 비해서 많이 뒤처집니다. 그런 상태에서 전면전은 필패일 것입니다. 일단 저희들은 반드시 절대적인 고수가 필요합니다. 여러분들이 고수가 아니라는 말이 아님은 잘 아실 겁니다. 적어도 신검마도객이나 예전의 천풍공자 뇌운성 정도의 고수가 필요합니다. 그런 고수가 있어야 사라성이라는 거대한 방파를 상대하는 데 있어 큰 피해를 입지 않을 것입니다. 저희들이 피해를 입지 않아야 그 다음의 적인 회골림을 상대로 다시 대결에 임할 수 있을 것입니다. 현재 우리가 가장 바라는 것은 사라성과 회골림이 먼저 서로 싸우는 것입니다. 그렇게 두 호랑이가 싸워 지쳤을 때 우리가 그들을 공격해야 승산이 있을 것입니다만 지금은 그럴 가능성이 희박하기 때문에 단주님의 생각대로라면 일단은 더 지켜봐야 할 것입니다."

"군사님과 단주님의 생각은 잘 알겠습니다. 하지만 왜 이제야 그런 결정을 내리게 된 것입니까? 애초에 그런 생각을 가지고 계셨다면 출정 준비 자체가 없었을 것입니다."

주검군의 말에 호사란은 고개를 끄덕였다. 인정의 의미인 것 같았다.

"무언가 그 사이에 일이 있었던 것입니까? 단주님의 결심을 바꿀 정도의 것이?"

천수환도 궁상이 침묵을 깨고 말했다. 본래 말이 없기로 유명한 사람이었지만 그가 말을 할 때는 항상 바른말을 하였고 때문에 그의 말에는 큰 무게감이 있는 것으로도 유명했다.

"대주님의 말이 맞아요. 원래 저도 군사님의 말을 어겨가면서까지 사라성을 공격하려고 했었죠. 하지만… 이 서찰로 인해 결국은 생각을 바꿨습니다."

그녀는 품에서 서찰을 꺼내었다. 굉장히 구겨져 있었는데 그녀는 그것을 펴 탁자 위에 펼쳐 놓았다. 모두의 시선이 서찰로 향했는데 그 서찰은 피로 쓰여진 듯 혈자(血字)로 이렇게 적혀 있었다.

아직 공격할 때가 아니오. 조금 더 기다려야 하오.
신검마도(神劍魔刀).

"으음… 신검마도객?"
"그런 것 같소."
"음……."

내용은 둘째 치더라도 보낸 사람의 정체가 의외의 인물임을 알게 되자 여섯 사람은 침음성을 흘릴 수밖에 없었다. 당금 무림에서 가장 이름 높은 고수 중 한 명이었기 때문에 그 놀라움이 적지 않았던 것이다.

"하지만 그가 보냈다는 것이 확실한가?"

남궁현원이 혹시나 하는 마음에 물어보자 호사란은 고개를 저었다.

"확실하지 않습니다. 그렇기 때문에 저도 많은 고민을 했습니다. 하지만 처음에 군사님이 간곡히 말렸던 일이 겹쳐져서 꽤나 비중있게 느껴졌습니다. 그 서찰의 진위 여부를 떠나서 그 내용과 군사님이 말씀하시던 것들이 묘하게 일치하였으니 말이죠. 확실히 제가 너무 감정만

앞세웠던 것은 아닌가 하는 생각이 들었습니다. 그래서 고민 끝에 출정을 취소하라는 결정을 내리게 되었습니다."

"음, 단주님의 생각은 잘 알겠소. 하지만 이미 단원들의 사기는 최고조에 달해 있고 모두 사라성을 쳐부수러 간다는 생각만을 하고 있는 실정이오. 이때 출정 취소라는 명령이 떨어진다면 찬물을 부어버리는 것이나 마찬가지요. 이에 대한 대책은 어떻게 할 것입니까?"

남궁현원이 문제점을 제대로 지적하면서 대책을 요구했다. 이에 대답한 것은 호사란이 아니라 호미란이었다. 호미란은 애초부터 이러한 상황에 대한 대책을 미리 마련해 두었던 듯 유창하게 말을 이어나갔다.

"제가 말씀드리겠습니다. 저도 단주님의 출정 취소에 대한 생각은 몰랐지만 혹시 있을지 모르는 상황에 대비해서 대책을 마련해 두었습니다. 출정하려는 본 단의 출정대는 결코 작은 세력이 아닙니다. 이 세력을 한 번은 써야 할 것이라고 생각했습니다. 그렇다고 사라성 본진을 친다는 것은 말이 되질 않습니다. 애초부터 그것은 무리였으니까요. 세력면에서는 둘째 치더라도 사라광마존의 무공은… 그야말로 천외천입니다. 솔직히 말해서 여기 있는 여덟 사람이 모두 덤벼도 그를 이길 수는 없습니다."

"설마……?!"

"아무리 강하다고 해도 그렇지 그것은 너무 과장된 말 같소."

그녀의 말에 강하게 반발하는 그들이었지만 호미란은 단호히 고개를 저었다.

"아닙니다. 제가 본 그대로를 말씀드리는 것입니다. 그랬기에 제가 그토록 절대적인 무공을 가진 무인을 찾고 있었던 것입니다."

그녀의 확신에 차 있는 말에 모두는 할 말을 잃은 듯했다. 여태껏 그녀의 혜안과 지혜, 능력을 보아온 그들로선 그녀가 지금 하는 말이 결코 거짓이 아님을 알았기에 믿을 수밖에 없었다.

"그래서 생각한 것은 예전에 빼앗겼던 붕철문을 다시 탈환하는 것입니다."

"오!"

"음……."

"그곳에 배치된 자들의 무공 수위 또한 상당히 뛰어나기는 하지만 결코 우리가 상대 못할 정도는 아니라고 판단됩니다. 특히 사라광마존은 성에 있기 때문에 사라광마존의 무공에 대한 걱정은 하지 않아도 됩니다. 적어도 그가 직접 오는 일은 없을 테니까요. 주의해야 될 것은 백 장로님이 말씀하셨던 세 명의 살인마입니다. 삼재마인(三災魔人)이라 불리고 있는 그들이 수좌로 그곳을 수비하고 있으므로 그들만 무사히 격퇴시킨다면 함락은 그리 어렵지 않을 것입니다. 그리고 그렇게 차지한 후 예전보다 좀 더 많은 세력을 그곳에 배치한 후 세력 보강이라는 명목으로 다시 회귀하면 우리들의 사기 측면에서 큰 문제는 없을 것입니다. 물론 작은 불만이야 있겠지만 아무 대책 없이 취소하여 발생하는 문제들보다는 훨씬 처리가 쉬울 것입니다."

그녀의 말이 끝나자 모두들 수긍의 눈빛으로 고개를 끄덕였다. 그녀가 제시한 방법이 매우 타당성이 있었기 때문이다.

"하지만 본인은 반대입니다. 본 단이 사라성에 비해서 그렇게 약하다고 판단하고 있는 것은 수긍하기가 어렵습니다. 충분히 지금의 출정 대만으로 사라성을 위협할 수 있을 것이라 생각합니다."

비궁주 당세기가 반론을 제기했다. 그는 자존심과 호승심이 타의 추종을 불허할 만큼 강한 사람으로 자신의 세력에 대한 자부심이 대단한 사람이었다.

"나도 비궁주의 의견에 동의합니다."

금단장주 공손혁도 그의 말을 도왔다. 더 이상 동의하는 사람이 없는 것을 확인한 호미란은 고개를 끄덕이며 말했다.

"두 분의 생각은 잘 알겠습니다. 여기서 당장 뭐라 왈가왈부할 수는 없다고 봅니다. 그러므로 일단 첫 전투에서 두 분이 선봉으로 서주십시오. 그렇게 하면 저희들이 빼앗긴 그곳을 탈환하면서 그들의 힘과 본 단의 힘을 어느 정도 비교할 수 있을 것입니다. 그리고 그때 가서 다시 의견을 나누었으면 하는군요."

호미란이 회유책을 들고 나오자 두 사람도 더 이상 반박하지는 못하고 수긍했다. 이렇게 협의가 끝나자 호사란이 만족의 미소를 지으며 회의의 종료를 알렸다.

"그럼 내일 일단의 출정이 있겠습니다. 하지만 이번 싸움 이후로 한동안은 출정이 없을 것입니다. 조금만 더 참아주세요. 사라성은 언젠가는 반드시 쳐부술 것입니다."

그녀의 마지막 말에는 반드시 이루고 말겠다는 신념이 담겨 있었다.

"드디어! 큭큭큭!"

사라광마존의 입가에 잔인한 미소가 맺혀 있었다. 그것은 만족스러운 포식자의 미소였다.

그는 요 근래 계속하여 신검마도객을 쫓고 있었다. 신출귀몰하게 이곳에서 나타났다 저곳에서 나타났다 하는 신검마도객은 그동안 사라성의 수많은 성도들을 무참히 살해했다. 이런 그였기에 그를 잡는다는 것은 골치 아픈 일일 수밖에 없었다.

하지만 사라광마존은 자신들의 부하들이 죽어감에도 크게 신경 쓰지 않고 끈질기게 그를 추적했다. 중요한 것은 오직 하나, 초월경의 고수를 만나는 것뿐이었다. 진다는 생각은 하지 않고 절대적인 승리를 자신하는 그는 자신의 모든 능력을 써보고 싶은 상대를 만나고 싶은 욕망이 너무나 강했다.

그리고 결국 지금 신검마도객의 꼬리를 잡게 되었다. 자칫 한눈만 팔아도 놓치게 되는 상황이었지만 그만큼 흥분도 되었다. 그는 신검마도객이 필경 초월경의 고수임을 확인했다. 그동안의 행적을 살펴보건대 그는 초월경이 아니라면 도저히 이룰 수 없는 일들을 해냈던 것이다.

자신의 믿음직스런 직속 부하이자 사라마영대(邪羅魔影隊)와 동급의 세력이라 할 수 있는 십마천(十魔天), 즉 열 명의 마인과 함께 신검마도객을 뒤쫓고 있는 기분은 마치 훈련이 잘된 사냥개들과 함께 사냥감을 쫓고 있는 듯했다.

현재 사라성의 새로운 편재를 본다면 사라성의 바로 밑에는 이마(二魔), 즉 살마와 은마가 있었다. 하지만 살마가 죽어버렸고 은마는 배신을 했기에 이마의 체제는 해체되어 버렸다. 그리고 그 밑으로 현재 무림에서 삼재마인이라 불리는 세 명의 마인이 있었으며 그 밑에는 사라마영대라는 단체로 사라광마존이 무림 재패를 위해 새롭게 키운 강력한 세력이었고 그와 동등하게 십마천이라는 열 명의 마인이 존재했다. 그리고 그 밑에는 예전의 사라성에서 가지고 있던 묘계은밀대, 검마대, 혈잠대와 십헌비에서 이제는 다섯 명의 장로들만이 남아 있었다.

예전보다 무력에 많이 치중된 사라성이었지만 그만큼 더욱 강력해졌으며 사라광마존을 필두로 하는 완벽한 중앙 체제의 세력이었다.

사라광마존은 신검마도객의 행로가 아무래도 척사비한단 쪽으로 향하는 것 같다는 느낌이 들었다. 방향이 아무리 생각해도 그 외에는 달리 다른 곳이 없기 때문이었다.

"크크크! 차라리 잘된 일인지도 모른다. 이 기회에 모두 쓸어버리겠다. 흐흐흐……."

열한 명이 다였지만 그는 자신이 있었다. 자신의 무공이라면 척사비한단의 어중이떠중이들을 모두 죽여 버릴 자신이 있었던 것이다. 그는 자신의 반탄지공(反彈之功)을 무적의 무공이라 확신하고 있었기에 자신을 해할 수 있는 자는 아무도 없을 것이라 생각했다.

"적당한 간격을 두고 쫓아가는 것을 잊지 마라. 분명 붕철문을 통해 척사비한단 쪽으로 가는 것이 확실하다. 그놈들, 분명 내가 한동안 활동을 하지 않아 방심하고 있을지도 모르지. 크크크! 그러나 그놈들이 아무리 준비된 상태라고 해도 상관없다. 모두 죽여 버릴 테니까! 크하하하!!"

그의 얼굴은 살육이란 유희의 기대로 가득 차 있었다. 그것은 또한 끝 모를 종착점을 향하는 광기이기도 했다.

그는 요 며칠간 약간의 혼란에 빠져 있었다. 하루에 몇 번 정도 이상한 느낌을 받고 있었기 때문이다.

그 느낌이란 뭐라고 설명하기 힘든 것으로 군이 설명하자면 마음을 강하게 울리는 것이었다. 하지만 그런 느낌을 받았다고 말하기도 힘든 것이 그런 느낌은 아주 짧았다. 촌각의 순간에 느껴지는 그 느낌은 말 그대로 순간적이었기 때문에 그는 심장에 이상이 생겼나 하는 생각이 들기도 했으며 착각일 것이라 생각하기도 했다.

여태껏 이런 경험이 없었기 때문에 당황해할 수밖에 없었지만 곧 아무것도 아닐 것이라 여기며 앞으로의 일에 대해 생각하기로 했다.

자신이 척사비한단주에게 보낸 비밀 서찰이 그녀의 마음을 얼마나 움직일 줄은 확신할 수 없었다. 비록 그녀가 그렇다고 해도 그녀의 주변에서 가만히 있지 않을 것이 분명했다.

아니, 어떤 명분이든 출정은 할 것 같다는 생각이 들었다. 그랬기에 그는 급히 척사비한단 쪽으로 가고 있는 것이었다.

얼마 전의 기습으로 빼앗겼다던 붕철문이 제일 먼저 그들의 목표가 될 공산이 아주 컸다. 출정이 언제가 될지는 모르지만 삼재마인이 있는 곳이므로 쉽게 탈환하기는 힘들 것이다. 하여 그는 자신의 도움이 필요할지도 모른다는 생각에 그곳으로 가고 있는 중이었다.

숲 속을 달리는 그의 모습은 그림자만이 대지 위를 스쳐 가고 있을 뿐이었다. 그 정도로 엄청난 속도의 경공술을 시전하던 그는 어느 순간 나뭇가지 위에서 멈추었다.

얼굴이 보이지 않는 커다란 죽립을 쓴 사내. 그의 옷은 오랜 방랑과 여행으로 상당히 낡아 있었다. 그의 허리에는 장검이 매달려 있었는데 전체적인 모습으로 본다면 영락없는 낭인무사였다.

"…다시 그 느낌이 느껴졌다."

그는 심장 박동이 빨라지는 느낌을 받으며 의아함을 감출 수 없었다. 하루에 몇 번씩 느껴지는 그 느낌이 계속된다면 이것은 결코 우연이 아니었다. 무언가 이유가 있는 것이 분명했다.

그는 순간 자신이 독에 중독된 것이 아닌가 생각해 보았지만 자신의 신체는 지금 만독불침지체였다. 그 어떤 독이라도 그를 해할 수는 없었다.

"나의 이 경지와 관련이 있는 것인가?"

그는 불현듯 그런 생각이 들었다. 왜 그런 생각이 갑자기 들었는지는 모르지만 아주 틀린 생각은 아닌 것 같다는 느낌이 들었다.

"일단 갈 길을 가자. 해답은 언젠가는 나올 테니."

그는 손을 들어 얼굴을 간질이는 부스러기를 떼어내기 위해 죽립을 뒤로 젖혔다. 그의 얼굴은 햇빛을 받지 못했는지 아주 창백했다. 그리고 그의 얼굴을 비스듬히 가르고 있는 상흔, 꽤 깊게 패인 상흔은 태양혈에서 턱밑에까지 이어져 있었다. 깊고 넓게 패인 상흔이었기에 누가 본다면 그리 좋은 인상을 주는 얼굴은 아니었다.

하지만 그 외의 외관을 누가 자세히 살펴보았다면 상흔을 입지만 않았다면 놀랍도록 준수한 사내였음을 금방 알아챌 수 있을 것이다. 하지만 상흔이 꽤나 눈에 돋보였기에 갈라지는 듯한 목소리와 함께 첫인상으로 호감을 주기에는 그리 쉽지 않아 보였다.

"......"

죽립을 다시 쓰자마자 그의 신형은 꺼지듯 사라지고 없었다.

"우리가 빼앗겼던 곳을 되찾는 것이오."

비궁주 당세기가 멀리서 보이는 붕철문의 담벼락을 보며 중얼거렸다. 당세기와 공손혁이 이끄는 선발대는 총 이천 명이었다. 이천 명이라는 거대 인원이라면 현재 얻은 정보에 나타난 지금의 붕철문 안의 인원 정도는 충분히 상대할 수 있었다. 하지만 천재라고도 불리며 혜안을 지니고 있다는 호미란이 삼재마인은 결코 쉬운 상대가 아니라며 그 힘을 느껴보라고 하지 않았는가?

그러나 그런 말에 쉽게 평정이 흔들릴 두 사람이 아니었다. 두 사람은 사라성만큼은 아니더라도 드넓은 무림을 질타하는 오대세가 중의 한자리를 차지하고 있는 수장들이었다.

"전면 공격이다!"

공손혁이 투지에 타오르는 눈빛으로 그렇게 말했다. 옆에 있던 당세기 역시 마찬가지였다.

대낮의 기습은 의외로 수월하게 이루어졌다. 문지기를 죽인 후 문을 부수고 이천 명이 일제히 안으로 쳐들어가자 사라성의 무인들은 크게 당황한 것 같았다.

그들의 무공이 평균적으로 척사비한단원들보다 앞섰다는 것은 놀라운 사실이었지만 이천 명의 인원은 그들로서도 생각하지 못한 일이었다. 그리고 이미 사기가 하늘 끝까지 충천한 그들의 힘을 막기에는 대비조차 제대로 하지 않은 봉철문으로서는 역부족이었다.

두 명의 세가주 역시 구경만 하고 있지는 않았다. 직접 격전지로 뛰어들어 적들을 쳐부수는 데 일조하고 있었던 것이다. 대혼전. 그 양상은 생각보다 쉽게 결론이 나고 있는 듯했다.

"모두 분발하라! 곧 승리가 보인다!!"

"우오오오!!"

여기저기에서 공손혁의 외침에 응답하는 외침이 울리자 척사비한단 쪽의 사기는 더욱 드높아졌다.

"큭큭큭!"

그때 갑작스럽게 그의 뒤에서 음산한 웃음소리가 울렸다. 하지만 척사비한단원들의 외침에 묻혀 공손혁은 그만 듣지 못하고 말았다.

"아버지!! 조심하세요!!"

그때 공손혁의 뒤에서 여인의 뾰족한 외침이 들려와 공손혁은 본능적으로 보법을 시전해 뒤로 이 장을 물러섰다.

"헛!!"

그가 있던 자리에 어디선가 날아온 채찍이 땅을 치더니 이내 살아 있는 듯 솟아올라 공손혁을 향해 날아왔다.

공손혁은 가전 검법인 오극검법(五極劍法)을 시전해 채찍을 갈라 버리려 했지만 놀랍게도 채찍은 마치 뱀처럼 공손혁의 검을 타고 올라가며 오히려 그의 손을 위협해 왔다.

"헛!!"

공손혁은 위험을 느끼고 자신도 모르게 검을 놓아버리고 말았다.

"아버지!!"

남녀의 목소리가 동시에 들리며 공손혁의 곁에 두 남녀가 나타났다. 그들은 공손혁의 자식인 공손강과 공손아리였다.

세 사람은 자신들의 맞은편에 서 있는 흑의 무복의 사내를 쳐다보았다. 거무튀튀한 얼굴, 감정없는 표정, 그리고 질식시킬 듯한 살기를 뿜어내는 사내로 공손혁과 비슷한 나이 대로 보였다.

"당신은 누구시오?"

"마성편마."

그의 별호는 세 사람이 처음 듣는 것이었다. 공손혁은 그런 별호가 강호에 존재했는가 잠시 생각해 보았지만 자신이 아는 한에서는 없었다. 하지만 저런 고수가 이름이 나지 않을 리가 없으므로 강호에서 활동하지 않는 숨은 고수임이 분명했다.

그때 마성편마가 다시 입을 열었다.

"삼재마인이라고 부르더군, 우리를. 그중의 한 명이다."

"삼재마인!!"

"……!!"

"그럼 당신이 추계연 장로를 죽였단 말인가?"

"글쎄, 너무 많은 사람을 죽여서 잘 모르겠군. 아, 한 명 살아남아서 귀환하지 않았나? 그 사람은 내가 살려주었다."

"잔인한 놈! 네놈이!"

공손혁은 검명 백무도가 돌아왔을 당시의 끔찍한 모습을 생각하고는 순간 분노가 치솟아올랐다. 분노를 참지 않고 공손혁은 허공섭물의 능력으로 검을 잡아당겼다.

"와라! 백무도 장로의 복수를 대신하겠다!"

"좋을 대로."

두 사람의 몸은 누가 먼저랄 것도 없이 서로를 향해 날아갔다.

"아아! 아아… 좋아……!"

방 안은 뜨거운 열기로 넘쳐 나고 있었다. 흥분에 겨운 여인의 신음 소리가 방 안을 더욱 뜨겁게 달구고 있었다.

침상에서는 남녀 한 쌍이 서로 얽혀 열락을 토해내는 중이었다. 사내의 배 위에서 요동치고 있는 여인은 검은색으로 반짝이는 아름답고 긴 머리칼을 가지고 있었으며 몸이 흔들릴 때마다 하늘거리는 것이 공기를 뒤흔들 듯 요요로웠다. 그녀의 아름다운 얼굴은 쾌락에 젖어 있었으며 무아지경에 빠진 듯 눈을 감은 채 본능에 온몸을 맡기고 있었다.

"아아아!"

"……"

여인의 뜨거운 행위에 사내 또한 열락에 젖을 만도 했건만 사내는 이상하게도 표정 한 점 변화 없이 그녀를 멍하니 보고 있을 뿐이었다. 방사 중임에도 사내의 얼굴은 평상시의 무표정함 그대로였던 것이다. 사내는 예전에 추계연을 잔인하게 죽였던 자였다.

은침색호접이라 불리는 그녀는 마치 인형과 야합을 하고 있는 것 같았지만 전혀 개의치 않고 자신의 기분에 충실하고 있었다. 이번이 처음이 아니라 여러 번 있었던 일같이 익숙한 모습이었다.

"으으응……."

그녀의 목소리가 점점 흐느낌으로 변해가고 있을 즈음이었다.

쿠당탕!

"크아악!"

갑자기 바깥이 소란스러워지더니 사람의 비명 소리마저 들려왔다. 곧이어 누군가가 뛰어오는 소리가 들리더니 이내 은침색호접(銀針色蝴蝶)과 사내가 있는 방의 문이 거칠게 열렸다.

"으음!!"

안으로 여러 명의 인물이 들어왔는데 그들은 안에서 벌어지고 있는 질펀한 현장에 순간 당황할 수밖에 없었다. 들어온 사람은 모두 여섯 명이었는데 그중 한 명은 비궁의 궁주인 당세기였고 나머지 다섯은 비궁에서 천수오룡(千手五龍)이라 불리는 젊은 사내들이었다. 천수오룡은 비궁 안에서 무공과 암기술이 뛰어난 자들을 지칭하는 말이었다.

여섯 사람이 들어와 있음에도 그녀는 여전히 자신의 극락경에만 신경 쓰고 있을 뿐 침입자에 대해 전혀 신경 쓰지 않고 있었다.

당세기는 그녀가 사라성의 수하에게 고문하여 알아낸 삼재마인 중의 한 명임을 알고 있었다. 그런 그녀가 단지 합방에 빠져 자신들의 존재를 모른다는 것은 말이 안 된다고 판단하였다.

'자신감?'

"아아아아아!!"

그녀는 절정에 다다른 듯 환희에 찬 소리를 지르며 머리를 마구 뒤흔들었다. 여섯은 그 숨 막히는 광경에 아무 말도 하지 못하고 어이없다는 표정으로 지켜보기만 할 뿐이었다.

"호호호호!!"

그녀는 만족스럽다는 듯 웃음을 지으며 몸을 일으켰다. 그녀가 몸을 일으키자 색기 넘치면서도 빛나는 나신이 드러났다. 그녀의 마력이 담긴 몸에 여섯은 자신들도 모르게 침을 삼키고 있었다.

누워 있던 무표정의 사내도 자리에서 일어나자 은침색호접은 침대에서 내려왔다.

"호호호호! 척사비한단의 개들인가? 여기엔 어떤 일로 왔지? 방금 내 모습은 어땠나? 호호호호!!"

그녀는 일부러인지 음탕한 웃음을 지으면서 가슴을 살짝 흔들었다. 그 모습에 천수오룡은 가슴에 뜨거운 무언가가 스쳐 감을 느낄 수 있었다. 젊은 혈기로 인해 욕정을 느낀 것이다.

"요녀, 붕철문을 되찾으러 왔다! 쓸데없는 소리는 집어치우고 어서 옷이나 입어라!"

당세기는 소리에 내공을 실어 천수오룡이 그녀의 몸에 정신이 팔리고 있는 것을 깨우려 했다. 다행히 그들은 그의 외침에 정신을 차렸고 곧이어 자신들의 추태를 부끄러워하며 얼굴을 붉혔다.

"호호호! 나를? 이를 어쩌지? 여기 내 서방님이 싫다고 하는데?"

그녀는 무표정한 사내의 뒤로 살짝 물러났다. 그러자 그 사내와 여섯 명이 새롭게 마주 보고 있는 구도가 되었다.

당세기는 아무것도 느껴지지 않는 사내를 보고는 본능적으로 위기감을 느꼈다. 무언가 섬뜩한 것이 느껴진 것이었다.

'저자도 삼재마인의 한 명이 아닐까?'

확신할 수 없었지만 느낌으로는 맞을 것이라 생각했다.

"흥! 천수오룡! 공격하라!"

그의 공격 명령이 떨어지자 다섯은 일제히 품에서 암기를 꺼내 들었다. 그리고 다섯 명 모두가 동시에 각종 암기를 사내를 향해 날렸다. 비궁의 암기는 신속함과 중후함, 그리고 독의 치명성을 장점으로 하고 있었기 때문에 누구든지 상대하기를 매우 껄끄러워했다.

순식간에 허공은 수많은 암기로 가득 찼다. 다섯 명이 던졌다고는 믿기 어려울 정도로 많은 암기 수였고, 그 위력은 두말할 나위도 없었다. 그것은 다섯 명의 인원이 모였을 때 가장 위력적이고 가장 합리적이며 가장 빠르게 공격할 수 있다는 비궁 비전의 암기술 오방풍우세(五方風雨勢)였다. 다섯은 사내에게서 심상치 않은 무언가를 느끼고 암묵적으로 최고의 무공을 사정없이 바로 썼던 것이다.

"……."

벌거벗은 사내는 여전히 아무런 표정의 변화도 없이 어느새 손에 쥐고 있던 검을 휘둘렀다. 마치 원을 그리며 회전하는 듯한 검의 모습에 당세기는 경악할 수밖에 없었다.

"검막(劍膜)?!"

흑색의 검막은 그를 향해 날아오던 암기를 모두 튕겨내 버렸다. 그것도 부족한지 놀랍게도 검막이 가느다란 실처럼 풀리더니 사방으로 날아가는 것이었다.

"피해라!!"

소리친 당세기만은 피하지 않고 손에 들고 있던 손바닥 크기의 마각(魔角)이라 불리는 기형의 암기를 던졌다. 그의 최후의 무공이라 할 수 있는 일선(一線)이라는 초식이었다.

마각은 검은 선을 그리며 마치 별똥별이 흐르듯 순식간에 모든 것을 뚫고 사내를 향해 날아갔다. 그러나 실 같은 모양을 유지하며 날아가던 검막들 중 일부는 이미 당세기의 몸을 훑고 지나가 버린 후였다.

"크흑!!"

당세기는 치명상은 피했지만 군데군데에서 피를 쏟으며 고통스런 신음성을 내었다. 한쪽 무릎을 꿇은 그는 큰 내상을 입었는지 입과 코에서 피를 흘리고 있었다. 하지만 그래도 자신이 시전한 일선이 어떻게 되었는지 확인하기 위해 있는 힘껏 고개를 들어 사내를 보았다.

"아니!"

"호호호호!!"

그때 은침색호접의 요사스러운 웃음소리가 들리더니 사내의 뒤쪽에서 은빛이 반짝거렸고, 그 반짝거리는 것은 다섯 방향으로 퍼져 나갔다.

"피해! 쿨럭!"

당세기는 피를 쏟으며 외쳤지만 이미 늦은 후였다. 다섯 명은 번개같이 빠른 은침을 미처 피하지 못하고 부지불식간에 치명적인 사혈에 꽂혀 즉사해 버렸다. 놀랍도록 빠르고 정확한 그녀의 수법이었다.

"멍청하구나. 우리가 누구인지도 모르고 함부로 덤비다니. 모두 없애주겠다. 호호호!"

그녀는 의기양양하게 웃으며 말했다. 그런 그녀를 노려보던 당세기는 싸늘하게 비웃으며 말했다.

"흥! 이곳엔 이천 명이 넘는 단원들이 공격하고 있다! 네 연놈들이 아무리 강하다고 해도 이곳을 빠져나가는 길은 도망이나 죽음뿐이다!"

"음? 이천 명? 그렇게나 많이 왔나?"

은침색호접은 의외의 말에 순간 눈에서 이채를 띠었다.

"호오, 한동안은 잠잠할 것이라고 했는데 예측이 틀렸군. 역시 첫째 딸년이 뛰어나다는 말은 사실이었구나."

당세기는 그녀가 한 말이 자신들의 군사인 호미란을 의미하는 것임을 알고는 속에서 분노가 꿈틀거리는 것을 느꼈다.

"이 추악한 년! 함부로 말을… 울컥!!"

당세기는 그녀에게 소리치다 다시 기혈이 역류하여 피를 쏟아냈다.

"어머, 너무 무리하지 않는 것이 좋을걸? 그렇게 심하게 다치고도 소리칠 역량이 남은 거야? 호호! 이 누나가 아프지 않게 보듬어주지."

그녀의 눈은 처음과 같이 다시 색기를 띠기 시작했다. 혀를 한 번 낼름거리며 먹을 것이라도 발견한 듯 그녀는 당세기를 향해 천천히 다가왔다. 걸음을 옮기는 그녀의 나신에서는 다시 폭발할 듯 요기가 솟아오르고 있어 심하게 다쳐 정신이 혼미한 당세기의 눈이 자신도 모르게 그쪽으로 향할 정도였다.

"흐응~ 이 누나가 금방 안 아프게 해줄게. 호호호!"

그녀는 스스로 가슴을 만지더니 곧 그의 앞에서 무릎을 꿇고는 달뜬 신음 소리를 내기 시작했다.

"으으응!"

당세기는 마치 무언가에 홀린 듯 고개를 돌리지 못하고 그녀의 작태를 고스란히 바라볼 수밖에 없었다.

"으음!"

그도 사내였기에 그녀의 색녀 같은 음탕한 짓거리에 서서히 흥분할 수밖에 없었다. 내상을 입은 터라 별다른 저항조차 하지 못하고 그녀의 유혹에 넘어가고 있었다.

"호호호!! 날… 가져! 아아……!"

서서히 그녀의 신음 소리는 최고조에 다다르고 있었고, 그때 당세기의 손이 자신도 모르게 서서히 위로 올라가며 그녀의 가슴을 만지려 했다.

"성랑, 시끄러워 들른 이곳에서 이런 일이 일어나고 있을 줄은 몰랐어요."

"그렇소. 하하! 저렇게 음탕한 마녀가 있을 줄도 몰랐다오."

방 안의 뜨거운 열기가 최고조에 다다른 순간 밖에서 젊은 남녀의 낭랑한 목소리가 들려왔다. 목소리가 들려온 순간 은침색호접의 음탕한 신음 소리는 멈추어졌지만 그녀는 결코 당황하거나 부끄러워하지 않는 표정이었다.

자리에서 천천히 일어난 그녀는 다시 예의 요사한 미소를 지으며 말했다.

"호호호, 그대의 목소리를 들어보니 상당히 멋있는 분 같은데… 어디 있죠? 이 누나랑 같이 놀아봐요."

그녀의 말이 끝나는 순간 무표정한 사내의 검이 전광석화와 같이 당세기와 천수오룡이 들어왔던 문의 오른쪽 벽을 향해 날아갔다 생각된 순간 이미 벽을 뚫어버린 후였고 놀랍게도 검을 날린 사내가 오히려 강한 반발력을 받고 두 걸음이나 물러나고 말았다.

그 광경을 목격한 은침색호접은 눈을 크게 치켜떴다. 사내의 이기어

검을 받을 수 있는 자가 무림에 그렇게 많지 않음을 알고 있는 그녀였기 때문이다. 사내가 두 걸음이나 물러났다는 것은 그에게 반발력을 안겨주었다는 의미이고 이는 최소 사내와 동등하거나 그 이상의 내공을 가진 무인이 벽 너머에 존재한다는 말이기도 했다.

"이기어검 중에서도 중(重)에 속하는 뛰어난 검이군. 안타깝소. 저렇게 뛰어난 무인이 신지를 잃고 마에 조종당하다니……."

이번에는 벽 너머에서 또렷한 사내의 음성이 들려왔다. 이어서 뚫린 벽 사이에서 무언가 반짝이더니 그것은 이내 사내를 향해 날아갔다. 그것은 사내가 날렸던 검으로, 뇌력을 사방으로 뿜어내고 있어 누가 보아도 매우 강력한 위력을 지녔음을 알 수 있었다.

콰앙!

사내가 검을 향해 장력을 시전하자 흑색의 강력한 기운은 검과 부딪치며 큰 폭음을 내며 사그라들었다.

검은 강한 제지에 순간 그 자리에서 멈췄고 사내는 또다시 반발력으로 인해 뒤로 다섯 걸음이나 물러났지만 그 검은 놀랍게도 다시 앞으로 나아갔다. 검이 아까보다 더욱 빠른 속도로 날아오자 사내는 미처 다 피하지 못하고 왼팔에 적중당하고 말았다.

"……."

상당한 고통이 수반되었겠지만 사내는 어떤 고통도 느끼지 못하는 듯 조금의 표정 변화조차 없었다.

"잔인하군요. 저 사내의 신지를 마비시킨 자는 고통도 느끼지 않도록 만들었어요. 말 그대로 살인 병기예요."

여인의 말이 끝나는 순간 문 앞에는 어느새 두 사람이 유령같이 나타나 있었다. 누가 보아도 어울린다는 생각이 들 정도로 두 남녀는 뛰어난 풍모를 지닌 선남선녀였다. 두 사람의 몸에서는 은은한 정기가 뿜어져 나오고 있었고 아름다운 두 남녀의 얼굴은 사방을 환히 비추는 듯하여 마치 하늘에서 내려온 천계의 사자가 아닌가 하는 착각이 들 정도였다. 두 남녀는 바로 그 옛날 사라성에서의 사건 이후 사라졌던 천풍공자 뇌운성과 사마진영이었다.

"어머!"

은침색호접은 뇌운성의 모습을 보자 표정이 멍해져 버렸다. 얼굴이 살짝 불그스름해진 것이 그의 숨 막힐 정도로 잘생긴 얼굴에 마음이 흔들린 것이 분명했다.

"노선배는 왜 그렇게 넋이 나가 있는 것입니까?"

뇌운성이 부드럽게 미소 지으며 그녀에게 말을 건네자 그녀는 정말 당황한 표정으로 어찌할 바를 모르다 이내 신색을 되찾고는 다시 요사한 미소를 지었다.

"호호호! 동생의 아름다운 얼굴에 이 누나가 잠시 넋을 잃었어요. 정말 아름다워요."

그녀는 색기 서린 눈빛으로 뇌운성을 바라보고 있었다. 그녀의 시선에 조금은 부담스러우면서도 한편으로는 역겨움도 있었지만 그래도 뇌운성은 여전히 웃는 낯으로 말했다.

"칭찬 감사합니다. 그럼 저희는 이분을 데리고 밖으로 나가 봐도 괜찮겠습니까?"

"어머, 어떡하지? 그건 안 되겠는데. 여기에 온 사람은 모두 죽어야 하거든. 물론 동생만 빼고. 호호호, 동생한테는 이 누나가 천국의 맛을 보여주고 싶어."

그녀는 이렇게 말한 후 뒤로 날아가 침상에 놓여 있던 자신의 옷을 걸쳤다. 그때 사내는 자신의 팔에 꽂혀 있는 검을 빼더니 뇌운성을 향해 검을 날렸다. 흑색 검강이 검에서 뿜어져 나와 있어 무서운 위력을 품고 있는 것을 충분히 알 수 있었다.

퉁!

순간 활시위를 퉁기는 소리가 나자 놀랍게도 검은 마치 벽에 세게 부딪친 듯 뒤로 날아가 바닥에 떨어지고 말았다.

"정말 강한 두 사람이구나. 하지만 우리도 못지않다는 것을 보여주지. 호호호!"

그녀의 소매에서 두 사람을 향해 무언가가 날아갈 때 바닥에 떨어져 있던 검 역시 공중으로 뜨더니 다시 검강을 뿜으며 날아갔다.

"빨리 끝냅시다."

뇌운성이 입가에 미소를 지우지 않으며 태연스럽게 사마진영에게 말하자 사마진영 또한 얼굴에 가볍게 미소를 지으며 고개를 끄덕였다.

"으윽!!"

공손혁이 뒤로 날아가더니 바닥을 나뒹굴며 고통에 찬 신음성을 내질렀다. 그가 쓰러져 있는 자리 옆에는 공손강과 공손아리가 무릎을 꿇은 채 숨을 헐떡이고 있었다. 두 사람의 입가에는 피가 흐르고 있었고 온몸에는 채찍에 휘감긴 자국이 선명했으며 찢어진 옷은 피가 스며들어 엉망이 되어 있었다. 공손혁 역시 온몸에 채찍으로 인해 심한 외상을 입었고 내상 또한 심했다.

"울컥!!"

몸을 일으키다 그는 그만 참지 못하고 피를 게워냈다.

"헉헉! 이렇게 강하다니……."

공손혁은 몸에 한 올의 힘도 남아 있지 않았는지 일어서지도 못한 채 겨우 말하고 있었다. 비참한 패배감에 몸을 떨기까지 하는 것이 자존심에 큰 상처를 입은 듯했다.

"이제 마무리다."

마성편마는 냉혹하게 말하며 긴 채찍을 앞으로 내밀었다. 그러자 장편(長鞭)이 서서히 줄어들더니 장검만한 길이의 단편(短鞭)이 되었다.

"아……!"

세 사람은 그 기이한 장면에 넋을 잃은 채 바라보고만 있을 뿐이었다.

채찍은 곧 그의 내공을 받아 검처럼 꼿꼿해졌고, 채찍 주위에서는 유형의 기운이 뻗어 나와 채찍을 감싸기 시작했다.

"편… 강(鞭罡)?"

공손혁은 놀라움으로 인해 쥐어짜듯이 간신히 말을 할 수 있었다. 그는 여태껏 살아오면서 채찍으로 강기를 만들 수 있다는 이야기는 들어본 적도 본 적도 없었기 때문에 그 충격은 매우 컸다.

"죽어라!!"

그의 짧은 말에는 아주 강력한 살의가 담겨 있었다. 채찍은 편강을 계속 유지한 채 마치 여의봉처럼 길어지는 놀라운 모습을 보여주었다.

"아!"

편강은 공손아리를 향해 날카롭게 날아가고 있었다. 놀랍고도 의외의 공격에 그녀는 반격도 피할 생각도 하지 못하고 그저 눈을 질끈 감을 뿐이었다.

"아리야!!"

공손강과 공손혁의 경악에 찬 외침이 울리는 순간 어디선가 원형을

떤 강기가 빠르게 날아오더니 그것은 이내 채찍과 부딪쳤다.

카캉!

쇠가 부딪치는 소리가 나면서 두 개의 무기는 서로 밀려나 버렸다.

"누구냐?"

예상 밖의 방해로 인해 마성편마의 목소리는 아까보다 더욱 진한 살기를 담고 있었다. 마성편마는 자신의 공격을 방해한 자를 찾으려 했지만 찾을 수가 없자 이제는 전신에서 살기를 내뿜고 있었다. 보이지 않는 적에 대한 엄청난 적개심이었다.

세 사람은 그의 몸 전체에서 뻗어 나오는 살기에 숨이 막히는 느낌을 받고 있었다. 그들로서는 생전 처음 받아보는 엄청난 살기였다.

"여기다."

그때 갈라지는 듯한 탁한 소리와 함께 사람의 모습이 마성편마의 뒤쪽에서 나타났다. 그와 동시에 땅에 떨어져 있던 검이 다시 공중으로 떠오르더니 엄청난 속도로 회전하면서 원형 강기를 만들어내었다.

"이야기는 들었는데 신검마도객일 줄은 몰랐군."

태연하게 이야기하는 마성편마와는 달리 공손혁을 비롯한 두 사람은 오히려 더 놀라고 있었다. 강호에서 엄청난 반향을 불러온 주인공이 바로 이곳에 나타났기 때문이다.

세 사람 모두 말 많던 신검마도객을 처음 보는 것이었기에 그 정체를 보게 되자 놀라기도 했고 궁금하기도 했다. 다행인 점은 여태껏 들어온 이야기로 보면 그는 분명 사라성과 반목하고 있기에 자신들을 도울 가능성이 크다는 것이었다.

둘 사이에 별다른 말은 없었다. 침묵을 동반한 약간의 긴장감 뒤에 원형 강기가 어느새 마성편마를 향해 날아가고 있었다.

마성편마는 편강을 띤 채찍을 다시 길게 만들어 휘둘렀다. 편이 휘면서도 편강이 그대로 유지되는 그의 신기는 정녕 구경하는 사람들이 말을 잃게 할 정도였다. 두 무기가 부딪친 순간 불꽃이 튀었고 원형 강기는 채찍을 갈라 버릴 듯했지만 채찍은 고유의 특성으로 휘어버렸고 이내 뱀이 먹이를 감아버리듯이 원형 강기를 감아버렸다. 그 후 자신이 할 일을 다 했다는 듯 채찍이 풀리자 원형 강기는 방향을 잃고 다른 곳으로 날아가 버렸다.

그 순간 마성편마의 뒤에 있던 신검마도객은 그를 향해 장을 내밀었다. 그의 손에서 섬뜩한 마기가 치솟아오르며 한눈에 무시무사한 위력을 뿜는 장력이 쏟아져 나갔다.

"……!"

마성편마는 급히 꼿꼿해진 편을 장력을 향해 찔렀지만 편은 장력과 부딪치더니 힘없이 뒤로 꺾여 버렸고, 마성편마는 반발력에 뒤로 몇 걸음이나 물러날 수밖에 없었다.

"음!"

그때 다른 쪽으로 날아갔던 원형 강기가 방향을 바꾸더니 놀라운 기세로 마성편마를 향해 날아갔다.

"하앗!!"

마성편마는 위험을 느끼고 내공을 극도로 끌어올린 후 편을 사방으로 휘둘렀다. 그가 편을 휘두르는 대로 편강이 밖으로 쏟아져 나갔고, 그것들은 곧 원형 강기와 장력과 부딪쳤다.

"……!"

하지만 무적임을 자랑하듯 원형 강기와 장력은 편강을 소멸시킨 후 그를 향해 빠른 속도로 날아갔고 피할 순간을 찾지 못한 마성편마는 장력에 먼저 적중되고 말았다.

"크아아악!!"

그가 피를 토하며 뒤로 날아가는 순간 원형 강기는 그의 목을 사정없이 베어버린 후 선회하더니 그의 허리마저 갈라 버렸다. 그 기세로 날아가던 원형 강기는 신검마도객의 손바닥 위에서 바로 멈추었다. 검병을 잡은 신검마도객은 비참하게 죽어버린 마성편마의 시체를 힐끗 본 후 내상을 입고 쓰러져 있는 세 사람을 쳐다보았다.

"내상을 추스르고 부하들을 독려하시오."

"대협의 도움에 감사하오."

"삼재마인은 내가……!"

신검마도객은 말을 하다 말고 급히 뒤로 고개를 돌렸다. 그의 갑작스런 행동에 의아해하던 공손혁과 두 자녀는 아무것도 묻지 않고 운기요상을 하기 시작했다.

'이 느낌, 이제는 확실하다. 사라지지 않고 더욱 강해지고 있어.'

그것이 마치 공명 같다고 생각한 그는 곧 결론을 지을 수 있었다.

'나와 비슷한 종류의 힘을 가진 자가 이곳으로 오고 있다. 그자는 날 쫓고 있었다.'

그는 그제야 그동안 받았던 느낌이 무엇이었는지를 깨달을 수 있었다.

"누군가 대체?"

콰아앙!!

갑자기 그가 있던 곳에서 삼십 장쯤 떨어진 건물에서 강력한 폭음이 들려왔다. 하늘로 엄청난 뇌기가 솟아올라 가는 것을 본 그는 또 다른 엄청난 고수가 이곳에 있음을 알게 되었다.

"고수들이 이곳으로 모여드는군."

흩어져 가는 뇌기 사이로 두 인영이 솟아오르는 것이 보였는데 두 인영은 엄청난 속도로 그가 있는 곳으로 날아오고 있었다. 검병을 힘 있게 쥐어 잡은 신검마도객은 혹시 있을지도 모르는 사태에 대비해 긴 장을 늦추지 않고 있었다.

곧 장내로 도착한 두 사람의 모습을 본 신검마도객은 검을 쥔 손을 부들부들 떨기 시작했다. 두 남녀는 장내를 살피느라 그런 그의 반응을 알아채지 못했다.

'두 사람이 어떻게……?

하지만 그는 곧 냉정을 되찾을 수 있었다. 그리고 두 사람이라면 운 기조식을 하고 있는 세 사람을 충분히 도울 수 있을 것이라 판단하고 자신을 향해 다가오는 자의 기운이 느껴지는 곳으로 몸을 돌렸다. 그를 맞이하기 위함이었다.

양 허리에 의식을 잃고 있는 남녀를 끼고 있던 뇌운성은 두 사람을 땅에 가볍게 내려놓았다. 정신을 잃은 두 사람은 무표정의 사내와 은 침색호접이었다.

"당 대협이 말한 금단장주님이 이분이군. 공손 소저와 공손 대협도 있구나."

뇌운성은 그렇게 중얼거리며 등을 돌리고 있는 죽립사내와 자신의 앞에 비참하게 죽어 있는 마성편마의 시체를 번갈아 보았다. 사마진영은 참혹한 광경에 살짝 인상을 쓰고 있었다.

'장력에 적중되고… 저 사람이 들고 있는 검에 목과 허리가 잘렸군. 무서운 솜씨다. 적이라면 이길 수 없는 상대일지도…….'

그녀의 표정이 약간 어두워졌지만 죽립사내가 적은 아닌 듯해 곧 어두운 기색을 지웠다.

"성랑, 느껴지나요?"

사마진영은 무언가를 느꼈는지 신검마도객이 몸을 향한 방향으로 시선을 돌리면서 뇌운성을 불렀다. 그제야 생각에서 벗어난 그는 역시 온몸에서 느껴지는 가공할 기운에 몸을 살짝 떨며 대답했다.

"이렇게 강하다니 놀랍소. 대체 누구이기에 저렇게 강한지……. 저 정도라면 예전의 관호 대협보다도 훨씬 강한 자인 것 같소."

"어떡하죠?"

"내가 맡겠소."

갈라져서 듣기 싫은 목소리가 들려왔다. 그게 자신들의 앞에서 등을 돌리고 있는 자의 목소리임을 안 뇌운성은 고개를 저었다.

"아닙니다. 저도 돕겠습니다. 영매는 이들을 보호하고 있어주시오."

"네, 걱정 마세요."

"서서히 장내는 정리가 된 것 같구려. 당 대협이 잘하고 계시는 것 같소."

"척사비한단이 다행히 이곳을 차지하게 되겠군요. 삼재마인이라는 세 명의 마인들도 모두 처리했으니까요. 지금 오는 저자만 빼면."

"음, 저기 온다."

뇌운성은 벌써부터 느껴지는 가공할 기운에 몸이 저릿저릿할 정도였다. 사지가 마비되는 이런 느낌은 신검마도객도 마찬가지로 받고 있었다.

'이 정도의 느낌이라니… 나보다 강한 것 같구나.'

그는 예상은 했었지만 실제로 닥치자 자신감마저 사라질 정도로 암울한 기분을 맛볼 수밖에 없었다. 하지만 그런 것에 기죽을 정도로 수

양이 얕은 그가 아니었다.

"저자는?!"

신검마도객은 멀리서 보이는 그의 얼굴을 보고는 경악했다.

"사라성주……."

"사라성주?!"

뇌운성은 신검마도객이 힘들게 중얼거리는 소리를 듣고 크게 놀라고 말았다. 뇌운성에게 보이는 얼굴은 매우 젊은 미청년으로 전혀 사라성주로 생각되는 모습이 아니었던 것이다.

"그럼 반노환동? 무림에 퍼져 있는 소문이 진실이었단 말인가?!"

뇌운성은 어이없는 표정으로 신검마도객의 맞은편에 가볍게 착지한 사라광마존을 쳐다보았다.

"크크크크……."

그의 음산한 웃음 속에는 살기가 담겨 있어 장내의 분위기는 순식간에 험악해지고 있었다. 상대방의 본능 속에 잠재워져 있는 살심을 일깨우는 힘을 지닌 마소(魔笑)였다.

"드디어 찾았다, 신검마도객."

"……!"

뇌운성과 사마진영은 그들 앞에 있는 사내가 현 무림을 진동시키고 있는 신검마도객임을 알고는 깜짝 놀랐다.

"사라성주겠지. 그리고 그 뒤에 있는 열 명은 지저분한 부하이겠고."

"흐흐흐! 입이 거칠구나. 이곳으로 올 줄 알았다. 그래서 일부러 드러내지 않고 은밀히 찾아왔지. 왜냐하면… 너를 죽인 다음 척사비한단 쓰레기들도 모두 죽여 버리기 위해서다. 크하하하!!"

"……."

"척사비한단이 이렇게 빠르게 뒤통수를 칠 줄은 몰랐다. 설마 했는데 벌써 공격을 감행하다니 아주 의외군. 역시 그년의 두뇌는 무시하지 못한단 말이야. 그때 끝을 내버렸어야 하는 건데. 크크크크!"

신검마도객은 그의 말을 듣자 분노로 주먹을 세게 움켜쥐었다.

"큭! 길가의 똥보다도 더 더러운 개자식! 너를 죽이지 않는 한 난 결코 두 눈을 감을 수가 없다!!"

신검마도객의 살기 돋친 말에 사라광마존은 의외라는 표정을 지으며 말했다.

"이거… 흐흐흐흐, 나한테 왜 이렇게 원한이 큰지 모르겠군. 혹시 나에 대해서 조금 아나 보지? 나에 대해 아는 것은 척사비한단의 수뇌부 몇몇뿐일 텐데……. 흐흐흐."

사라광마존의 몸에서 서서히 분홍빛 기류가 솟아오르고 있었다.

그의 성명절학인 벽사옥룡공.

신검마도객은 어느새 자신에게 날아오는 장력을 향해 같이 장력을 날렸다. 오대절기 중의 장절 유단포는 옥룡장과 부딪쳐 소멸되지 않고 그대로 뚫고 지나가 버렸다. 유단포는 피할 틈도 주지 않고 사라광마존의 가슴을 적중시켰다.

펑!

"크흑!!"

득을 봐야 할 사람은 신검마도객이어야 함에도 그는 전신을 강타하는 듯한 엄청난 반탄력에 피를 토하며 십여 발자국을 뒷걸음질쳤다. 고통보다는 전혀 예상치 못한 가공할 반탄력에 깜짝 놀란 그는 그것이 반탄강기임을 직감적으로 눈치챌 수 있었다.

"반탄강기?!"

"큭큭큭, 어떤가? 꽤 맛있지 않나?"

"크으! 하아아앗!!"

"아앗!!"

신검마도객의 기합과 함께 몸에서 폭발할 듯 엄청난 기류가 솟아올랐다. 그 여파는 뒤에 있는 뇌운성과 사마진영을 뒤로 몇 걸음 물러나게 할 정도였다. 뇌운성은 운기조식을 하고 있는 세 사람을 보호하기 위해 급히 강기로 막을 쳤다. 그제야 자신들을 밀어내는 힘이 완화됨을 느낀 그는 신검마도객의 뒷모습을 보며 속으로 혀를 끌끌 찼다.

'쯧쯧, 무모하군. 뒤에 운기조식을 하고 있는 사람들이 있거늘……. 그러나 저 엄청난 기운은 사라광마존에 버금가는구나!'

신검마도객의 몸에서는 놀랍게도 헤아릴 수 없는 많은 수의 검기가 솟아오르고 있었다. 백색과 흑색의 검기가 불꽃처럼 타오르듯 그의 몸 주위에서 동시에 나타나는 모습은 지옥의 유부에 있는 마귀가 분노한 모습처럼 섬뜩함과 동시에 태산 같은 장엄한 압력을 내뿜고 있는 매우 독특한 분위기를 자아내고 있었다.

"진짜 힘을 드러내는가! 으하하하!!"

사라광마존은 두 손을 움켜쥐더니 곧바로 그를 향해 내밀었다. 그의 장심에서는 아까와는 비교도 할 수 없는 위력을 담은 장력이 쏟아져 나왔다.

쉬쉬쉬쉭!

신검마도객의 주위에 있던 수많은 검기들이 장력을 향해 날아가 부딪치자 장력은 소리없이 조용히 소멸해 버렸다. 그리고 뒤이어 날아오던 검기들은 거센 폭포처럼 사라광마존을 향해 날아갔다.

사라광마존은 자신을 향해 날아오는 검기들을 보고도 전혀 당황하지 않으며 손을 내밀어 막았다. 그의 손 앞에서 검기들이 소멸되는 순간 신검마도객은 전신을 강타하는 엄청난 반탄력에 불가항력으로 뒤로 밀려날 수밖에 없었다. 그러나 그는 곧바로 손에 들고 있던 검을 그에게 날렸다. 눈에 보이지도 않을 정도의 빠른 회전으로 원형 강기를 이룬 검은 그를 향해 맹렬히 날아갔다.

"이제 보니 넌 그때 그놈이었구나! 크하하하!!"

횡회륜광검을 보고 그의 정체를 파악한 사라광마존은 더욱 진한 광소를 터뜨리며 눈빛에 광기를 띠기 시작했다. 사라광마존이 내민 손에서 둥근 막 같은 것이 생성되더니 원형 강기를 향해 날아갔다. 그때 신검마도객 임사우의 몸에서 검기뿐만이 아니라 도기마저 같이 떠올랐다. 백색의 검기와 흑색의 도기. 셀 수 없을 정도로 많은 검기와 도기는 그의 등 뒤에서 바람에 날려가듯 앞으로 나아갔다. 그리고 사방을 비추는 엄청난 빛.

"크아아앗!!"

빛 속에서 사라광마존의 광기에 찬 엄청난 외침이 들려왔다.

"크하하하하!!"

퍼퍼퍼펑!

"크아악!"

심금을 울리는 섬뜩한 광소가 이어서 들려왔고 이내 강렬한 폭음 소리와 함께 임사우가 철벽에 부딪친 듯 뒤로 날아가 버리며 땅바닥을 세게 나뒹굴게 되었다.

"크으윽!"

"크하하하!! 좋다, 좋아! 크하하! 모두 죽어라!!"

사라광마존은 다시 광기에 휩싸인 듯 그의 몸에서 다시 엄청난 기류가 솟아올랐다.

우르르르릉!

그때 세상을 뒤흔드는 듯한 우렛소리가 울려 퍼지며 하늘에서 갑자기 낙뢰가 떨어졌다. 갑작스런 천재지변의 원흉인 번개는 놀랍게도 뇌운성이 들고 있던 왼팔로 빨려 들어가듯 흡수되어 버렸다.

"천류뇌하섬멸붕!"

천뢰상인이 창안한 고금 최강의 장법 천뢰오장. 그중에서도 인간의 능력을 초월했다는 마지막 장력 천류뇌하섬멸붕이 뇌운성의 손에서 시전된 것이다.

뇌운성이 내민 우장에서는 왼쪽 장심으로 들어왔던 낙뢰가 쏟아져 나갔다.

콰콰콰쾅!

"크아아아아악!!"

"……!"

사라광마존은 공기를 찢어발길 듯한 비명을 지르며 뒤로 빠르게 날아갔다. 엄청난 장력을 시전한 뇌운성 역시 무시무시한 반탄력에 뒤로 날아가 정신을 잃어버렸다.

"성랑!!"

사마진영은 급히 그의 곁으로 가 그의 맥을 짚었다. 그의 상태를 파악하는 동안 임사우가 바닥에서 간신히 몸을 일으키고 있었다.

"울컥! 허억… 헉!"

'반탄강기! 너무 대단하다!'

그는 온몸이 저려옴을 느끼고 쉼없이 떨리는 손을 내려다보았다. 손뿐만 아니라 다리도 부들부들 떨고 있었다. 온몸에 내공 한 점 남아 있지 않아 일어나는 현상.

'검도요가 깨졌다. 아직 나의 화후가 부족한 것인가? 이 정도면 밀리지 않을 것이라 생각했건만…….'

그의 사념은 거기까지였다. 그의 신형은 다시 앞으로 엎어져 버렸고 그 뒤로는 움직임이 없었다. 숨을 쉬고 있는 것으로 보아 살아 있는 듯했지만 정신을 잃은 상태였다.

"성랑!"

매우 심한 내상을 입은 뇌운성이었다. 온몸의 기혈이 불에 달구어진 듯 들끓고 있었고 호흡도 불규칙스러웠다.

'반탄강기가 그렇게 대단한 것이었나? 비록 완전한 뇌신은 이루지 못했지만 반뇌신의 경지까지는 이루었는데…….'

반뇌신의 경지에 이르기까지 얼마나 힘든 과정이었는지 그녀는 누구보다 잘 알고 있었다. 뇌강지체가 아닌 범인의 몸으로 반뇌신에 이르는 것은 죽음을 무릅쓰지 않고는 이룰 수 없는 경지였다. 그런 경지를 이룬 그가 반탄강기 앞에 너무나 쉽게 엉망이 되어버린 것이다.

안타까움에 입술을 깨물던 그녀는 품에서 내상을 치료하는 약을 꺼내려다 갑자기 들려오는 음산한 웃음소리에 자신도 모르게 고개를 돌리고 말았다.

"호호호호!"

멀리서 어느새 자리에서 일어난 사라광마존이 사악한 웃음을 지으며 앞으로 걸어오고 있었던 것이다.

"아직도 멀쩡하다니……."

사마진영은 사라광마존의 가공할 생명력에 진저리칠 수밖에 없었다. 그렇게 강력한 공격을 두 번이나 받고도 쓰러지지 않은 것이다. 오히려 공격한 두 사람만이 끔찍한 반탄강기에 치명적인 손상을 입지 않았는가!

"크흐흐흐! 모두 죽여줄 테다!"

그의 광기 서린 중얼거림은 마치 세상을 향한 저주 같았다. 입가에 흐르고 있는 피와 눈에서 흐르다 말아 버린 피, 그리고 핏발 선 두 눈. 그는 이미 악귀로 변해 있었다.

"……."

공손혁과 공손강, 그리고 공손아리는 막 운기조식을 끝내고 사마진영의 옆으로 와 있었다.

"어떡하죠?"

공손아리는 사마진영과 안면이 있었기에 크게 불편함없이 물어보았다. 아니, 오히려 반가울 지경이었다. 떠나갔다 오랜만에 다시 온 사람을 보면 반가운 것이 사람의 인정이니까.

"일단 도망가는 것이 나을 것 같군요. 저자의 무공은 여기 있는 사람 모두가 덤벼도 감당하기 힘듭니다."

그녀는 급히 자신의 입 안으로 내상 치료약을 넣어 씹고는 뇌운성과 입을 맞추어 약을 밀어넣었다. 그 모습에 살짝 얼굴을 붉히는 공손아리였지만 둘이 대충 어떤 사이인지 금방 눈치챘기에 굳이 고개를 돌리지는 않았다.

"으하하하! 감히 나의 힘에 대항할 수 있을 것 같으냐! 크카카카!!"

사라광마존은 광소를 지으며 갑자기 정신을 잃고 있는 임사우를 향해 장력을 시전했다.

"앗!"

다들 당황하는 사이 사마진영은 장력을 향해 활시위를 메기는 듯한 자세를 취했다.

퉁!

실제로 활시위가 퉁겨지는 듯한 소리가 나며 놀랍게도 그녀의 앞에 화살 모양의 강기가 생성되어 날아갔다. 그 강기는 곧 장력과 부딪치더니 굉음을 울리며 폭발했다.

"우욱!!"

사마진영은 역류하는 피를 참지 못하고 한 모금 토해낼 수밖에 없었다. 단지 호신강기뿐만 아니라 시전하는 장력에조차도 반탄강기를 내재할 수 있다는 것에 놀란 그녀는 두 눈을 크게 뜬 채 사라광마존을 바라보았다. 만약 그런 것이 가능하다면 검을 쓰든 지력을 쓰든, 어떠한 방식으로 공격을 하든 간에 부딪치는 것은 불가능할 것이 아닌가?

사마진영이 입가에 흐르던 피를 닦아내고 사라광마존을 다시 바라볼 때 그 역시 그녀를 보며 섬뜩한 미소를 짓고 있었다.

"크흐흐, 이번에는 네년이 덤빌 테냐?"

"……."

"그전에 십마천 너희들은 사방으로 흩어져서 척사비한단의 개들을 모조리 죽여라!"

"존명!"

열 명은 일제히 명을 받은 후 순식간에 사방으로 흩어졌다. 그들이 싸움에 합류한다면 전세가 크게 바뀔 것이 분명했다.

"단숨에 죽여주마! 응?!"

사라광마존은 무공을 시전하려다 뭔가 이상한 것을 느끼고는 고개를 돌렸다.

"공명이다. 또 다른 초월경의 고수가 이곳으로 오다니⋯⋯. 흐흐흐! 잘됐군."

그의 웃음은 마치 피를 보지 못해 끝없이 갈구하는 살마(殺魔) 같아 보였다.

"우선 네년부터 죽여주마!!"

그는 사마진영을 향해 다시 장력을 날렸다. 옥룡장이 음유하면서도 강한 힘을 뿜으며 날아오자 그녀는 막아봤자 자신이 당할 것을 알면서도 어쩔 수 없이 다시 활시위를 통기려 했다.

"⋯⋯?"

위기의 순간 사라광마존의 장력은 소리도 없이 사라져 버렸고 대상을 잃은 사마진영은 의아해하며 손을 내릴 수밖에 없었다.

"벌써 도착했는가?"

"저거 맞지?! 거봐, 임마! 내 말이 맞잖아!"

"아야! 아이고, 정말! 맞으면 맞는 것이지 왜 때리고 난리입니까!"

그때 어디선가 두 사내의 목소리가 들려왔고, 사람들은 일제히 소리가 난 쪽으로 고개를 돌렸다. 사마진영의 왼쪽으로 조금 떨어진 곳에 일층짜리 건물이 한 채 있었는데 그 지붕 위에 두 사람이 있었다.

두 사람은 매우 오랜 여행을 한 듯 거의 찢어지기 직전의 남루한 옷을 걸치고 있었고 얼굴도 오래 씻지 않았는지 거지도 울고 갈 정도로 지저분해 보였다. 첫인상으로 바로 거지를 떠올릴 정도로 땟국물이 흘러넘쳐 지저분하게 보이는 두 사람이었지만 눈빛만은 누구보다도 맑게 빛나고 있어 안목이 있는 자라면 정(精), 기(氣), 신(身)이 하나가 되어 있는 범상치 않은 자들임을 알 수 있었다.

"드디어 찾았단 말이다! 대체 얼마만이냐! 우하하하!!"

"좀 진정하십시오. 다 쳐다보지 않습니까."

"음? 흐흐흐! 아, 아니지. 이런 웃음은 안 돼! 하하하! 볼 거면 보라고 해! 우리는 우리대로 좋아하면 되니까!"

"으이구!"

이문수는 도운영을 한심하다는 듯 쳐다보고는 별 의미 없이 장내로 시선을 돌렸다.

"헉!"

"네놈이 나의 장력을 소멸시켰느냐?"

사라광마존의 광기에 찬 눈빛과 마주치자 이문수는 당혹스런 표정으로 두 손을 저으며 말했다.

"아, 아니, 저는 아닙니다! 여기 뒤에 있는 이 사람이! 아아야!"

"이놈이! 극궁문도로서 누구에게든 당당해져야지!"

"아, 저렇게 미친놈 앞에서 누가 당당할 수 있단 말입니까?"

"크흐흐!"

사라광마존은 이문수의 말에 눈썹을 꿈틀대더니 다짜고짜 이문수를 향해 장력을 날렸다. 음유한 거대한 장력은 건물마저 부술 듯 강력해 보였다.

"피하자!"

"넵!"

두 사람이 번개같이 몸을 날리자 장력은 곧 그들이 있던 건물을 강타했다.

쿠아앙!

놀랍게도 그의 일장에 건물이 무너지고 말자 그를 보던 중인들은 간담이 서늘해질 수밖에 없었다.

"후아! 무서운 놈이군. 그때 사막에 있던 그 남자 못지않은 장력인데?"

도운영은 혀를 내두르며 사라광마존을 보았다.

"흐흐흐. 네놈도 초월경이냐?"

"호, 좀 아는 놈이군. 그래, 어디 한번 붙어볼까, 미친놈?"

"크크크! 죽여주마!!"

"참, 아까 네 부하 열 명 다 죽었어. 미안해. 농담이거든! 푸하하하!!"

도운영은 장난스럽게 말하며 재미있다는 듯 낄낄거리며 웃었다. 이문수도 뭐가 재미있는지 덩달아 같이 웃었고 사라광마존은 그 꼴불견의 광경과 그가 말한 내용에 화가 치솟아 벼락같이 두 사람을 향해 장력을 날렸다.

"크앗!!"

"흥!"

도운영은 가볍게 코웃음을 치더니 고개를 옆으로 돌려 버렸지만 그의 앞에서는 화살형 강기 십여 개가 생기더니 장력을 향해 날아갔다. 강기 중 반은 장력과 부딪치자 장력과 함께 소멸되어 버렸고 시간 차로 날아오던 나머지 반은 사라광마존을 향해 날아갔다.

"큭큭큭!"

비릿한 미소를 지은 그는 강기를 향해 다시 장력을 날렸다.

그 순간 고개를 돌렸던 도운영이 재빠르게 자세를 고쳐 잡은 다음 그를 향해 활시위를 퉁기는 시늉을 했다.

퉁!

"크윽!!"

사라광마존의 내부를 진탕시키는 소리가 울리자마자 그의 전신에서 피가 분수처럼 솟아올랐다.

"푸하하하!! 어떠냐, 나의 무형궁이!"

"음공으로 했으면서 무형궁은 무슨. 치사하긴."

이문수가 아주 작게 중얼거렸지만 밝디밝은 도운영의 귀를 벗어날 수는 없었다.

"이놈이!"

그는 주먹으로 이문수의 머리를 세게 쥐어박았다.

"으으……."

이문수가 아파하는 것은 놔두고 도운영은 사마진영에게로 고개를 돌렸다.

"어? 어디에?"

원래의 자리에 없자 그는 두리번거리며 그녀를 찾았다. 그녀는 임사우에게 환약을 먹이려 하고 있었다.

"굳이 말하지 않아도 알아서 하고 있군."

그는 희미하게 미소를 짓고는 다시 사라광마존에게로 시선을 돌렸다. 그때 사라광마존은 허리춤에 차고 있던 검을 꺼내 들고 있었다.

"누구신지는 모르나 조심하십시오."

그의 뒤에서 뇌운성이 어느새 정신을 차렸는지 조심스럽게 말을 건넸다.

"어이, 미친놈!"

"……."

"계속 여기서 발광할 필요가 있을까?"

"크크크! 발광?"

"주위를 봐라. 하나둘씩 척사비한단의 사람들이 모이고 있어. 이제 시합은 끝난 거야. 너랑 나랑은 얼핏 보아 비슷비슷한 것 같은데. 거기다가 내 뒤의 사내와 저기 쓰러져 있는 사내가 원기를 회복해서 같이 싸우면 누가 이길 것 같아?"

"크크크! 네놈은 누구냐?"

"나? 음… 누구라고 하면 되지? 좋아, 여기서 꽤 잘 아는 이름을 빌리지! 난 신천궁자(新天弓子)다. 물론 천궁자보다 더 좋은 실력을 가지고 있지. 하하하!"

"신천궁자? 좋다! 기억하고 있겠다! 크크크! 오늘은 의외의 인물이 많아서 내가 패했다고 치지!"

그는 이렇게 말한 후 미련없이 몸을 날려 붕철문에서 사라졌다. 그가 해놓은 끔찍한 짓에 비해 너무나 허무하게 물러나는 것 같다는 생각이 드는 그들이었지만 당사자는 이미 떠난 후였다.

"당신이 활을 쓴다는 것은 알지만… 신천궁자라고 부르니 너무 오만한 것 같습니다."

사마진영은 자신의 사부이기도 한 천궁자의 이름을 딴 것이 마음에 들지 않는지 도운영에게 다가가 서슴없이 한마디 했다.

"크크크… 안 되지. 그 미친놈의 웃음을 따라 해버렸군. 후후후, 넌 천궁자가 어디서 온 사람이라고 생각하느냐?"

그는 사마진영을 처음 보는 것이었지만 말을 낮추고 있었다. 사마진영은 이상하게도 그런 하대가 거슬리지 않았다. 대단한 무위를 보여준 방금 전의 모습에서 기인임을 느낀 것도 있지만 왠지 모를 위엄 또한 느껴졌기 때문이다.

"모릅니다."

"음, 사람이 많아서 이야기를 못하겠구나."

"그나저나 그 미치광이는 대체 누구입니까? 그렇게 강한 사람이 또 있다는 것은 놀라운 일입니다."

이문수가 도운영의 옆으로 오면서 사마진영에게 물었다.

"그는 사라성주인 사라광마존인 듯합니다. 들리는 소문으론 반노환 동하였고 심마가 침입해 정신이 이상해졌다고 하더군요."

"그렇군. 나도 그에 대해 들은 적이 있어."

서서히 척사비한단의 사람들이 하나둘 모여들고 있었다. 여기저기서 첫 승리에 대한 기쁨으로 함성이 들리고 있었다. 무림의 정의를 위해 뛰어들어 갖은 고초를 겪으며 결국 얻어낸 첫 번째의 승리에 다들 기쁨에 가득 차 있는 것이었다.

"사마진영인가, 그대가?"

"네, 그렇습니다."

사마진영은 자신의 이름을 알고 있는 도운영이 누군지 궁금했지만 결코 나쁜 사람은 아닌 것 같았기에 경계하지는 않았다. 다만 너무나 궁금했다. 자신을 아는 사람은 극히 드물었기 때문이다.

"사막에 사는 자, 집 앞에 무덤이 있는 자에게서 그대가 어디로 갔는지를 들었지."

"……!"

사마진영은 그의 말에 누구를 지칭하는지 알고 있기에 깜짝 놀랄 수밖에 없었다.

"어떻게 그분을?"

"그대는 그대만의 길을 갔다고 들었는데… 왜 여기에 있는 것이지?"

"이미 나의 길을 가고 있는 중입니다."

"······."

"저를 알고 있는 대협은 누구십니까?"

도운영은 아무 말 하지 않고 그녀와 뇌운성을 잠시 번갈아 보았다. 입가에 가느다란 미소를 지은 그는 이내 미소를 지우고 대답했다.

"나중에 이야기하자꾸나. 지금은 사람이 많아서 안 되겠다."

멀리서 당세기가 오고 있었고 붕철문의 밖으로는 선발대에 이어 본대가 붕철문을 향해 몰려오는 중이었다. 이미 날은 어두워지고 있는 무렵이었다.

"극궁문?!"

"천궁자는 극궁문의 반역자라고도 할 수 있다. 극궁문의 위대한 대업을 망쳐 버린 주범이니까."

"······!"

"믿기 어렵겠지만 증거를 말해 주마. 천궁자의 최고 절기라고 알려져 있는 천궁천멸은 원래 그 당시 극궁문 이대절기 중의 하나였다. 지금은 삼대절기가 되었지만 그 당시는 이대절기 중에서 극궁천멸이라는 무공으로 불리우는 것이었지. 천궁자는 극궁문에서도 대단히 알아주는 무재(武才)였지만 우리 극궁문이 중원으로 나아가 중원을 재패하는 것을 막기 위해 문보를 훔쳐 달아났다. 형식과 정신을 똑같이 중요시하는 본 문에서 문보가 없어졌다는 것은 대업에 앞서 조상에 맹세하는 의식을 하지 못한다는 것을 의미하는 것으로 덕분에 내분이 일어나 결국 극궁문은 대업을 이루지 못했지. 하지만 난 그가 훔쳐 달아난 것이 잘한 일이라 생각한다. 왜냐하면 어떠한 명리도 탐하지 않는 극궁문의 그 순수함을 나는 너무나 좋아하니까 말이다."

"……"

사마진영은 마치 꿈같은 이야기를 담담하게 듣고 있었다. 믿지 못하는 것이 아니라 그녀는 확실히 믿고 있었고 또한 흥미도 있었다. 전국시대 최고의 무인을 다투던 천궁자의 비밀이 지금 자신 앞에서 밝혀지고 있었으니까.

"그 문보라면 혹시……?"

"그래, 네가 가지고 있는 단궁(短弓)이 극궁문의 문보이다."

"아!"

그녀는 어떤 힘에도 부서지지 않으며 어느 곳에 있어도 그 고아한 품위를 잃지 않는 자신의 단궁이 평범한 단궁은 아닐 것이라고 생각은 했었지만 한 문파의 보물일 줄은 몰랐기에 놀랄 수밖에 없었다.

"우리는 그것을 회수해야 한다."

"……"

"어떻게 하겠느냐? 순순히 그것을 주겠느냐, 아니면 주지 못할 이유가 있어서 주지 못하겠느냐?"

진지하게 묻는 도운영을 본 이문수는 속으로 비웃었지만 겉으로는 진지한 표정을 짓고 있었다. 괜히 분위기를 깼다가 나중에 어떠한 봉변을 당할지 모르기 때문이었다.

이문수가 느끼는 것처럼 세 사람이 있는 방 안의 분위기는 아주 차분했다. 그런 분위기인만큼 누군가가 깊은 생각에 빠지기는 딱 좋은 방이었다.

"이 문보를 가져가신다면 극궁문은 다시 중원을 넘볼 수 있게 되는 것인가요?"

"그렇지."

"그렇다면 드릴 수가 없습니다. 저의 목숨을 취하고 가져가신다면 몰라도… 저의 의지가 있는 한은 드릴 수가 없어요. 죄송합니다."

그녀의 단호한 대답에 이문수는 의외라는 표정으로 두 눈을 크게 떴지만 도운영은 시종일관 처음과 같은 표정인 것이 전혀 놀라지 않은 듯했다.

"너의 길은 대체 무엇이냐?"

난데없는 질문에 사마진영은 잠시 의아해했지만 이내 순순히 대답했다.

"저의 길은 누가 어떤 말로 유혹하여도 제가 옳다고 믿는 길을 가는 것입니다. 결코 그 길은 세상의 위대한 섭리에 어긋나지 않습니다. 그리고 그 길은 저의 행복을 위한 길이기도 합니다."

그 말을 하는 그녀의 얼굴에서는 진실된 행복감과 함께 굳은 신념이 서려 있었다.

"……"

그녀의 대답에 도운영은 아무 말도 하지 않고 그녀의 얼굴을 가만히 보기만 하였다. 이문수는 그런 그가 이상하다 생각하며 자신의 사형의 얼굴을 가만히 살펴보고 있었다.

'응? 윽! 뭐야, 저 징그러운 미소는?'

도운영의 얼굴에는 아주 따뜻한 미소가 서려 있었지만 그런 것에는 도무지 익숙하지 않은 이문수였기에 순간적으로 표정이 일그러졌다. 하지만 이내 원래대로 돌아왔다. 놀라운 표정 관리였다.

"좋다, 그 마음! 극궁문이 가는 길과 일맥상통하는구나! 아주 마음에 들어!"

그는 정말 마음에 드는지 손을 들어 그녀의 머리를 마구 비벼대었다. 의외의 행동에 당황한 사마진영이었지만 그의 행동이 단순히 기쁨을 표현하는 것임을 알고는 가만히 있었다.

머리가 헝클어진 사마진영을 본 이문수는 그 우스꽝스런 모습에 하마터면 웃음이 터져 나올 뻔했지만 분위기를 깨지 않기 위해 간신히 참아내었다.

"진영아, 너를 우리 극궁문의 문도로 인정하겠다."

"……!"

놀란 것은 사마진영뿐만 아니라 이문수도 마찬가지였다. 그녀를 극궁문도로 인정한다는 것은 그녀의 사부인 천궁자도 극궁문의 문도로 다시 인정한다는 의미였다. 극궁문도는 결코 타 문파의 사람을 사부로 둘 수 없기 때문이었다.

"그 말은 마궁자도 극궁문의 문도로 다시 인정한다는……?"

이문수의 말에 도운영은 고개를 끄덕였다.

"하지만……."

이문수가 무슨 말을 하려 하자 그는 손을 들어 그의 말을 막았다.

"어떻게 하겠느냐? 네가 받아들이겠다면 나를 향해 무릎을 꿇고 문도(門徒)임을 인정하는 선약을 해야 한다."

"……."

그녀의 망설임은 의외로 길지 않았다. 그녀는 바로 무릎을 꿇었던 것이다.

"후회하지 않겠느냐?"

"후회는 없습니다. 저의 사부나 마찬가지인 천궁자께서 있었던 문파라면 결코 평범하지 않을 것이고, 대협 같은 분이 계신 문파라면 결코 악에 물든 곳은 아닐 것입니다."

"하하하! 내가 잘못 보지 않았다. 생각하는 것과 그 결단력이 정말 보기 드문 여장부로다!"

"……."

"왼손 손바닥을 오른손 손등 위에 얹고 두 팔을 가슴 위로 올려라. 그리고 내 말을 따라 하여라. 네가 따라 한 그 말은 죽을 때까지 마음속에 새겨두며 실천하며 살아야 할 것이다."

"네."

그녀가 팔을 가슴 위로 올리자 도운영은 말을 하기 시작했다.

"나는 이 순간부로 위대한 극궁문의 문도임을 맹세하겠노라!"

"나는 이 순간부로 위대한 극궁문의 문도임을 맹세하겠노라!"

"극궁문의 문도는 첫째, 정의를 흠숭한다!"

"극궁문의 문도는 첫째, 정의를 흠숭한다!"

"둘째, 정의가 아닌 것에 무릎 꿇어서는 안 된다!"

"둘째, 정의가 아닌 것에 무릎 꿇어서는 안 된다!"

도운영의 목소리는 그 어느 때보다 엄숙했고 그를 따라 하는 사마진영의 말 또한 진중했다. 그를 바라보는 이문수 또한 무릎을 꿇고 그녀와 같은 자세로 가만히 듣고 있었다. 극궁문의 문도를 받아들이는 의식은 그 무엇보다 숭고하고 엄숙하기 때문이었다.

밖에서는 뇌운성과 몇몇 사람이 듣고 있었지만 안의 세 사람은 그에 전혀 연연해하지 않았다.

이렇게 그의 맹세 언약은 이 다경이나 계속되었다.

"마지막으로… 아, 이것은 따라 하지 않아도 된다. 원래 극궁문의 소유이자 아무나 가질 수 없는 멸각궁(滅角弓)을 나의 열 가지 권한 중하나를 이용하여 너의 소유로 인정하겠다. 극궁문의 위대한 정신과 얼을 잃지 말고 항상 멸각궁을 간직해야 할 것이다."

"네."

그녀의 눈에는 눈물이 맺혀 있었다. 이상하게도 벅차오르는 마음을 주체할 수 없었던 것이다. 그때 그녀의 뇌리로 도운영의 음성이 들려 왔다.

"진짜 마지막으로 너에게 극궁문의 삼대절기를 알려주마. 이건 물론… 비밀이다. 너의 그 정신이 내 마음에 꼭 들어서 가르쳐 주는 것이니 열심히 익혀서 꼭 나와 같은 경지에 이르렀으면 하는구나."

"아!"

그녀는 자신에게 갑작스럽게 다가온 기연에 어찌할 바를 몰라 했다. 도운영이 전음으로 전해주고 있는 삼대절기의 구결은 복잡하기 그지없었지만 신기하게도 사마진영의 머리 속에 그대로 새겨지고 있었다.

마지막 구결까지 모두 말한 도운영은 이문수와 사마진영을 내공으로 끌어올려 지붕을 뚫고 같이 밖으로 올라왔다.

"딱 한 번만 보여주마! 절대 잊지 말거라!"

그의 몸에서 엄청난 기운이 솟아오르자 주위의 대기가 흔들리기 시작했다. 그의 시선은 저 멀리 있는 숲을 향해 있었는데 그의 시선을 느낀 나무들이 두려움에 온몸을 흔들고 있을 정도로 가공할 기운이었다.

"극궁천멸!!"

그의 온몸에서 아름다운 푸른 빛이 솟아오르는가 싶더니 수많은 궁형 강기가 꽃이 활짝 피는 듯한 모습으로 터져 나가 멀리 숲으로 날아 갔다. 그것은 너무나 아름다워 하나의 예술을 보는 듯해 중인들의 시선을 황홀경에 빠져들게 하기에 충분했다.

쿠쿠쿵!

"극궁잔멸!!"

그의 손등이 앞으로 나왔고, 이내 손가락이 꿈틀거리자 숲에서 푸른 빛이 사방으로 뻗어나가는가 싶더니 나무들은 하늘 위로 거칠게 치솟아올랐다.

"하앗!!"

이어 그가 활시위를 당기는 자세를 취하자 그의 손에서는 그의 몸만한 크기의 푸른색 활과 시위가 만들어져 있었고, 그 시위에는 거대한 시형 강기(矢形罡氣)가 메겨져 있었다.

"극궁염라!!"

"피하게!"

"뒤로 물러나시오!"

"아악!"

"물러나!"

이전과는 다르게 땅이 울릴 정도로 강력한 기운이 사방으로 뻗어나가자 그를 구경하던 많은 사람들은 대경하며 뒤로 물러날 수밖에 없었다. 그 힘에 대항한 덕에 내상을 입은 사마진영이었지만 그녀는 결코 물러날 생각이 없는 듯 꿋꿋이 선 채 그의 모습을 뇌리에 심어놓고 있었다. 입가에는 피가 흐르고 있었지만 내부의 고통과는 달리 얼굴엔 만족의 미소가 가득 흘러나오고 있었다.

'마음으로 모든 것을 생성[心卽生]시키는 궁극의 경지!'

시형 강기를 쏘았다 싶은 순간 이미 시형 강기의 기운은 떠올랐던 나무들뿐만 아니라 숲 전체를 휘감고 있었다. 어떠한 소리도 나지 않았지만 숲의 모든 것이 거대한 기운의 위력에 흔적도 없이 사라지자 사람들은 그 놀라운 광경에 소리도 지르지 못하고 그저 두 눈을 크게 뜬 채 바라보고만 있었다. 솟아오르던 나무들도, 땅에 쓰러져 있던 나무와 흩어진 돌들, 아직까지 그 형태를 유지하고 있던 모든 것들이 그의 한 손에 소멸되어 버린 것이다. 가히 천외천의 무공!

"……."

도운영과 이문수는 하늘에 떠 있었다.

"이제 우리는 갈 것이다."

"아……!"

"극궁문의 문도로서 부끄럽지 않게 살아갔으면 하는구나."

그의 말은 벌써 멀리서 아련하게 들려오고 있었다. 그리고 그녀의 마음속으로 그의 말이 다시 들려왔다.

"너의 그 길이 항상 변하지 않고 계속되기를 빌겠다."

"네."

그녀는 마지막 말을 끝으로 힘없이 옆으로 쓰러져 버렸다. 심기를 너무 써버린 탓도 있었고 엄청난 기를 온몸으로 막느라 심한 내상을 입은 탓이었다. 뇌운성이 그녀를 향해 달려오고 있었다.

"우씨! 대체 왜 그냥 온 것입니까? 밥이라도 좀 얻어먹지!"

"미안하다. 애꿎은 숲을 파괴하다 보니 괜히 미안해지더구나."

"언제 사형이 그런 걸로 죄책감을 느끼는 분이셨습니까!"

"아니, 이 자식이 사형한테 꼬박꼬박 말대꾸야! 미안하다고 하잖아!!"

그의 주먹이 이문수의 머리를 향했지만 이문수는 잽싸게 그의 주먹을 피했다.

"어쭈!"

"흥! 우리 꼴을 보십시오. 최소한 거기서 먹을 것과 입을 것은 얻어왔어야 했단 말입니다! 극궁문의 문규에는 품위가 단정해야 한다는 것이 있습니다!"

"이 자식이! 그래서 어쩌겠다는 거야? 지금 돈이 없잖아, 돈이! 네가 훔쳐 올래?!"

"아, 정말! 훔쳐 오라면 정말 훔쳐 오겠습니다! 까짓거 못할 것 없죠! 아야!"

그는 결국 머리에 도운영의 주먹을 허락하고 말았다. 굉장히 아픈지 눈물마저 글썽이는 이문수를 본 그는 괜히 미안한 마음에 뒷짐을 지며 동쪽 하늘을 바라보았다.

"험험, 저기 저 하늘을 보아라."

"뭘 봐요, 아무것도 없구먼? 아, 저기 참새다! 저거 잡아먹지 않겠습니까, 사형?"

'이놈을 쏵?'

하지만 해서는 안 되는 일이라 생각하며 곧 그 생각을 접고 자신의 할 말을 이었다.

"이제 우리 일도 끝이 났구나."

그 말에 이문수도 장난을 그만두고는 같이 동쪽 하늘을 바라보았다. 동쪽 저 멀리에는 자신들의 고국이 있으며 자신들의 보금자리인 극궁문이 있었다. 꽤나 긴 세월을 돌아다녔다는 생각에 이문수는 문득 그곳이 너무나 그리워졌다.

"훌쩍."

그가 눈물을 훔치자 징그러운 표정으로 이문수의 옆모습을 째려보던 도운영은 이내 너털웃음을 지으며 그의 머리를 쓰다듬어 주었다.

"이제 일이 끝났으니 우리도 돌아가야 하지 않겠느냐?"

"네……."

"나도 그립구나. 사람은 자기가 있어야 할 곳이 있는 것이야."

"네……."

"자기가 있어야 할 곳을 고수하지 않고 쓸데없는 욕심에 빠져 공명과 이득을 추구하다 보면 결국 사람은 황폐해져 갈 수밖에 없단다."

"네……."

"우리 극궁문의 일부 장로들도 그 점을 알아야 할 텐데 말이다. 문수 너도 이제 깨닫는 바가 있느냐?"

"……."

"너도 강력하게 중원 정벌을 주장하지 않았느냐? 우리 민족의 뜨거운 맛을 보여주어야 한다고 말이다."

"……."

"자기 자리에 순응하며 살아갈 때 사람은 가장 사람다워질 수 있단다."

"……."

"아니, 이 자식이?! 왜 아무 말이 없는 것이야?!"

그의 주먹이 이문수를 향했지만 이문수는 잽싸게 피하며 앞으로 달려갔다.

"으하하하! 깨달은 거 전혀 없습니다!"

그는 혀를 낼름거리곤 앞으로 달려가기 시작했다.

"저놈, 허참!"

도운영은 가당찮다는 듯이 헛웃음을 지을 수밖에 없었다.

"으아아!! 배고프다!!"

사람들이 지나가는 거리에서 이문수가 그렇게 큰 소리로 외쳐 대니 당연히 사람들의 의문에 찬 시선이 몰려들 수밖에 없었다.

"저 미친놈이?"

그러고 보니 방금 그 말은 자신들의 고국어인 신라어였다. 한동안 중원의 말을 써서 그런지 오히려 신라어가 어색한 지금이었다. 그러나 신라어를 듣자마자 갑자기 고국이 그리워졌다.

"서둘러야겠군."

그의 시선은 다시 동쪽 하늘로 향했다. 새 두 마리가 동쪽을 향해 날아가고 있었다.

◆제4장 ◆ 무제서의 비밀

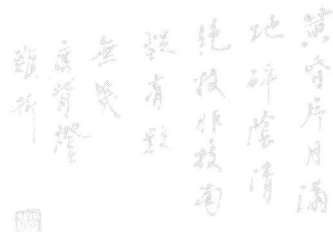

[모월 모일. 맑음.

용권풍으로 인해 집 주위가 변해 버린 지 벌써 두 달이 지났다. 며칠 전에 친구가 찾아왔는데 서문설과 냉미요를 보고는 깜짝 놀라는 표정이었다. 나중에 귀엣말로 내가 은근히 여자를 밝힌다는 그의 말에 쓴웃음만 지을 뿐이었다.

요 두 달간은 냉미요에게 천축어를 배우는 시간이 대부분이었다. 냉미요는 무공뿐만 아니라 지식 면에서도 아주 뛰어난 여인이었다. 모르는 학문이 없을 정도로 그녀의 지식은 매우 풍부했는데 천축어 또한 그녀의 지식 중 하나였다.

그동안 무제서에 대한 해석에 너무 소홀했던 것은 사실이다. 단지 초월경에 대한 내용이 나와 있다는 것뿐이지 그 이상도 그 이하도 아니기 때문에 절박함을 느끼지 않았던 것이다.

아무튼 그녀에게 천축어를 배우면서 혼자 공부할 때 막혔던 많은 것을 알게 되었고 덕분에 반 이상 해석을 할 수 있게 되었다. 하지만 아직 내가 가지고 있던 무제서의 반일 뿐 전 마교 교주 극현탁에게서 받았던 무제서는 아직 구석에 놓여 있는 실정이다.

처음에는 냉미요와 함께 해석을 한다면 훨씬 편할 것 같기에 그렇게 할까 생각도 해보았지만 난 이내 고개를 저었다. 그녀에게, 아니, 그녀뿐만 아니라 유아빈과 서문설에게도 더 이상 힘에 대한 지식을 안겨주기 싫다는 것이 나의 솔직한 마음이다.

그래서 초월경에 대한 것이 있다는 것을 말해 주기 싫었다. 굳이 말하지 않더라도 나 때문에 어느 정도 알고 있긴 하겠지만 그런 것이 있다는 것을 이런 책을 통해서 더욱 자세하게 알게 된다면 간도민처럼 힘에 대한 욕심이 생길지도 모른다는 걱정이 들었다.

쓸데없는 기우임은 알고 있지만 간도민이 죽고 나서 힘에 대한 많은 회의감이 생긴 나였기에 그 기우를 가볍게 넘기기가 힘든 것 같다.

그냥 나 혼자만 알고 불태워 버릴 것이다. 나중에 해석을 다 한다고 해도 그 내용을 일기에 적지는 않을 것이다. 부분적인 내용은 가끔 인용할 때도 있겠지만.]

[모월 모일. 맑음.
빛의 오의. 과연 빛의 오의란 무엇일까? 오파는 빛의 오의를 깨달을 때만이 완성시킬 수 있는 것일까?

내 친구였던 유유객의 무공은 나에게는 추억과도 같은 것이다. 그렇기에 꼭 완성시키고 싶었다. 내 친구가 이르렀던 경지인 빛의 오의. 과연 마지막 오파에는 빛의 오의라는 심오한 도리가 들어가는 것일까, 아니면 단지 오파는 오파일 뿐일까? 내 친구는 과연 무엇을 보고 무엇을 깨달았으며 어떻게 살아왔던 것일까? 그리고 오파는 과연 어떠한 무공일까?

빛은 무엇일까? 마치 아무것도 모르는 아이에게 어려운 무공 책을 떠넘겨 주는 것과 같다는 생각이 들 정도로 너무나 막연하다. 하루 종일 그렇게 앉아 있었던지 아빈과 냉 소저가 나를 상당히 걱정했지만 난 괜찮다. 가끔 생각에 빠지면 하루가 지나가는 것을 모를 정도로 깊게 생각하는 나의 습관일 뿐이다.

이렇게 일기를 쓰는 와중에도 '빛은 무엇일까' 라는 생각뿐이다. 마치 '도(道)란 무엇인가' 하고 승려들이 면벽을 하는 것과 마찬가지인 듯한 선문답이다.

빛의 특성을 이용한 무공인 것인가, 아니면 빛이 가진 내재적 의미를 말하는 것인가? 빛의 특성은? 모른다. 그럼 빛이 가진 내재적 의미는? 모든 것을 비춰준다는 것. 그리고 밝다. 그것은 눈부심이다. 하나 그것만으로는 무공이 될 수가 없다. 대체 무엇일까? 정말 모르겠다. 이 난해함에 그것을 알고 있던 내 친구는 너무나 대단한 사람이라 새삼 생각한다.

도무지 해답을 찾을 수 없는 이 생각은 일단 그만두어야겠다. 나와 인연이 없다면 어쩔 수 없는 것이다.

이제는 익숙해진 듯한 새로운 사막의 풍경에 다시금 평온과 안식을 느낄 수 있다. 용권풍으로 많이 변했다는 생각은 여전히 들고 있지만 조금 더 시간이 흐른다면 그런 생각은 나지 않을 것이다.

아빈이 자꾸 이야기해 달라고 보챈다. 이럴 때는 정말 어쩔 수 없이 이야기해 주어야 한다. 그럴 때는 정말 황소고집이다.]

"오빠, 이건 어때요?"

"예쁘구나."

관영호는 쓴웃음을 지으며 고개를 끄덕였다. 그 말에 유아빈은 활짝 웃으며 제자리에서 폴짝폴짝 뛰었다.

"좋았어! 언니, 이거 살래요!"

"설 동생은 안 사?"

네 사람은 그들이 사는 곳에서 가장 가까운 마을의 시진으로 와 물건을 사고 있는 중이었다.

세 여자는 집에서 우연히 자신들의 옷과 더러워진 생활용품들에 대해서 이야기를 하다가 도저히 안 되겠다는 공통된 결론을 내리게 된 것이었고, 냉미요가 유아빈과 서문설의 옷과 장식품을 사줄 겸 생활용품도 사기 위해 이렇게 나온 것이었다.

원래 관영호는 가지 않으려 했지만 유아빈과 냉미요가 계속 가자고 우겼고, 오늘따라 서문설 또한 가자고 우기는 것이었다. 할 수 없이 같이 따라 나온 그였지만 이런 것에는 도무지 어색한 그였다. 특히 어디를 내놓아도 눈에 띄는 세 미녀와 같이 있다 보니 주위로 지나가는 사람들의 시선이 너무나 노골적이었다. 심지어는 거슴츠레한 눈빛으로 냉미요를 바라보는 장한들도 있었다.

하지만 냉미요는 그런 시선에 전혀 구애받지 않는 듯 오히려 관영호의 옆으로 더욱 달라붙어 그를 난처하게 했다.

유아빈은 냉미요의 그런 모습에 기분 나빠하며 은근히 신경전을 펼쳤지만 옷가게 앞에서 그런 마음은 순식간에 날아가 버리고 없었다.

"아, 난 이걸로 할게요."

서문설은 이것저것 구경하다 냉미요가 말하자 마음에 두었던 것을 하나 골랐다. 꽤나 마음에 들었던지 바보 같아 보이는 그녀의 눈에 행복감이 서려 있었다.

"옷만 사지 말고 장신구도 사. 아, 저기 향낭도 팔고 있네? 저것도 사면 되겠다."

정작 기분 좋은 사람은 냉미요 자신인 듯 이것저것 고르며 물건 보는 데 정신이 팔려 있었다. 그것은 유아빈과 서문설도 마찬가지였다.

'생활용품은 이미 머리 속에서 떠났겠군.'

그는 고개를 살짝 저으며 행복해하는 세 여인을 가만히 보고 있었다. 그때 문득 이상한 소리에 고개를 돌려 뒤를 돌아보았다.

그가 있는 곳에서 조금 떨어진 곳에서 사람들이 웅성거리며 모여 있었다. 마을 시진에는 사람이 많이 모이기 때문에 사람과 사람 사이의 마찰이라든지 구경거리가 꽤 있었기에 사람이 한곳에서 웅성거리는 것은 그리 특별한 일이 아니었다.

그는 마침 유아빈이 자신을 불러 별 생각 없이 고개를 돌리려 했다.

"오빠, 이건 어때요? 그리고 이 향낭 냄새 맡아봐요. 오빠한테도 냄새가 마음에 들어야 내가 항상 차고… 또 오빠 옆에 자주 있을 수도 있잖아요. 호호호!"

"……?"

그녀의 말을 듣다가 그는 이상한 느낌이 들어 다시 그곳으로 고개를 돌리고 말았다. 그에 얼굴을 귀엽게 찌푸린 유아빈이 그의 옆구리를 세게 꼬집었지만 관영호는 아무런 반응 없이 여전히 그 곳을 볼 뿐이었다.

"……."

확실히 이상했다. 사람들이 모여 있는 곳에서 묘한 기운이 흘러나왔기 때문이다. 그것은 뭐라 단정 짓기는 힘들었지만 굳이 치자면 선기(仙氣)에 가까웠다. 선기가 시진에서 저렇게 흘러나온다는 것은 범상치 않은 사람이 있다는 것을 의미했다.

"오빠, 어디 가요?! 정말!"

"아빈아, 잠시만 여기 있거라. 나는 저기 가서 잠시 구경 좀 하고 있을 테니."

"무슨 구경요? 나 이거……."

"아빈, 이거 좀 봐! 너무 이뻐!"

냉미요가 소리를 지르며 그녀의 등을 치자 그녀는 고개를 돌렸고, 이내 그녀의 몸도 돌아가 냉미요와 함께 그 물건을 보는 데 정신이 팔려버렸다.

"어머! 너무 예쁘잖아!"

"……."

쓴웃음을 지은 관영호는 차라리 잘됐다 싶어 몸을 돌려 사람들이 모여 있는 곳으로 걸어갔다. 사람들을 조금씩 헤치며 들어가자 그 안에 있는 사람들을 볼 수 있었다.

"저 사람은……?"

장내에는 세 사람이 실랑이를 벌이고 있었다. 술 취한 듯한 노인 한 명과 덩치가 제법 큰 장한이 한 사람을 핍박하는 광경이었다.

핍박당하는 사람의 덩치는 보통 남자와 같았는데 다른 점이 있다면 아주 고풍스런 옷을 입고 있었고 생김새도 매우 단아하여 범인(凡人)으로 보이지 않는다는 것이었다.

"네가 내 돈을 훔쳤잖아! 어디서 장님인 척하고 난리야! 앙?!"

장한은 자신 앞에서 눈을 감고 있는 사내의 어깨를 밀치며 소리쳤다. 그 힘에 뒤로 거칠게 몇 걸음 밀려난 사내는 평온한 신색으로 말했다.

"저는 정말 훔치지 않았습니다. 믿어주십시오."

"이 자식이! 내가 가지고 있는 은전 다섯 냥을 훔치는 것을 봤는데도 발뺌이야!"

"야! 왜 내 몸을 밀치고 가는 것이야? 앙? 늙었다고 무시하는 거야? 덩치 너는 또 뭐야?! 비켜봐! 이놈은 나랑 할 말이 있단 말이야!"

"아, 정말! 대낮부터 취해서 무슨 지랄이야! 비켜!"

술 취한 노인은 자신이 먼저 눈을 감고 있는 사내와 이야기하기 위해 소리쳤고 장한은 자신의 돈을 훔쳤다고 주장하며 사내를 윽박지르고 있었다. 그러다 서로 먼저 이야기하기 위해서 술 취한 사내와 장한이 서로 신경전을 벌이게 되어버렸다.

'파루나호였지? 회흘국의 공주. 그때 그녀를 찾으러 왔던 점성술사……'

관영호는 저 사내가 그 먼 나라로부터 어떻게 이곳까지 왔는지 궁금했지만 일단 그를 난감하게 하고 있는 상황을 벗어나게 하는 것이 우선이라 생각했다.

"저는 정말 훔치지 않았습니다. 그리고 부딪치신 분께는 너무나 죄송합니다. 눈이 멀었어도 걷는 것에는 익숙하지만 가끔 제가 실수를 합니다. 그러니 용서해 주십시오."

그의 정중한 사과에 술 취한 노인은 순간 움찔했지만 여기서 물러나면 체면이 구겨진다고 생각되었는지 억지를 부리기 시작했다.

"이놈! 어디서 봉사 행세야! 분명 일부러 부딪치는 것을 봤는데도!"

"야! 희멀건 하게 생겨서 돈을 훔쳐 놓곤 봉사 행세를 하며 발뺌을 하는 거야! 이 자식 정말 혼 좀 나야겠구나!"

노인의 억지는 장한에게 힘을 더해준 것 같았다. 결국 두 사람의 분위기는 좀 전보다 더 험악해졌다. 장한의 손이 그의 멱살로 가려는 찰나 장내를 울리는 아름다운 목소리가 들려왔다.

"싸움이군요. 무엇 때문이죠?"

사람의 마음을 묘하게 들끓게 하는 아름다운 목소리는 관영호도 익히 아는 목소리였다. 고개를 돌려보니 자신의 뒤에 어느새 와 있는 냉미요였다. 그녀의 아름다운 목소리와 얼굴은 뭇 사람들의 시선을 끌기에 충분했다.

"낭군께서 이런 일에도 흥미를 가지시나요?"

냉미요는 자신이 아는 관영호는 그렇지 않다는 것을 알고 있었기에 의아해할 수밖에 없었다.

관영호는 사람들의 틈을 통해 유아빈과 서문설이 아직도 옷 가게에 있는 것을 순간적으로 보고는 다시 시선을 돌렸다.

"아는 사람이오."

"저 사람요?"

냉미요는 손으로 마가령무를 가리켰다. 고개를 끄덕인 관영호는 앞으로 걸어나가 마가령무의 옆으로 갔다.

"이 사람이 무엇을 잘못했소?"

관영호가 묻자 술 취한 노인과 장한은 그와 냉미요를 번갈아 보면서 당황하는 기색이었다. 그때 냉미요가 한 발자국 앞으로 나오더니 아름다운 미소를 지으며 말했다.

"이분이 두 분께 어떤 잘못을 했나요?"

그녀의 녹아내릴 듯한 말에 두 사람은 정신이 혼미해질 지경이었다. 이런 천하절색의 미녀가 자신들을 향해 미소 짓고 있는 것이 꿈인지 생시인지 분간할 수 없었던 것이다.

"저, 저놈이 나의 어깨를 고의로 밀쳤단 말이오!"

그녀의 요염한 미소에 취했던 술이 확 깸을 느끼며 노인은 더듬거리며 말을 이었다.

"아, 아, 글쎄, 그래 놓고는 자, 자신이 장님이라고 하면서 가, 가끔 실수하니 봐달라고 하, 하지 않겠소."

"그렇군요. 그럼 멋있게 생긴 그쪽 분은요?"

"험험! 그, 그러니까 이 희멀겋게 생긴 놈이 글쎄 내 돈을 훔쳐 놓고는 안 훔쳤다고 말하는 것이 아니겠소. 그러니까 상황을 보면 저놈이 이 노인네의 어깨를 일부러 밀치고는 옆으로 쓰러지는 척하다가 옆에 지나가는 나의 허리를 잡고 몸을 지탱했소. 그래서 난 저놈을 잡아주었지. 그런데 저놈이 내 허리를 잡은 손으로 전낭을 낚아채 가는 것이 아니겠소! 이런 죽일 놈!"

장한은 말을 하다가 또 화가 치솟는지 정말 그를 칠 기세였다.

"진정하세요. 전낭에는 얼마가 들어 있었죠?"

냉미요는 매혹적인 미소를 지으며 장한의 팔을 잡았다. 그녀가 그의 팔을 잡은 순간 장한은 머리에서 피가 터져 나올 것 같은 느낌을 받아 머리가 어질어질해질 지경이었다. 빨개진 얼굴을 채 감추지 못하고 그는 간신히 대답했다.

"으, 은자 다섯 냐, 냥이오."

"그렇군요. 그럼 제가 대신 저분을 대신해서 다섯 냥을 갚을게요. 그럼 됐죠? 그러니까 저분은 용서해 주세요. 그리고 어르신께서는 화를 푸세요. 어르신은 분명 마음이 넓으신 것 같은데 어찌 그러시나요?"

그녀의 말은 너무나 나긋나긋하여 두 사람은 녹아들 것 같은 기분을 맛보고 있었다. 그 두 남자의 모습에 볼 것 다 봤다는 표정으로 고개를 저으며 그곳을 떠나는 사람도 있을 정도로 이미 판은 식어가고 있었다.

냉미요가 그렇게 말을 하자 두 사람은 어색하게 웃으며 고개를 연신 끄덕였다.

"무, 물론이오. 이렇게 아리따운 소저가 중재를 하는데 어찌 받아들이지 않을 수가 있겠소. 더구나 변상까지⋯⋯. 비록 저 사람이 잘못했다고는 하지만 소저를 봐서 내 참으리다. 으하하하!"

그는 그녀가 건네주는 은자 다섯 냥을 받고는 뭐가 아쉬운지 그녀의 전신을 빠르게 한 번 훑은 후 자리를 떠났다.

"흠, 소저의 말대로 이 노인도 참으리다. 이 나이에 무슨 화를 낼 필요가 있겠소? 허허허!"

노인은 그녀의 애처로워 보이는 눈빛에 마음이 약해져 그렇게 말을 남기고는 자리를 떴다.

"⋯⋯."

관영호는 순식간에 벌어진, 이 뛰어나다고 해야 할지 어이없다고 해야 할지 모르는 중재에 쓴웃음을 지을 수밖에 없었다. 어느새 사람들은 다 흩어진 뒤였고 냉미요는 그의 옆에 붙어서 함박웃음을 짓고 있었다.

"낭군, 어떤가요? 호호, 금방 끝났죠?"

"⋯고맙소, 정말. 애꿎은 은자를 쓰면서까지 일을 해결해 주다니 말이오."

"천만에요. 낭군께서 아시는 분이 도둑질을 했으리라고는 생각지 않기 때문에 최대한 빠르게 해결하는 방법을 찾았을 뿐이에요."

그는 그녀에게 미소를 지어 보이고는 고개를 돌려 마가령무를 보았다. 그는 언제나처럼 눈을 감고 있었지만 얼굴은 관영호를 보고 있었다.

"그때 저희 회흘국의 공주님을 구해주신 분 맞습니까?"

"그렇소."

"정말 우연이군요. 역시 하늘의 움직임은 대단합니다."

"이렇게 먼 곳까지 혼자 오신 것이오?"

"그렇습니다. 당신을 보러 온 것입니다."

"나를?"

관영호는 마가령무가 자신을 보러 왔다는 말에 의아해하지 않을 수 없었다. 그와 자신 간에 어떤 볼일이 있을 연관성이 전혀 없기 때문이었다.

"아, 그전에 저를 곤경에서 구해주셔서 고맙습니다. 이런 상황이 벌어질 때는 장님인 제가 정말 곤혹스럽습니다."

"아니오. 내가 아니라 이 여인이 한 것이니까 내게 감사할 필요는 없소."

그의 말에 마가령부는 두 눈을 감았음에도 정확히 냉미요가 있는 쪽으로 허리를 숙여 감사의 인사를 했다.

"감사합니다."

"별일 아니었으니 괘념치 마세요."

그녀의 말에 한 번 더 허리를 숙여 고마움을 표한 그는 관영호를 향해 웃으며 말했다.

"아리따운 여성 분을 아내로 두셨군요. 축하드립니다. 그때 그 순백의 결정체인 소저 분은 어떻게 되었습니까?"

"그녀도 그대로 있소."

관영호는 오해를 굳이 풀려고 하지 않고 그저 쓴웃음을 지을 뿐이었다.

냉미요는 앞의 사내가 마치 자신을 보고 있는 듯이 말하자 순간 정말 장님인가 하는 의심이 들었지만 눈을 계속 감고 있었기에 믿지 않을 수도 없었다. 그리고 관영호도 아무런 말이 없는 것을 보면 장님이 맞을 것이라고 결정을 내릴 수밖에 없었다.

"당신에게 할 말이 있어서 온 것입니다. 그래서 국왕께 간청한 후 이렇게 온 것입니다."

"혼자서 힘들지 않으셨소?"

"여행에는 익숙하기 때문에 괜찮습니다."

마가령무는 가볍게 미소 지으면서 대답했다.

"무슨 할 말이 있어서 이렇게 먼 곳까지 오신 것이오?"

"그 이야기는 여기서 할 것이 아니기 때문에……. 당신께서는 이곳에 볼일이 있어서 나오신 것 같은데 그 일을 다 끝내고 사막으로 돌아가서 이야기하는 것이 좋겠습니다."

"알겠소. 그럼 우리와 동행할 수 있겠소?"

"물론입니다."

돌아오는 길은 세 사람이 아닌 네 사람이었다. 그리고 그들의 손에는 시진에서 산 물건들이 한아름 안겨 있었다. 상당수를 관영호가 들고 있는 것은 힘이 센 남자의 어쩔 수 없는 운명이었다.

"호호호! 너무 기분 좋아요! 이렇게 많은 것을 산 적은 처음이잖아요? 오빠, 앞으로는 언니가 아니라 오빠가 좀 사주고 그러면 안 돼요?"

"그래, 알겠다."

"정말이죠? 약속했어요?"

"……."

관영호는 고개를 끄덕이며 그녀가 행복해하는 모습에 가끔 이런 것도 나쁘지는 않겠다고 생각했다.

"무(巫) 공자는 걸으시는 데 불편한 것 없으세요?"

이각 정도를 더 걷자 그들은 집에 도달할 수 있었다. 관영호는 마가령무에게 집 안으로 들어오라고 말하고 안으로 들어가 짐들을 바닥에 내려놓았다.

'참 많이도 샀군. 거의가 다 옷과 장신구들이구나.'

그는 여인의 습성에 어이없어하며 막 들어오는 마가령무에게 자리를 권했다.

"앉으시오."

"고맙습니다."

관영호는 자리에 앉은 뒤 자신을 보고 있는 마가령무의 얼굴을 가만히 보았다. 장님인데도 전혀 장님 같지 않은 사람이었다. 아까 느낀 선기도 참 특이했다. 더구나 국가의 중대사를 처리하는 기준이 된다는 그의 점성술을 비롯한 그의 신비한 능력도 생각해 보면 너무나 신기할 따름이었다.

예전에 그는 상대방의 손을 만지는 것만으로도 사람의 마음과 그 외 그 사람에 대한 것을 파악할 수 있는 능력을 보여주었다. 세상에는 참 신기한 사람이 많다 생각하며 그는 계속 궁금해하던 것을 물었다.

"나에게 할 말이 있다고 하셨는데… 무슨 할 말이 있는 것이오?"

"음… 지금 바로 말하겠습니다. 당신은 세 개로 나뉘어진 제목 없는 책에 대해서 알고 계십니까?"

"……?!"

관영호는 그가 말하는 것이 혹시 자신이 들고 있는 무제서가 아닐까 하는 생각도 했지만 너무 비약적인 판단이라 생각하며 되물었다.

"좀 더 자세하게 말씀해 주시겠소?"

"그 책은 고대 천축어로 되어 있습니다. 그리고 그 책의 내용은 알 수 없지만 인간이 이룰 수 없는 지고한 경지에 대해 누군가가 서술해 놓은 책입니다."

"……!"

그 말을 들은 관영호는 그가 말하는 것이 자신이 가지고 있는 책을 칭하고 있음을 확신할 수 있었다. 하지만 그가 어떻게 그 책에 대해서 알고 있는지 궁금했다.

"나는 그 책을 알고 있소."

"역시 그럴 줄 알았습니다. 천기와 대기의 움직임이 심상치 않습니다."

"그것이 무슨 말이오?"

"천기와 대기의 움직임은 지금 피를 몰고 오고 있습니다. 그 위치는 정확히 중원입니다."

"……."

관영호는 그의 말에 아무런 반응도 보이지 않았다. 그저 담담히 듣고 있을 뿐이었다.

"사상 유래 없는 엄청난 피의 역사가 시작될 조짐이 보이고 있습니다. 그리고 그것을 풀 수 있는 열쇠는 그 책에 있습니다."

"책에……?"

이해가 되지 않는 말이었다. 그 책은 아직 모두 해석해 보지 않아서 모르겠지만 단지 초월경에 대한 내용만이 있을 뿐 세상을 구할 절세의 무공 같은 것은 담겨 있지 않은 것 같았기 때문이다.

"그 책은 지금 두 권이 한곳에 모여 있고 한 권은 다른 곳에 있습니다. 반드시 그 책을 한곳으로 모두 모아야 합니다. 그래야만이 피의 수레바퀴를 막을 수가 있습니다."

"……."

관영호는 마가령무의 놀라운 말을 어떻게 받아들여야 할지 잠시 생각하고 있었다. 너무나 황당무계한 말이었기 때문이다. 어떻게 책 세 권이 모여야만 무림이 피에 잠기는 것을 막을 수가 있단 말인가?

마가령무는 그가 의문스러워하는 것을 알고 있는 듯 말을 이었다.

"책이 왜 한곳으로 모여야만 하는지에 대해서는 저도 정확히는 잘 모릅니다. 다만 저의 짐작으로는 그것을 가지고 있는 자가 혈세의 주동자가 아닐까 합니다. 아니면 그 책 세 권이 모이는 과정에서 혈세(血世)와 관련된 상황이 풀리지 않을까 생각하고 있습니다."

"음."

마가령무의 능력이 곧 있을 혈세의 조짐마저 예측할 수 있다는 것에 놀라면서도 한편으로는 그럴 수도 있겠다는 생각이 들었다.

"그런데 왜 하필 나에게 그런 말을 하는 것이오?"

"글쎄요. 저도 잘 모르겠습니다. 그냥 그렇게 해야겠다는 생각이 들어서이기도 했고… 결정적인 것은… 이곳에 책 두 권이 모여 있다는 것입니다. 그것을 읽고 여기까지 온 것이고 그 장소에 당신이 있다는 것을 알 수 있었습니다. 당신이 그 책 두 권을 가지고 있을 것이라는 것은 마을에 오고 나서야 알게 되었습니다만."

"흠."

그 이야기를 들은 다른 세 여인도 관영호처럼 심각한 표정을 짓고 있었다.

"오빠, 정말 무림이 위험한 것일까요?"

"글쎄다. 한 치 앞도 모르는 것이 사람이 앞일이니 어찌 내가 이를 함부로 판단할 수 있겠느냐? 하지만……."

그는 왜인지는 모르지만 회골림주가 떠올랐다. 가공할 무공에 잔혹한 마음, 무서울 정도로 치밀한 두뇌를 지닌 사내.

"하지만 뭐예요, 오빠?"

"아니다. 그냥 잠시 생각한 것뿐이다."

"다른 한 권은… 중원에 있습니다. 굉장히 사악한 자가 소유하고 있습니다. 하지만 그 사악함은 강제적인 것이기도 합니다. 다시 말해서 사악하지 않았던 자가 강제적인 어떤 힘으로 인해 사악해진 것입니다."

"그런 사람이 있단 말인가요?"

냉미요가 이상하다는 듯 물었다.

"네, 그자의 색깔은… 자색(紫色)입니다. 당신이 빨간색이고 옛날 그 무덤에서 흰색이 보였듯이 그자는 자색입니다."

"보라색?"

관영호는 마가령무가 말하는 색깔이 우연찮게도 내단의 색과 일치하자 그자는 반탄의 극한이라는 특성을 가진 무공을 가지고 있을지도 모른다고 생각하였다.

"막지 않는다면 엄청난 피보라가 일어날 것입니다. 아니, 어쩌면 지금 일어나고 있는지도 모릅니다. 그래서 조심하라는 경각심을 일깨워 주기 위해 이렇게 온 것입니다. 하늘의 뜻은 사람이 볼 수 있더라도 그에 대한 행동은 사람의 마음에 달려 있습니다. 잘 생각해 보십시오."

그는 이 말을 끝으로 자리에서 일어났다. 오랜 여행으로 지쳐 쉬어갈 만도 한데 그의 입가에는 시종일관 가벼운 미소가 맺혀 있어 전혀 피곤하지 않은 기색이었다. 그런 사람들에게는 누구나가 편안함을 느낄 수가 있다는 것을 관영호는 알 수 있었다.

"벌써 가려는 것이오?"

"그렇습니다. 회흘국의 국정을 너무 오래 비워두면 안 되기 때문입니다. 저도 아쉽지만 이만 돌아가 보겠습니다."

마가령무는 포권을 취하며 정중하게 인사했다. 관영호와 세 여인이 답례를 하고 그를 배웅하였다.

마가령무는 조금 걸어가다 뒤를 돌아보며 관영호에게 다시 되새기듯 말했다.

"잘 생각하십시오. 세 권의 책이 모여야 합니다."

"……."

마가령무는 고개를 살짝 끄덕이고는 다시 걸음을 옮겼다. 얼마 있지 않아 그의 모습은 보이지 않게 되었다.

"오빠, 정말 저 사람의 말이 맞을까요?"

"난 믿기지가 않아."

서문설이 고개를 저으며 말했다. 하지만 마가령무의 말은 너무나 진지했고 그의 몸에서는 뭐라 형언할 수 없는 기운이 흐르고 있어 절로 믿음이 가고 있었다. 이성은 믿지 않으려 하지만 마음은 믿으려 하고 있는 것이었다.

"글쎄… 저 사람 좀 특이한데? 난 잘 모르겠어."

냉미요는 정말 모르겠다는 표정으로 말했다. 결국 남은 것은 관영호의 판단뿐이었다. 그러나 관영호는 아무 말도 하지 않고 몸을 돌려 집 안으로 걸어 들어갔다.

'알지만 군이 그렇게 하려 하지 않아도 된다. 기다리다 보면, 그리고 그것이 나와 관련된 일이라면 반드시 다가올 것이다. 세 권의 무제서라…….'

"후후! 이 정도면 됐느냐, 유유객?"

사막 한가운데를 걷던 마가령무는 하늘을 올려다보며 기이한 미소를 지었다.

"멍청한 유유객. 서른 명의 초월경의 고수들로 네가 원하는 바를 모두 이룰 수 있을 것이라 정말 생각하느냐? 인간을 가지고 원하는 대로 할 수 있는 자는 오직 나뿐이다. 겨우 네가 복잡하기만한 사람의 감정을 다스릴 수 있으리라 생각하느냐? 너 스스로도 힘겨워 주체하지 못하는 녀석이……. 큭큭큭! 너의 마지막은 너의 친구가 해결해 줄 것이라는 애초의 생각대로 가는 것이 제일 나을 것이야. 하지만 그것도 결국 끝은 아닐진저!"

마가령무는 고개를 돌려 자신이 나왔던 관영호의 집을 보았다. 그리고는 품에서 하얀 주머니를 꺼냈다.

"이따위 작은 유희도 가끔은 해야 지겹지 않지. 안 그런가, 관영호? 난 너무 오래 살아서 삶이 힘겨운 자거든. 하하하하!"

하얀 주머니는 곧 땅에 떨어져 모래에 파묻혔고 그의 신형은 신기루처럼 사라져 버렸다.

"크아아아!!"
콰콰쾅!!
"으아악!!"

"죽여라!"

"어서 막아라!"

장내는 폭발로 인한 먼지로 자욱했다. 수많은 사람들이 분주하게 움직이고 있었다. 폭연 속에서 일렬로 움직이던 열 사람은 자신들을 향해 날아오는 창강을 미처 보지 못하고 온몸이 갈라지는 처참한 죽음을 맞이했다.

"크윽!"

그 장면을 본 제갈강은 눈살을 찌푸리며 상대방의 움직임을 찾기 위해 청력을 돋우었다. 하지만 도무지 상대방이 움직이면서 내는 공기의 파동이 들리지 않았다.

'무서운 놈.'

그의 눈에서 푸른 귀화가 타오르는 듯했다.

일각 전에 갑자기 회골림으로 괴인이 쳐들어와 난동을 부리기 시작했다. 엄청난 무공에 입구는 순식간에 엉망이 되어버렸고 입구를 지키던 무사들은 피떡이 되어버렸다. 안쪽으로 계속 들어온 괴인은 보이는 사람마다 미친 듯이 죽이고 다녔다. 하지만 너무나 강한 무공을 지녀 사람들로서는 속수무책이었다.

회골림의 본 단을 고수하는 것이 임무인 제갈강은 갑작스런 상황에 당황했지만 이내 냉정을 되찾은 뒤 먼저 미친놈의 정체를 파악했다. 그리고 그자가 자신들이 예전에 가두어놓았던 괴인임을 알 수 있었다.

이에 약간의 절망마저 느낀 그였지만 이대로 당하고만 있을 수는 없었다. 그는 즉시 수하들을 불러 그동안 연습하던 진을 이루어 그를 포위하였다.

하지만 그런 노력도 허사였다. 도무지 이 인간 같지 않은 놈은 엄청나게 무식한 무공으로 모든 것을 파괴시켜 버렸기 때문이다. 진도 순식간에 파괴되어 버렸고 지금은 일방적인 학살을 당하고 있었다.

'무해귀창마라는 놈이 저놈이었구나! 이러다간 본 단이 괴멸하겠다! 도무지 방법이 없어!'

그는 이런 저런 생각을 하다 순간적으로 위험을 느끼고는 본능적으로 몸을 뒤로 굴렸다. 뇌려타곤의 수치스러운 수법이었지만 그는 곧 잘했다고 생각할 수밖에 없었다.

파파파파팍!

땅으로 수십 개의 구멍이 먼지를 일으키며 파이고 있었기 때문이다. 하지만 구멍을 만든 힘이 대체 무엇인지는 도무지 알 수가 없었다. 그는 일단 자신이 일어난 자리에서 이리저리 피하다 건물의 벽 뒤쪽으로 피했다. 사방이 뿌연 먼지로 인해 보이지 않는 상황에서 가만히 있다가는 죽기 십상이었다.

쿠아아앙!!

콰쾅!!

"크아아악!!"

사방에서 폭음과 비명이 울려오고 있었다. 그 소리에 제갈강은 얼이 빠질 지경이었다. 무적을 자랑하는 회골림의 본 단이 단 한 명의 광인 때문에 속수무책으로 당하고 있는 것이다.

'대체 저놈은 무엇으로 만들어졌길래······.'

그는 주먹을 움켜쥘 수밖에 없었다. 순간적으로 회골림의 존망에 대한 생각마저 떠올랐기 때문이다.

"그런 걱정은 안 해도 돼."

"······?"

제갈강은 자신의 뒤에서 들려오는 남자의 목소리에 온몸이 경직되고 말았다. 무인이 상대방에게, 그것도 바로 뒤에서 등을 허용했기 때문이다.

"큭큭, 그렇게 무서워하지 않아도 돼. 나다."

목소리를 다시 확인한 제갈강은 그제야 안심할 수 있었다. 회골림주였기 때문이다.

"림주!"

"됐어. 그렇게 반기지 않아도 돼. 그나저나 저놈이 여기까지 올 줄은 몰랐는걸? 큭큭큭, 꽤나 질긴 놈일세."

"지금 빨리 해결을 하셔야 할 것 같습니다. 림주님 외에는 아무도 당할 자가 없습니다."

"그래그래, 알았어. 너는 수하들을 모두 물리고 피해 있어. 크크크크!"

유유객은 몇 걸음 앞으로 나가더니 장내를 향해 손을 내밀었다. 그러자 마치 기다리기라도 한 듯 자욱한 먼지가 사방으로 밀려나기 시작했다. 얼마 있지 않아 먼지는 사방으로 날아가 버렸고 장내가 훤히 보이게 되었다.

"크카카카카!!"

하늘에서 한 사람이 광소를 터뜨리며 내려오고 있었다. 옆에는 마치 창이 살아 있는 듯 공중에 떠서 같이 내려오고 있었다.

"흐흐흐, 현무태!"

그가 현무태의 이름을 부른 순간과 현무태가 유유객을 발견한 순간은 동시였다.

"크아아아아!!"

괴성이 울려 퍼짐과 동시에 그의 옆에 있던 창은 어느새 유유객의 가슴 앞에 와 있었다. 창이 그의 몸을 꿰뚫었다 싶은 순간 유유객은 잔영만 남긴 채 현무태의 등 뒤에서 장을 내질렀다.

펑!

"크악!!"

현무태는 피를 토하며 땅으로 떨어지는 순간에도 그를 향해 지(指)를 내밀었고, 유유객은 그것을 어깨에 맞고 뒤로 날아가 버렸다.

"속전속결로 끝장내 주마!!"

그는 공중에서 날아가던 몸을 멈추고는 품에서 비도를 꺼내 들었다. 날카로운 빛이 햇빛에 반짝이자 비도는 어느새 사라지고 없었다.

현무태는 괴성을 지르며 유유객을 향해 날아가다가 순간 이상한 느낌을 받고는 자신의 가슴을 내려다보았다.

"크아악!!"

어느새 자신의 심장 깊숙이 비도가 박혀 있었다. 그 순간 그는 크나큰 고통을 느낌과 동시에 괴성을 지르며 아래로 곤두박질쳤다.

쿵!

"크흐흐흐!!"

유유객은 잔인한 미소를 지으며 품에서 다섯 개의 비도를 꺼내 들었다. 비도는 꺼내 드는 것과 동시에 이미 사라지고 없었고 그와 동시에 땅바닥에 쓰러져 있는 현무태의 입에서 더욱더 큰 비명이 들려왔다.

"크아아악!!"

그의 온몸에서는 피가 분수처럼 솟아오르고 있었다. 그의 백회혈, 미간, 한쪽 눈, 천중혈, 그리고 단전에 비도가 깊숙이 박혀 있었다.

"큭큭큭큭, 다시 말하지만 넌 이제 나의 상대가 되지 않아."

그는 한 손을 내밀어 현무태를 잡는 시늉을 했다. 그러자 현무태의 몸은 허공으로 떠오르기 시작했다. 떠오른 현무태의 몸은 자석에 이끌리듯 유유객의 앞으로 끌려왔다. 그의 얼굴에 자신의 얼굴을 가까이 댄 유유객은 비릿한 미소를 지으며 중얼거렸다.

"이게 너와 나의 차이다."

그가 이렇게 말하는 순간 놀랍게도 정신을 잃은 듯했던 현무태의 눈이 떠지더니 그의 손가락이 유유객의 단전을 눌렀다.

"크헉!!"

유유객은 단전이 끊어지는 듯한 극심한 고통을 느끼며 허리를 구부리고 말았다. 그의 입에서는 피가 분수처럼 쏟아지고 있었다.

"…너의 그 바보 같은 면은 나와 크게 다르지."

현무태는 싸늘한 눈빛으로 그렇게 말했다. 정신을 다시 되찾은 듯 눈에서는 살기와 함께 싸늘한 이지가 비춰지고 있었다.

"크크… 크크크!"

유유객은 허리를 천천히 펴며 기괴한 웃음을 날리기 시작했다. 그의 눈은 현무태를 향해 있었는데 비웃는 듯한 기색이 역력했다.

"그래도 제법이군. 하지만 힘이 너무 많이 빠졌어. 큭큭큭!"

"너를 없앨 여력은 충분히 있다."

"후후, 이제 조금만 더 있으면 모두 완성된다. 그때 다시 내 눈앞에 나타난다면 이번처럼 끝내지는 않을 거야. 어서 꺼져라."

"네가 뭘 하는지는 모르지만… 결코 성공할 수 없을 것이다. 후세에 보자. 그때는 네가 바라던 대로 영원히 잠재워 주마."

"그거 고맙군."

현무태의 몸 안에서 여섯 자루의 비도가 밖으로 튀어나오더니 이내

가루가 되어버렸다.

"이따위 무공은 한 번이면 족하다."

그는 이 말을 끝으로 어디론가 사라져 버렸다.

"이따위? 큭큭큭! 정말 이따위일까?"

유유객은 기괴하게 웃더니 주위를 살폈다. 상당수의 수하들이 자신을 경외 서린 눈빛으로 바라보고 있었다.

'멍청한 것들, 이제 모두 끝이다. 모두 죽여 버릴 테니까. 한 달만 더 있으면… 큭큭큭.'

그는 일그러진 미소를 짓더니 이내 사라져 버렸다.

평범하게 생겼지만 단아하게 생긴 사내였다. 항상 높은 탑에서 하늘을 보며 사는 것으로 알려져 있는 그는 회흘국의 공식적인 부마이기도 했다. 파루나호 공주와 약혼한 사이이며 회흘국의 가장 중요한 존재이기도 한 점성술가.

하늘을 보고 있는 그의 눈은 보통 사람처럼 떠져 있었다. 그 눈은 너무나 평범했다. 모든 사람들이 가지고 있는 그런 눈. 하지만 그런 그의 눈에는 하늘의 움직임을 보는 힘이 있었으며 모든 것을 조종할 힘도 지니고 있었다.

"나는 악인가 선인가. 후후후……."

그의 미소는 비릿했다. 무언가를 향한 조소. 그 조소는 하늘을 향하고 있었다. 그의 얼굴이 하늘을 보고 있었으므로.

"모든 무대는 이제 완성되어 간다. 하지만… 과연 네가 성공할 수 있을까, 나의 동생이여."

그는 시선을 동쪽 하늘로 돌렸다. 범인의 눈에는 결코 보이지 않는 무언가가 그의 눈에는 보이고 있었다.

"크크크크, 거의 다 완성되어 가는군. 과연 네가 만든 그 약으로 얼마나 많은 것을 이룰 수 있을지 두고 보자."

"그는 대체 무슨 생각을 하고 있는 것인가?"

어둠 속에서 갑자기 사내의 목소리가 들려왔다. 하지만 마가령무는 이미 알고 있었던 듯 전혀 놀라는 기색이 아니었다.

"현무태, 오랜만이군. 먼 곳까지 와주어서 고마워."

"……."

"그런데… 무슨 일로 왔지, 날 좋아하지 않는 네가?"

"널 좋아하는 사람도 있는가? 후후후."

현무태는 어둠 속에서 비릿한 조소를 지었다.

"물론. 나는 꽤 인기가 많지."

"그건 너의 본모습이 아니다."

"아니, 나의 모습은 보여지는 순간순간이 모두 본모습이다. 그것을 너희들은 모르고 착각하고 있을 뿐이야."

"개소리 마라."

"이거 섭섭하군."

"난 이제 한동안 없어질 것이다."

"아쉽군. 그럼 언제 우리 다시 볼 수 있지?"

"되도록이면 다시는 보지 않았으면 좋겠군."

"좋을 대로. 하지만 너도 때가 되면 다시 나타날 수밖에 없어. 그가 오는 그때."

"비중비(秘中秘)?"

"……."

현무태의 말에 마가령무는 아무런 말도 하지 않았다. 그저 입가에 묘한 미소만 매달고 있었다.

"글쎄… 과연 너의 바람대로 나타날지, 아니면 한낱 꿈에 지나지 않을는지는 그때 가면 알게 되겠지. 만약 네가 언제 나타날지도 모르는 그자에게 죽어준다면 난 널 축복해 주겠다."

"과분한걸?"

"이제 난 간다. 그녀도 날 찾지 않았으면 하는군."

"……."

어둠 속에서 현무태가 사라졌음을 느낀 그는 침상으로 걸어가 누웠다.

"지겹군, 모든 것이. 빨리 나타나라, 비중비."

그의 중얼거림은 어둠 속에 묻힌 채 흩어지고 있었다.

◆제5장 ◆ 최후의 산화

유유객은 산중턱을 올라가고 있었다. 굳이 걸을 필요는 없었지만 그는 걷는 것을 택했다. 경치를 마음껏 구경하기 위해서였다.

"흥흐흥흐흥~"

그는 뭐가 그리 신나는지 콧노래까지 부르며 주위를 구경하고 있었다. 여름의 산록이 만발해 있는 계절이었기 때문에 아무리 이름없는 산일지라도 그 풍경은 매우 화려했다. 가슴을 시원하게 뚫어주는 무언가가 있었다.

그의 걸음은 멈추지 않고 계속되었다. 한 시진이나 걸었을까. 그렇게 오랫동안 걸었건만 그의 얼굴에서는 땀 한 방울 나지 않았다.

그의 걸음은 어느새 산 꼭대기를 거닐고 있었다. 상당히 높은 산이었는지 구름 몇 조각은 산머리 쪽에 살짝 걸려 있는 것을 볼 수가 있었다. 그는 사람이 다니지 않은 험로를 계속 걸어갔다. 이윽고 그가 걸음을 멈춘 곳은 사람의 흔적이 있는 조그마한 공터 앞이었다. 그는 자신의 앞에 있는 큰 바위를 잠시 바라보다가 바위 곁의 흙더미에서 어느 부분을 살며시 밀었다.

그그그궁!

놀랍게도 기관 장치가 있었던지 바위의 한 부분이 굉음을 내며 갈라지듯 옆으로 밀려나기 시작했다.

바위 문이 다 열리자 지옥의 심연 같은 어두운 입구에서 바깥쪽으로 살얼음 같은 바람이 불어왔다.

"……."

그는 무표정한 눈빛으로 입구 안쪽을 바라보다가 안으로 몸을 날렸다.

동굴 안으로 다시 반 시진 정도를 걸어 들어간 유유객이었다. 때로는 위로, 때로는 아래로, 때로는 굽이져서 걷는 그곳은 정말 지옥으로 가는 길인 듯 음산하기 그지없었고 피부를 갈라 버릴 듯한 차가운 바람은 유부에서 불어오는 저승 사자의 입김과도 같았다.

하지만 유유객은 익숙한 듯 마치 안방을 드나드는 것처럼 걸어가고 있었다. 조금 더 걸어가자 풍경이 조금씩 변하기 시작했다. 삭막하기 그지없었던 돌 바닥에서 조금씩 풀이 보이고 공기의 냄새도 상쾌해지고 있었던 것이다.

조금 더 걷자 이제 풍경은 완전히 뒤바뀌어 있었다. 신선도원이 따로 없는 극치의 풍경이 산 내부의 깊숙한 곳에 존재하고 있는 것이었다.

나무와 꽃들이 만발해 있었고 시냇물이 흐르고 있었다. 대체 어디서 들어오는지 알 수는 없었지만 햇빛마저도 비추고 있어 마치 밖에 있는 것처럼 환했다.

유유객은 걸음을 멈추고 주위를 돌아보았다. 그의 입가에는 만족스런 미소가 스며 있었다. 하지만 그의 눈빛은 기쁨을 띠고 있지 않았다. 매우 잔혹했다. 마치 상처받은 맹수의 눈빛과 같았기에 그의 미소는 먹이를 발견한 맹수 같아 보였다.

"모두 나와라."

그의 음성은 낮았지만 멀리 퍼지고 있었다. 그의 말이 끝나고 차 세 모금 마실 정도의 시간이 지나자 놀랍게도 집 안에서 문을 열며 사람들이 하나둘 나오기 시작했다.

하나둘 모이고 있는 사람들은 바깥의 사람들과 별반 차이가 없었다. 평범하기 그지없는 사람도 있었고 잘생긴 미남도 있었다. 노인도 있었으며 여인도 있었다.

모인 사람은 모두 합하여 스물아홉 명이었다. 각양각색의 사람들. 그들은 말 그대로 군상의 표본이었다. 사람의 다양성을 보여주는 표준이었다.

"황선문의 애송이는 어디 있지?"

그의 질문에 대답하는 사람은 없었다. 잠시 침묵이 이어지다 한 노인이 한 걸음 앞으로 걸어나오며 말했다.

"그는 아직 수련 중인 것 같네."

"큭큭, 늦게 배운 놈이 더한다더니… 맛이 든 것 같군."

"네가 나를 제일 처음 선택했을 때 원하던 것들이… 이제 그 젊은이를 끝으로 모두 완성되었네."

노인은 그 말을 하며 잠시 옆에 놓여 있는 높은 나무를 보았다. 마치 예전의 일을 회상이나 하듯 그의 표정은 아련한 추억으로 빠져 있는 것 같아 보였다.

"그래, 딱 칠십 년이다. 네 나이가 사십일 때였지. 엊그제 일인 것 같은데 벌써 이렇게 세월이 흘렀다. 크크크."

"그래, 나는 초월경에 이르렀어도 이렇게 늙었지만 너는 아직도 그대로군."

"변하지 않는다는 건 때론 죄악이지."

그는 이렇게 말하고는 그들의 얼굴을 하나하나 둘러보기 시작했다. 어떤 사람은 그의 시선을 피하기도 했지만 대부분은 그의 시선을 피하지 않고 같이 마주 보았다. 하나하나씩 보는 사람이 늘어갈 때마다 유유객의 입가에는 아주 조금씩 미소가 서리고 있었다. 그것은 누가 보아도 명백한 만족의 미소였다.

"곧 완성되겠지. 그리고… 너희들은 세상 위를 걸어갈 것이다. 처절한 피의 강 위로."

"피의 강이라……."

노인은 어느새 무표정한 얼굴로 뒤바뀌어 있었다.

"들어간다. 황선문의 애송이가 완성을 이루면 이곳에서 나갈 것이다."

그는 그렇게 말하며 안으로 걸어 들어갔다. 나머지 사람들도 뿔뿔이 흩어졌다. 오직 남은 것은 노인 하나뿐이었다.

"벌써 칠십 년……."

유유객을 만난 지가 칠십 년이 되었다는 이야기도 되었다. 세상에 절망하고 있을 때, 이루어지지 않는 모든 것에 대해 분노하고 있을 때, 그리고 사랑에 아파하고 있을 때 그는 너무나 자연스럽게 자신에게 찾아왔고 악마의 유혹을 내비추었다.

"존재하지 않지만 존재하는 그런 경지를 아는가? 그런 경지에 이른다면…
하지 못할 것이 없지. 세상은 말 그대로 장난감이 되어버린다구. 후후후."

"그런 것이… 존재한단 말인가?"

그 말은 그의 말에 대한 회의가 아니었다. 그런 경지가 있었으면 좋겠다는
바람이었다.

"한 가지만 지켜준다면."

"그것이?"

"혈세(血世)."

"당신의 능력으로도 안 된단 말인가?"

"크크크, 묻지 마라. 단지 내가 하라고 하는 대로만 하면 될 것이다."

"좋다. 내가 혈세의 주인공이 되어도 좋다! 힘을 다오!"

그렇게 하여 얻은 것이 지금의 힘이었다. 몸을 다듬는 데만 십오 년
이 걸렸다. 그리고 그가 준 환단을 먹고 지금의 경지에 이르는 것에 오
십오 년이 걸렸다. 그것은 그의 자질이 미천한 것도 있었으며 좀 더 완
벽을 추구했던 것도 있었다. 오래 걸린 대신 그는 최근 들어온 인물을
합한 서른 명 중에서 최고의 실력자가 되었다.

이제 유혹을 던진 자가 대가를 요구하고 있다. 자신과 비슷한 처지
의 사람이 자신을 포함해 서른 명. 모두 초월경이었다. 만약 모두 밖으
로 나가게 된다면 어떤 끔찍한 일이 벌어질지는 자신도 몰랐다. 자신
들은 절망에서 그로부터 힘을 얻었고 그 대가로 그가 원하는 일을 한
가지 해야 했다. 그것이 피의 강 위를 걷는 일이다. 그리고 자신들은

피의 강에서 피로 손을 씻어야 할 것이다.

'어차피 각오했던 일이다. 우리 서른 명은 세상에서 지워진 자들. 이름조차 없으며… 단지 세상을 장난감으로 만들기 위해 살아왔다. 이제… 가는 것이다. 혈세다!'

노인의 마음은 결심으로 굳게 물들어 있었지만 그의 눈빛만은 왠지 모를 회한으로 가득 차 있었다.

그의 전신에서는 선기(仙氣)가 흘러나오고 있어 사람들이 그를 본다면 젊은 신선을 봤다고 할 정도였다. 잘생긴 얼굴에 순한 눈빛, 그리고 사람의 마음을 편안하게 하면서도 은은한 위엄마저 안겨주는 선기. 하지만 그의 입가는 뭔가 불만인 듯 아주 살짝 일그러져 있었다.

그것은 그가 여기에 왔을 때부터 생긴 버릇이었다. 그가 할 수 있는 유일한 반항이었기 때문이다. 자신을 데려온 사람에 대한 유일한 반항.

"이제 완성했군. 역시 내가 예상했던 대로다. 서른 명 중 가장 빠른 성취였다."

유유객은 그 사내를 보며 만족의 미소를 짓고 있었다. 유유객이 이곳으로 온 지 하루가 지나자 황선문에서 데려온 그 사내는 자신의 경지를 완성했던 것이다. 그 노인만큼은 아니더라도 가장 단기간 내에 가장 높은 성취를 이룬 자였기에 유유객의 만족도는 상당히 높았다.

"사람은 역시 다양하군. 너 같은 녀석도 있으니까 말이야. 분명 있기는 있을 것이라 생각했지만 찾기가 힘들었는데 이렇게 찾아서 다행이군. 후후후."

그가 말하는 종류의 사람이란 무공이 어느 경지에 이르면서 그 이상의 경지에 대한 상상력이 타인보다 매우 풍부해 초월경에 대한 막연한 느낌을 받고 있는 사람을 말하는 것이었다. 그리고 유유객은 그런 자가 초월경에 들어간다면 다른 사람들보다 더욱 빠른 성취를 보일 것이라 생각했었는데 그의 생각이 들어맞았던 것이다.

"당신은 어떤 힘을 지니고 있지?"

그 사내가 유유객에게 뜬금없이 물었다. 유유객은 비릿한 미소를 지으며 말했다.

"모든 것의 근원이다."

"근원?"

"크크크! 그것을 이해할 수 있는 자는 이 세상에서 열 명도 채 되지 않을 것이니 굳이 이해할 필요는 없다. 미지의 것에 대한 객관적인 관찰을 할 수 있어야 되니까."

유유객의 알 수 없는 말에 사내는 눈살을 찌푸리며 고개를 살짝 저었다. 도무지 그의 말을 이해할 수 없었기 때문이다.

"무공은 상상력이 풍부해야 하고 현상에 대해 자세히 파고들 줄 알아야 그 이상의 단계에 다다를 수 있다. 크크크, 이제 쓸데없는 무리(武理)는 그만두고 사람들에게 가야 한다. 모두가 기다리고 있다. 오랜 세월을 기다렸지."

"……."

사내는 그가 무슨 말을 하고 있는지 알고 있었다. 세상을 피로 씻기 위한 오랜 기다림. 그것은 유유객이라 불리는 저자만의 생각이 아니었다. 모두는 아니었지만 상당수는 그런 생각을 하고 있는 것을 느꼈던 사내다.

'혈세라…….'

그 역시 다른 사람들처럼 유유객의 유혹을 벗어나지 못한 듯했다. 혈세라는 요구 조건이 있었음에도 그는 아무런 망설임 없이 유혹을 선택했다. 하지만 지금에 와서 망설여지는 것은 무엇 때문일까?

'나의 출신이 원래 정파였기 때문일 것이다. 하지만 예전부터 그런 것에는 얽매이지 않았던 나이지 않은가.'

그리고 중요한 것은 그에게서 받은 힘의 대가로 반드시 약속을 지켜야 한다는 것이었다. 만약 지키지 않는다고 하면 그는 자신들을 죽일지도 몰랐다. 그의 무서운 무공은 여기까지 오면서 몇 번 본 적이 있었기 때문에 그가 얼마나 강한 자인지 지금의 경지에 이르러서는 더욱 충분히 느낄 수 있었다.

유유객이 몸을 돌려 걸어가자 그 역시 뒤따라 걸었다. 그의 뒷모습을 보면서 한 가지 잠시 잊고 있었던 마음을 꺼내어 되새길 수 있었다.

'혈세의 끝에는… 너를 반드시 죽여 버릴 테다! 무슨 수를 써서라도! 그것이 황선문에 대한 복수니까!'

밤의 운치는 밤하늘을 유유히 가르고 있는 달에 의해 더욱 고조되는 것이었다. 이럴 때는 술 한 잔 생각남이 당연함 직도 하지만 그에게 그런 풍류란 사라진 지 오래였다.

"크으……."

사라광마존은 침상에서 일어나 창가로 걸어갔다. 하늘 위에 떠 있는 달을 노려보는 그의 눈은 광기와 분노가 서려 있어 보는 이의 마음을 얼어붙게 했다.

"대체 누구냐?"

그의 목소리는 분노한 호랑이가 으르렁거리듯 낮으면서도 음산했다.

"누가 이 야심한 밤에 날 불러내는 것이냐?"

그의 마음은 억누를 수 없는 살심으로 가득 차기 시작했다. 자신의 뇌리를 울리는 한 사람의 소리는 마치 귀신이 원한에 가득 차 울부짖는 것 같았지만 귀신 따위를 두려워할 그가 아니었다.

"나와라. 후후후."

나지막한 웃음소리와 함께 들려오는 명령. 명령을 한다는 것이 그를 더욱 분노케 하고 있었다. 그리고 비웃는 듯한 웃음소리도.

"밖으로 나와라. 서문 밖으로."

"호호호!"

그의 불안정한 심리와 정신 상태로 이 다경이나 견딘 것은 대단한 일이었다. 하지만 계속되는 속삭임은 그를 미치기 직전으로까지 몰아가고 있었다.

"나와라. 기다리고 있다, 널 죽여 버리기 위해."

"크아아아!!"

참고 참았던 광기가 결국 폭발해 버린 사라광마존은 서문이 있는 오른쪽으로 몸을 날렸다. 방문의 개념은 생각할 겨를이 없었다. 그의 몸은 벽을 뚫고 서쪽으로 날아가고 있었다.

"크크크, 역시 미친놈은 말을 잘 듣는다니깐."

서문에서 꽤 떨어진 관도 곁의 숲 길. 거기에는 서른 명의 무리가 길가에 서 있었다. 그들은 아무런 표정 변화 없이 미친 듯이 하늘을 날아가고 있는 사라광마존을 지켜보고 있었다.

서른 명의 무인들이 모여 있었지만 그들에게서는 어떠한 기운도 풍기지 않고 있었다. 그저 길을 지나가는 대가족이라고 착각될 만큼 평범한 무리 같아 보일 뿐이었다.

하지만 그들이 진정한 모습을 드러내는 순간 천하는 발칵 뒤집어지리라. 그리고 그 순간이 곧 다가오는 듯했다.

유유객은 슬슬 움직일까 하다가 서문에서 몇 명의 인원이 나오는 것을 느끼고는 잠시 기다리기로 했다. 죽일까도 생각했지만 문득 생각나는 것이 있어서 가만히 있었다.

"성주님은 대체 어디로 간 것이지?"

매우 삭막한 목소리가 밤공기를 울렸다. 이어서 매우 청아한 목소리를 가진 여인의 소리가 들려왔다.

"일단 뒤쫓아가는 것이 좋겠어요. 이런 적은 없었기 때문에 일단 가보는 것이 좋겠군요."

"어서 가자. 놓칠 수도 있다."

유유객은 그들이 모두 열 명임을 알 수 있었다. 열 명의 기운을 느껴보니 상당히 강한 자들이었다. 특히 그들 중 한 명은 다른 자들보다 더욱 강한 느낌이었다.

'그놈이 직접 키운 자들인가? 큭큭, 의외로 능력이 좋단 말이야? 하지만 내가 원하는 대로 가지 않아서 필요없게 되었다. 너는 머리를 쓰면 안 돼. 미친 듯이… 아무 생각 없이 그저 닥치는 대로 죽이기만 하면 된다. 내가 원한 것이 그것이었고, 그래서 나는 네놈에게 그런 것을 준 것이지. 큭큭큭, 이곳이 없어진다면 넌 분명 더욱 발광할 것이다.'

열 명이 사라광마존이 날아간 쪽으로 일제히 사라지자 유유객은 흰이를 드러내며 잔인하게 웃었다. 그의 미소는 달빛을 받아 싸늘한 느낌마저 주고 있었다.

"일곱 명은 성문 주위에 일정 간격으로 서 있어라. 그들이 빠져나가는 자들을 남김없이 죽이면 된다. 그리고 멸(滅)은 성 뒤쪽으로 피하는 자들을 찾아 남김없이 죽이면 된다."

멸은 유유객과 가장 오래 알고 지낸 노인을 부르는 말이었다. 그들에게는 이름이란 존재하지 않았다. 유유객을 따라오면서 이름을 버려야 했기 때문이다. 이름을 잊어버린 자도 꽤 있었다. 그들은 서로 편한 대로 지어내서 불렀지만 호칭을 거의 쓰지 않았다. 그저 '너', '당신', '그대' 등으로 불렀다.

"그리고 나머지는 안으로 들어가 사람들을 보이는 대로 모두 죽여버리면 된다. 이곳은 원래 없었던 곳으로 생각하며. 가라. 크크크크크."

그의 웃음은 그들이 사라진 후에도 계속되었다.

그는 약을 제조하는 것에 다른 사람들보다 유달리 뛰어난 능력을 지니고 있었다. 죽기 위한 사환단(死丸丹)을 만들 정도였다. 그리고 그 능력의 백미라고 할 수 있는 것은 바로 초월경에 이를 수 있는 환단을 만드는 것이었다. 그의 능력은 처음에는 마가령무마저도 놀라게 할 정도였다.

그 환단을 많이 만들 수 있는 것은 아니지만 그는 꽤 많은 환단을 만들어왔고, 결국 그것으로 서른 명의 초월경 고수를 만들어낸 것이다.

하지만 모든 것이 그렇듯 역천에는 그 반작용이 있기 마련이었다. 그의 환단 중 대부분은 치명적인 부작용이 있었다. 그 대표적인 예가 사라광마존이었다.

사라광마존은 그 환단을 먹고 순식간에 초월경에 이를 수 있었지만 심성이 크게 변하게 되고 정신에 큰 문제를 일으키게 되었다.

순식간에 초월경을 이를 수는 없지만 서른 명과 같이 부작용이 거의 없는 환단도 만들 수 있었다. 하지만 자신의 명령을 듣는 고수를 만들기 위해서는 꽤 긴 시간이 필요했다. 부작용이 있는 환단은 금방 고수를 만들 수는 있어도 통제가 매우 힘들었다. 그랬기에 그가 만든 서른 명의 초월경 고수는 칠십 년이 걸렸다.

하지만 이를 이루기 위해 오랜 세월 동안 참으로 많은 실험체들이 죽어나간 것은 이들도 몰랐다. 실패를 거듭해서야 겨우 안전한 환단을 만들 수 있었던 것이다.

또한 환단은 아무나 먹을 수 있는 것이 아니었다. 범인이 먹어봤자 극약일 뿐이었다. 환단을 먹었을 당시 일어나는 고통을 이겨낼 수 있는 초인적인 의지, 즉 한이나 분노 같은 것이 가득 차 있는 사람이어야 했고 그 다음 무공도 상당히 강해야 했다. 그리고 중요한 것은 마음이 약한 사람은 결코 먹어서는 안 되었다.

마음이 약한 사람은 그의 목적에 어울리지 않았다. 자칫 도망이라도 가거나 자살이라도 해버리면 환단을 허무하게 소모해 버리는 결과만을 초래하기 때문이었다.

웃음을 그친 유유객은 사라광마존이 사라진 쪽으로 고개를 돌렸다. 그때는 이미 사라성 안에서 비명이 울려 퍼지고 있었다. 처절한 비명은 밤이라 멀리까지 퍼져 나갔다.

"큭큭큭, 네가 여기로 다시 돌아왔을 때는 더욱 미쳐 있을 것이다."

스물두 명의 초월경 고수들은 말 그대로 무적이었다. 경천동지할 위력. 그들의 일장은 수많은 사람들의 육신을 으깨 버렸고 그들의 일검은 수많은 사람들을 동강 내고 있었다.

그들이 시전하는 무공에 언제까지나 영원할 듯하던 사라성의 건물들도 하나씩하나씩 무너지고 있었다.

한밤중의 기습. 들리는 것이라곤 사람들의 처참한 비명 소리와 건물이 무너지는 굉음뿐이었다. 사라성 사람들은 이미 정신이 없었다. 어떤 자들은 급히 부서진 사라성 성문으로 도망도 가고 있었지만 나가는 자들의 말로는 밖에 있는 일곱 명에 의해 정해진 것이나 다름없었다.

어떤 자는 뒤쪽으로 숨기 위해 촌휴소 쪽으로 해서 도망가고 있었지만 멸이라 불리는 노인이 그 근처에 있었기 때문에 방법이 없었다.

스물두 명은 사라성의 크기를 본다면 너무나 형편없는 숫자였지만 그들이 적재적소에 자리잡고 이곳저곳을 누비자 사람들은 피할 곳이 없었다. 그들의 무공은 이미 덤비는 사람들의 수라는 개념이 없었다. 그들은 지나가는 개미를 밟아 죽이고 있는 것이나 다름없었다.

"살려줘!!"

"크아아악!!"

한밤중에 울려 퍼지는 사방에서의 함성. 절규와 공포는 이곳을 지옥으로 만들어놓고 있었다.

안에서는 스물두 명의 고수들이, 밖에서는 일곱 명의 고수들이, 그리고 뒤쪽에는 한 명의 고수가 맡고 있어 단 한 곳도 빠져나갈 구멍이 없었다.

"큭큭큭큭!"

유유객은 쥐어짜듯이 웃어대었다. 그의 주먹은 꽉 쥐어져 있었고 무엇 때문인지 그 주먹은 부들부들 떨리고 있었다. 그의 온몸으로 비명 소리가 휘젓고 있었다.

"크크크! 죽여라! 모두 죽여라! 중원의 사람이란 사람은 모두 죽일 것이다!"

그의 메마른 웃음은 계속되었다. 주먹이 계속 떨리고 있었지만 어느 순간 그 떨림이 멈추어졌다. 열한 명의 기운이 다가오는 것을 느낀 때문이었다.

"……."

그의 웃음이 멈추어졌다. 또한 표정은 항상 싱글거리던 것과 달리 매우 굳어져 있었다. 표정없는 얼굴과 무심한 눈빛. 그를 본 사람은 다시는 기억하기 싫은 공포로 새겨질 정도로 끔찍한 분위기를 내었다.

유유객은 관도로 천천히 걸어나왔다. 그가 걸어나올 때는 열한 명의 신형이 그와 가까워지고 있을 때였다.

"크크크!! 네놈은 누구냐?!"

사라광마존의 눈빛은 붉게 충혈되어 있었고 어둠과 동화되어 마치 악마를 연상케 했다. 그는 사라성에서 들리는 처절한 비명성과 건물이 부서지는 굉음을 듣고 있었는지 분노가 극에 달해 있었다.

"멍청한 놈, 큭큭큭! 기껏 불러냈더니 어디까지 간 거야? 난 아까부터 계속 여기 있었는데. 큭큭큭큭!"

유유객이 흰 이를 드러내며 비웃자 사라광마존은 그가 자신을 불러낸 장본인임을 알았고, 이어서 자신을 우롱했다는 생각에 수치심보다는 광기로 인한 분노에 몸을 떨었다.

그것은 그를 더욱 광기로 몰아넣었고 이는 점점 그의 이성을 마비시켜 갔다.

"크하하하하!! 십마천(十魔天)!! 저놈을 죽여 버려라!!"

"네."

한 사람이 대답과 함께 걸어나왔다. 그는 손에 도를 들고 있었는데 매우 흰 피부를 가진 젊은 사내였다.

"왜 한 명만 나오지, 다 나오지 않고?"

"간다!"

이 말이 끝남과 동시에 엄청난 마기가 그의 몸에서 솟아오르며 폭발하는가 싶더니 그의 몸은 이미 유유객의 바로 앞에 당도했다. 도를 내민 자세로였는데 그의 도는 어느새 유유객의 미간을 뚫은 후였다.

하지만 유유객의 신형은 마치 연기처럼 흩어져 버렸고 그 광경에 사내는 두 눈을 크게 뜰 수밖에 없었다.

"칼이 조금 짧군."

유유객은 신형이 사라지는가 싶더니 어느새 사내의 칼 일 촌 앞에 서 있었다. 그 놀라운 광경에 십마천은 그가 매우 심상치 않는 자라는 것을 알 수 있었다.

"……"

사내는 곧 팔을 밀어 일 촌을 좁혀 유유객의 미간을 찌르려고 했다. 하지만 그는 팔이 꼼짝도 하지 않는 것을 느끼고는 당황했다.

"큭큭큭."

유유객은 고개를 살짝 틀어 도를 피하며 그에게 가까이 다가가더니 좌장을 그의 가슴에 살짝 갖다 대었다.

"쉬어라. 죽이지는 않으마."

"크헉!!"

사내는 입에서 엄청난 양의 피를 쏟으며 뒤로 날아가 버렸다. 땅을 구른 그는 정신을 잃었는지 미동도 하지 않았다.

"모두 덤벼라."

십마천 중에서 가장 강한 사내가 침중한 목소리로 말했다. 그때 뒤에 있던 사라광마존이 소리쳤다.

"됐다! 내가 나갈 테니 너희들은 구경이나 하고 있어라!"

사라광마존은 입가에 흉소를 지으며 앞으로 걸어나왔다.

"흐흐흐! 너도 한가락하는구나!"

"시간을 끌면 불리할 텐데? 내 부하들은 조금만 더 있으면 사라성을 완전 초토화시킬 거야. 느껴지지, 너와 비슷한 자들의 느낌이? 마음을 부서뜨릴 듯한 저 공명이?"

"크크크크! 죽일 테다!! 크아아!!"

그가 앞으로 쏘아져 나가는 순간 십마천은 사라성을 지원하기 위해 몸을 날렸다. 사라광마존의 주먹이 그를 지르는 순간 유유객의 신형은 땅으로 꺼진 듯이 사라져 버렸고 동시에 날아오르던 십마천의 앞에 나타나 손을 내밀었다.

텅!

"큭!"

"아악!"

"컥!"

그의 손짓 한 번에 아홉 명의 마인은 벽에 부딪친 듯 신음성을 흘리며 뒤로 날아가 버렸다. 하지만 내상은 입지 않은 듯 자리에서 바로 일어나 공격 자세를 취했다.

"아무 데도 가지 마라. 참관자라도 있어야 내가 싸울 맛이⋯⋯."

유유객은 갑자기 자기를 향해 날아오는 원반을 느끼고는 상체를 틀었다. 하지만 그 원반은 얼마 나가지 않고 바로 방향을 틀어 그의 얼굴을 향해 날아갔다.

유유객이 그 원반을 향해 장을 내밀자 이내 원반은 유리가 깨지는 소리를 내더니 부서져 버렸다.

"큭!"

하지만 놀랍게도 유유객은 자신의 힘 이상의 충격을 그대로 받고는 입에서 피를 토하고 말았다.

"크하하하!"

사라광마존의 광기 서린 웃음에 유유객은 입가의 피를 손등으로 닦아내고는 묘한 미소를 지었다. 고개를 돌려 사라광마존을 본 그의 신형은 어느새 이동했는지 그의 오 장 앞에 가 있었다.

"......!"

그의 믿지 못할 정도로 빠른 움직임에 사라광마존의 광소는 금세 멈춰졌다.

"그래, 깜빡했군. 네가 반탄지공을 사용한다는 것을."

그 말이 끝나자마자 그의 신형은 벌써 사라광마존의 코앞에 와 있었고, 유유객의 주먹이 얼굴을 강타했다.

퍼억!

"컥!!"

사라광마존의 몸이 뒤로 날아갈 때 유유객은 주먹을 날린 손으로 바로 장력을 시전했다.

"크악!"

사라광마존은 입에서 피를 뿜으며 거칠게 땅으로 나뒹굴었다.

"크크크큭! 겨우 그 정도인가?"

"크으으!"

사라광마존은 발작적으로 몸을 일으키더니 허리춤에서 검을 뽑았다.

"네놈은 대체 누구냐! 초월경을 이룬 것도 아니면서 그와 대등하다니……."

"대등? 미친놈의 눈에는 이것이 대등하게 보이는가?"

"그래, 내가 더 우월하다는 것을 알게 해주지!"

그는 낮게 포효하고는 유유객을 향해 검을 시전했다. 그의 독문검법인 옥룡천주삼십육검이었다. 검법 그 자체만으로도 위력적이지만 검강 안에는 벽사옥룡강기가 내재되어 있어 맞부딪치는 순간 무시무시한 반탄력에 의해 순식간에 피떡이 되어 날아갈 것이다.

"후후후!"

하지만 유유객은 가소롭다는 듯 비웃더니 품에서 비도 한 자루를 꺼내 들었다. 그리고는 그를 향해 비도를 날렸다.

단순히 비도를 날리기만 했는지 어떠한 기운도 품지 않고 날아가던 비도는 곧 사라광마존의 검과 부딪쳤고, 놀랍게도 그의 검과 반탄강기는 종잇장이 찢어지듯 갈라지며 곧 그의 심장을 향해 날아갔다.

"크학!"

사라광마존은 간신히 몸을 뒤틀어 심장에 맞는 것은 면했지만 어깨에 비도를 찔리고 말았다.

"반탄강기가… 그리고 금강불괴의 몸이 뚫리다니……. 크으으!"

그는 분하다는 듯 으르렁거리며 유유객을 노려보았다. 하지만 그는 여전히 비릿한 웃음을 지으며 입을 비죽거렸다.

"이봐, 조금만 더 있으면 사라성은 이제 이 땅에서 흔적도 없이 사라질 거야. 크크크크, 좀 더 분발하라구."

"크으으! 네놈은 대체 누구냐?!"

그의 몸에서 자줏빛 강기가 하늘 높이 치솟기 시작했다. 마치 불꽃처럼 솟아오르며 퍼지던 강기는 주위의 나무와 부딪치자 순식간에·가루를 만들어 버렸다.

"글쎄, 네가 굳이 알 필요가 있을까? 너는 네 할 일만 충실히 해주면 돼."

그의 말이 끝나자 사라광마존은 다시 포효하며 그를 향해 강기의 방향을 틀었다. 거대한 자줏빛의 불꽃은 천천히, 그러나 모든 것을 소멸시킬 듯 스멀스멀 다가오고 있었다.

"……."

유유객은 여전히 미소를 잃지 않고 있었다. 사라광마존이 일으키는 거센 기의 폭풍은 사라성에서 들려오는 비명 소리를 막아주고 있어 그에게는 오히려 즐거웠다.

"이제 가라. 놀이는 끝났다."

유유객의 손이 앞으로 나오며 투명한 빛이 반짝인다 싶은 순간 놀라운 광경이 일어났다.

쿠아아앙!!

사라광마존이 있는 자리를 중심으로 엄청난 폭발이 일어난 것이었다. 그 폭발로 인한 불꽃은 하늘 높이 치솟아올라 사라성에서도 볼 수 있을 정도였다.

"피해라!"

"크으윽!"

십마천의 사람들도 엄청난 폭발에 호신강기로 몸을 막으며 뒤로 계속 물러났다. 하지만 폭발의 여력은 지치지 않고 계속해서 커지고 있었다. 여력을 견디지 못하고 뒤로 하염없이 날아가는 사람도 있었다.

"으아아아아아!!"

폭발의 중심에서는 사라광마존의 고통에 찬 비명이 하늘을 찌르고 있었다. 하지만 비명에 맞춰 폭발은 계속되고 있었다.

콰아아아아아앙!

"크아아아아!!"

"크크크큭! 좋아!"

유유객은 만족스런 미소를 지으며 올렸던 손을 내렸다. 그제야 폭발은 멈추어졌고 불꽃도 거짓말처럼 가라앉았다.

"으으으……"

사라광마존의 온몸은 마치 불에 달구어진 듯 발갛게 되어 있었고 머리는 이미 타서 없어진 상태였다. 칠공에서는 피가 흘러내리고 있어 매우 참혹한 모습이었다.

"흐흐, 죽일… 테다……"

그는 겨우 그 말을 내뱉고는 그대로 앞으로 쓰러져 버렸다.

"아!"

"성주님!"

십마천의 인물들은 사라광마존이 쓰러지자 크게 놀랐다. 자신들에게는 신이나 다름없는 인물이 이름없는 무사에게 처참하게 당한 것이다. 그리고 그자의 수하들이 얼마나 되는지는 모르지만 사라성의 수하들이 하나둘씩 죽어가고 있었다. 말 그대로 사라성은 끝이었다.

"아직 살아 있으니 데리고 사라져라."

유유객은 싸늘히 말하고는 몸을 돌려 사라성을 바라보았다.

십마천은 사라광마존을 일으키며 멍하니 그의 뒷모습을 노려볼 수밖에 할 수 없었다. 자신들이 어찌할 수 있는 상대가 아니었던 것이다. 그의 뒷모습은 너무나 평범했지만 그의 무공만큼은 가공했다. 그들이 넘볼 수조차도 없는 지고의 경지에 있는 무공. 인간의 한계를 벗어나 있는 무공이었던 것이다.

주위는 폭발로 인해 땅에는 큰 구덩이가 넓게 파여 있었다. 밤이라 확실하지는 않았지만 족히 오십 장은 파여진 것 같았다.

"…두고 보자."

사라광마존을 부축하고 있던 사람은 두 눈에 살기를 가득 띤 채 그의 뒷모습을 노려보았다. 하지만 그의 말에도 유유객은 아무런 반응을 보이지 않았다.

"가자."

아홉 명은 두 사람을 업고는 쓸쓸한 모습으로 사라져 갔다. 사라성에서 들려오는 비명 소리도 이제는 간간이 흘러나올 뿐이었다.

"난 안 한다!"

서른 중 하나의 반항이었다. 그들은 지금 회골림의 입구 근처에서 은신하고 있는 중이었다.

유유객은 한 달 전부터 긴급령으로 회골림의 모든 세력을 본부로 집중시키라는 명령을 내렸고, 그 명령은 한 달간 착실히 수행되어 온 것이다. 다들 의구심을 품지 않는 자가 없었지만 지고지엄한 회골림주의 명령에 토를 다는 사람은 아무도 없었다.

밖에서 활동을 하고 있던 오패마, 이혁신, 간국학을 비롯해 세력 확장을 하면서 영입한 수많은 마도 거물들과 모든 세력을 불러들인 것이었다. 이 일은 대규모의 인원들이 한꺼번에 움직이는 것이었기 때문에 강호의 정보망에 걸려들 수밖에 없었다. 하지만 이들은 강호의 소문은 전혀 신경 쓰지 않고 있었다. 다만 회골림주의 명령에 충실히 회골림으로 모여들 뿐이었다.

유유객은 소집이 완료된 지금이 가장 적합한 때임을 알고 있었다. 모두 죽여 버리기 위한 잔인한 계획은 당연히 모두가 모인 지금 움직여야 하기 때문이었다. 가장 정신없을 때이기도 했고 설마 림주인 자신이 공격을 하리란 생각은 꿈에도 하지 못할 것이다.

"안 한다고? 뭐 때문이지?"

유유객은 싸늘한 눈빛으로 그 사내를 쳐다보았다. 마흔이 조금 넘은 중년의 사내였다. '강(强)'이라고 불리는 사내는 얼굴을 찌푸리며 유유객을 쏘아보고는 입을 열었다.

"나와는 맞지 않다. 나는 이런 살육을 좋아하지 않아."

그의 말에 상당수가 고개를 끄덕이며 동의를 표했다. 그 반응에 유유객은 예측은 했지만 너무 빨리 그 상황이 왔다는 것에 약간 놀랄 수밖에 없었다.

말이 혈세지 그것은 혈세가 아니었다. 한 사람도 남겨두지 않는 완벽한 살육은 혈세를 넘어서 씨를 말리려는 미친 짓으로 보였다. 도망가는 자들을, 공포에 울고 있는 자들을, 그리고 아무것도 모르는 어린이를, 살려달라고 울부짖는 여인네들을 아무런 망설임 없이 죽일 정도로 잔인한 자가 그들 중에는 없는 듯했다.

그들은 슬픔이란 것을 알고 절망, 공포, 좌절을 한 번씩은 경험한 자들이기 때문이었다. 그런 그들이 약속을 지키기 위해서 사라성 안에 있던 사람들을 말 그대로 전멸시켜 버렸다. 그리고 건물을 하나하나 붕괴시켰고 성벽조차도 소멸시켰다. 사라성은 이제 역사에서 완전히 사라진 것이다.

그것이 바로 어제의 일이었다. 아마 며칠이 지나면 무림은 경악으로 휩싸일 것이다. 사라성의 존재가 순식간에 사라져 버렸기 때문이다.

그리고 무림은 또 놀랄 것이다. 이제 회골림이 흔적도 없이 사라질 테니까.

"……."

유유객은 아무 말 없이 다시 몸을 돌려 어둠 속에 스며 있는 회골림의 입구를 볼 뿐이었다.

"어제 우리가 죽인 사람의 수가 몇인지 아는가? 최소 만 오천 명은 될 것이다. 무림 역사상 한 집단이, 그것도 겨우 서른 명밖에 되지 않는 인원으로 만 오천 명을 죽인 일은 단 한 번도 없었을 것이다. 우리는 무림인이다! 혈세도 정도가 있지 이것은 아니야!"

강은 등을 보인 유유객에게 소리쳤다. 그의 외침에도 유유객은 여전히 똑같은 자세로 있었다.

"강의 말이 맞아!"

"맞아! 이건 인간이 할 짓은 아니다!"

여기저기서 불만의 목소리가 터져 나왔다. 하지만 유유객의 단 한마디로 좌중은 잠시간 싸늘해질 수밖에 없었다.

"강은 입구에서 도망가는 자들을 척살한다."

"……!"

한동안 말이 없었다. 분위기는 누가 봐도 싸늘하다는 것을 느낄 수 있을 정도였다.

"나는 너희들에게 힘을 줬다. 너희들은 분명 힘을 얻고 싶어했다. 너희들은 분명 세상을 저주하고 있었다. 그리고 너희들은 분명 혈세하기로 나와 약속했다."

"……."

그의 말에 사람들은 꿀 먹은 벙어리가 될 수밖에 없었다. 그의 말이

틀리지 않았기 때문이다.

"이것은 혈세가 아니다."

그때 멸이라는 노인의 말이 떨어지자 사람들의 눈에 기쁨의 빛이 서렸다. 그의 말은 가장 영향력이 있었고 가장 진중했으며 그들이 가장 존경하는 자이기 때문이었다.

"그럼 뭐라고 생각하나?"

"아무것도 아니야."

"이해가 되지 않는군. 큭큭큭."

"너는 사람에 대한 증오가 있는 것인가? 하지만 단순히 그런 이유만으로 이렇게 사람을 멸살시키려 드는 것은 이해가 되지 않는다. 그리고… 너는 모르나 본데 사람은 결코 사람을 모두 죽일 수가 없다."

"내가 왜 사람을 모두 죽일 것이라고 생각하지?"

"지금 하고 있는 짓이 바로 그것인데 그것을 모르는 사람이 있을 것 같아?"

"크크크."

"이제 이런 짓 그만두었으면 한다."

"미안하지만… 그렇게는 안 된다. 약속을 잊지 마라. 만약 어길 때는… 너희들의 힘을 모두 원래대로 돌려놓을 것이다."

"……!"

사람들은 그의 말에 모두 경악할 수밖에 없었다. 그들이 경악하는 것에는 이유가 따로 있었다. 먼저 자신들이 평생 이루어놓은 것을 빼앗아간다는 것은 모든 것을 앗아가는 것이나 마찬가지이기 때문이었다. 그런 일은 결코 있어서는 안 되었다. 그들은 지금을 위해 인생을 바쳤기 때문이다. 지금 이 순간이 그들의 모든 것이었다.

그리고 유유객은 여태껏 자신들을 이런 식으로 협박한 적이 없었다. 그는 은연중에 자존심이 높았으며 협박 같은 짓은 그에게는 전혀 어울리지 않을 정도의 능력을 지니고 있었기 때문이다.

"처음이군, 그런 협박은."

멸의 목소리는 가늘게 떨리고 있었다. 그만큼 그의 협박은 그들에게 충격이자 두려움이었다.

"후후후, 너희들이 날 몰라서 하는 말이다. 큭큭, 내가 얼마나 오래 살았는지 모르니까. 협박이란 행위는 가장 효과적인 통솔 방법 중의 하나임을 난 누구보다 잘 알고 있다."

"그래, 알았다. 너의 말을 들으마."

멸은 눈을 지그시 감으며 유유객에게 그렇게 말을 했다. 하지만 마음속으로는 다른 생각이 들었다.

'협박이라고는 해도 실제로 그렇게 하지는 않았을 것임을 난 안다. 불쌍한 자. 우리는 이유는 모르지만 네가 불쌍해서 따른다. 우리 중에서 가장 불행한 사람은 바로 너인 것 같으니까.'

입구에 한 명, 뒤쪽 절벽에 두 명이 막아섰다. 그리고 나머지는 모두 회골림 내부를 공격하고 있었다. 사라성과는 이미 그 규모부터가 다른 거대한 회골림이었다. 회골림이 그동안 축적한 세력과 그동안 얻은 세력들이 모두 모여 있었고 오랜 세월 축조해 온 무수한 건물들은 그 규모 면으로 볼 때 정녕 압도적이었다.

엄청난 무인의 수는 징그러울 정도였지만 그들에게 사람 수는 무의미했다. 그들은 기계적으로 일장을 날렸고 일검을 휘둘렀다. 그 누구도 그들의 힘을 감당할 수 없었다. 사라성에서도 그랬지만 그들은 말 그대로 무적이었던 것이다.

왜인지는 모르지만 유유객도 회골림을 공격하는 데 가담하고 있었다. 회골림을 키운 자가 자신의 부하들을 향해 살수를 펼치는 모습을 보던 제갈강은 격전 와중에도 넋이 나갈 정도로 큰 충격을 받았다. 때문에 이름없는 무사에게 단숨에 목이 잘리고 마는 허무한 죽음을 맞이하게 되었다.

제갈강의 근처에 있던 간군학은 분노를 주체하지 못하고 있었다. 당연한 일이 아닌가. 철석같이 믿고 있던 자신들의 림주가 어이없게도 다른 수하 몇십 명을 모아 와 그가 키워놓았던 세력을 다시 와해시키고 있는 것이다.

"이런 미친 자식! 자식을 죽이는 것이나 마찬가지인 짓을 하다니!"

그는 태양선심공을 극성으로 끌어올렸다. 어느새 팔성의 경지에 이른 태양선심공으로 인해 그의 온몸은 태양처럼 환하게 타오르고 있었다. 그의 곁에 있던 수하들은 갑작스럽게 닥치는 열기로 인해 견디지 못하고 몸에 불이 붙어 순식간에 재가 되어버렸다.

"크아악!"

"개새끼! 자신이 키워놓고는 자신이 붕괴시켜?! 이 미친 새끼야!"

그는 유유객을 향해 날아가 천존십이해의 역초식인 파천십이해를 펼치기 시작했다. 허공을 수놓는 엄청난 수영들은 불꽃에 휩싸여 마치 별똥별이 불에 타면서 떨어지는 광경 같았다. 십이 초식이 연달아 펼쳐지는 그 광경은 오랜 옛날 태양선인이 시전하는 것 못지않은 대단한 위력이었다.

"……."

유유객은 그저 비릿한 미소만을 지은 채 자신을 공격해 오는 수영들을 하나하나 손바닥으로 막아냈다. 간군학은 자신의 공격을 모두 읽어 내고 일일이 손바닥으로 막아내는 유유객을 보고는 또다시 분노할 수밖에 없었다.

"이 개자식! 예전부터 그랬지만! 정말 유치하게 노는구나! 이 와중에도 날 가지고 놀아? 육시랄놈, 죽어라!!"

그의 손에서 엄청난 양기가 모이더니 이내 그의 전신을 뒤덮을 정도로 거대한 불꽃이 되었고, 그것은 곧 거대한 원을 형성하더니 그 원에서 세상을 태워 버릴 듯한 열기가 솟아나기 시작했다. 신이 만든 무공이라는 신무(神武)라고도 불리는 무공, 태양인(太陽印)이었다.

"큭큭큭! 팔성의 태양인으로는 내 털끝 하나 건드리지 못한다!"

그가 자신을 향해 날아오는 태양인을 향해 강하게 장을 내밀자 태양인은 사방으로 불꽃을 휘날리며 소멸해 버렸다.

"아악!"

간군학은 입에서 피를 쏟으며 뒤로 날아가 버렸다. 하지만 간신히 경공으로 몸을 안정시키며 바닥에 착지한 후 그를 향해 다시 몸을 날렸다.

유유객은 자신을 향해 덤비던 다섯 명의 복면인에게 장을 시전해 죽여 버리고는 다시 장을 내밀어 간군학을 잡는 시늉을 했다. 그러자 놀랍게도 간군학은 공중에서 무언가에 걸린 듯 멈추더니 움직이지 않았다.

"으윽! 이 자식! 이건… 뭐, 뭐야?!"

간군학은 온몸이 일그러지는 듯한 느낌을 받으며 고통에 힘겨워했다. 간신히 견디고는 있었지만 잠시만이라도 고삐를 늦추면 온몸이 찌그러질 것만 같았다.

"호호… 가지고 노는 것은… 그만큼 너와 나의 차이가 크기 때문이다. 크흐흐흐, 그리고 태양인은 그렇게 사용하는 것이 아니라고 했지? 진짜 태양인은 자신을 산화시켜야 한다. 그렇지 않으면 자신을 불살라 모든 것을 죽이기도 하고 살리기도 하는 진짜 태양을 만들지 못해! 크크크!"

"으아아아악!!"

간군학은 자신을 점점 더 옥죄어오는 고통에 몸부림치며 비명을 내질렀다. 칠공에서 피가 조금씩 흐르는 것이 전신 혈맥에 큰 타격을 준 것 같았다.

"으아악! 크윽!"

유유객이 손을 풀어버리자 간군학은 땅으로 떨어지고 말았다.

"이 자식! 쿨럭! 으윽!"

"이제 넌 어차피 죽을 몸이니까… 어디 한번 시전해 보아라. 너 자신을 산화시켜서… 그 대단한 진짜 태양을 만들어보란 말이야."

"흥! 네놈의 거짓말을 믿을 것 같으냐!"

"흥!"

유유객은 간군학을 비웃더니 품에서 비도를 꺼내었다. 그리고는 그를 향해 검을 던졌다. 아니, 내공으로 날렸다고 하는 것이 더 정확할 정도로 비도는 느리게 날아갔다.

간군학은 피하고 싶었지만 몸에는 더 이상 힘이 남아 있지 않았다. 심한 내상을 입고 있었던 것이다.

"크윽!"

잔인하게도 비도는 간군학의 왼쪽 어깨에 닿는 순간 매우 느린 속도로 천천히 살을 뚫고 들어갔다. 덕분에 간군학은 살이 천천히 갈라지는 듯한 지독한 고통을 맛볼 수밖에 없었다.

"크아악!! 이 변태 새끼야!!"

간군학은 소리 지를 힘은 아직 있었는지 고래고래 욕을 해대었다. 차마 입에 올리기 힘든 욕을 내뱉는 간군학이었지만 유유객은 그저 웃기만 할 뿐이었다.

"내가 너무 많이 죽이는 것은 싫으니까 널 가지고 놀면서 내 부하들이 모두 죽일 때까지 시간을 보내야겠다. 흐흐."

간군학의 어깨에서 비도가 다시 천천히 뽑히기 시작하자 간군학은 지독한 고통에 비명을 지를 수밖에 없었다. 비도가 다 뽑히자 이제 그것은 회전을 하기 시작했다. 그러더니 그 비도는 다시 간군학의 옆구리를 파고들어 갔다. 살이 파이는 고통스런 느낌에 간군학은 정신을 놓을 뻔했지만 또다시 고통으로 정신을 잃을 수도 없었다.

"큭큭큭큭! 아직도 생각이 없는가?"

"……."

간군학은 지독한 고통에 그의 말에 귀 기울일 힘조차 없는 듯 숨을 헐떡거리고 있었다.

"재미없군. 죽여주마."

유유객은 손을 천천히 들었다. 그때 자신의 뒤로 엄청난 폭발음이 들리더니 자신을 향해 엄청난 속도로 열여섯 개의 검 조각들이 날아오고 있는 것이 보였다.

유유객의 들려지던 손은 바로 자신을 향해 날아오는 검들을 향했고, 이어 엄청난 폭음과 함께 열여섯 조각의 검들은 사방으로 가루가 되어 날아가 버렸다.

"크악!"

그때 공중에서 갑자기 비명 소리가 들리더니 한 인영이 뒤로 날아가 땅바닥을 뒹굴었다.

"검령혼합의 파쇄뇌각이라. 아주 좋군. 이제는 더욱 완벽해졌어! 하지만 어떡하나, 이제 그 대단한 무공도 곧 사장될 것인데? 으하하하!"

그는 바닥에서 꿈틀거리고 있는 섬전검 간훈을 보며 과장되게 웃어 보였다.

"개… 자… 식……."

유유객은 그 순간 자신의 귀로 아주 희미하지만 살기 짙은 목소리가 들려오자 이상한 느낌에 몸을 돌려 간군학을 돌아보았다.

"……!"

순간 유유객은 두 눈을 크게 부릅떴다. 그의 두 눈에 비친 것은 거대한 태양이었다. 너무나 눈이 부셔 눈조차도 제대로 뜨기 힘든 태양. 하지만 유유객은 똑바로 그 태양을 직시했다.

붉은 빛이 아니라 너무나 강렬하여 백광을 비추고 있는 거대한 불꽃. 십 장의 지름을 가진 엄청난 태양은 서서히 작아지더니 곧 손바닥보다 조금 큰 크기로 되었다. 하지만 그만큼 응축된 힘은 주위의 땅을 뒤흔들 정도로 엄청난 위력을 담고 있었다. 간군학의 주위 십 장은 이미 모든 것이 타 없어진 상태였다.

그 모습에 유유객의 입가는 점점 미소로 짙어지더니 이내 이를 보이며 웃기 시작했다.

"하하하! 크하하하!! 으하하하!! 이럴 수가! 초월경도 아닌 자가… 정말로 완벽에 가까운 태양인을 시전하다니! 큭큭큭큭!!"

유유객은 뭐가 즐거운지 정말 기분 좋게 웃어댔다.

"역시 세상은 넓다. 그리고 사람은 많다."

그의 말에도 간군학은 아무런 반응이 없었다. 지금 그의 모든 힘, 영혼은 태양인을 시전하는 것에 집중되어 있었기 때문이다.

"간군학, 너를 인정하마! 으하하하! 태양선인만이 시전 가능하다는 진정한 태양인을 네가 거의 완벽하게 시전한 것이다! 물론 위력 면에서는 부족하지만 아주 완벽하다! 어디 그것으로 날 맞혀보아라!!"

그 말이 끝나는 순간 기다렸다는 듯이 태양인은 엄청난 속도로 유유객을 향해 날아왔고, 가만히 있던 유유객의 심장에 백광의 태양인이 흡수되어 버리듯 적중했다.

파아아앗!

엄청난 빛이 사방으로 퍼져 나가며 그 빛은 한동안 사그라지지 않았다. 사방으로 퍼져 나간 빛에 쏘인 자들은 비명 소리 하나 지르지 못한 채 녹아 내렸다. 가공할 빛의 폭발. 간훈 또한 소멸되어 버린 지 오래였다.

얼마나 지났을까. 사람들은 그 숨 막히는 광경에 모두 검을 내리고 그 모습을 지켜보고 있었다. 근처에서 살육을 자행하던 초월경의 고수들도 두 눈을 크게 뜬 채 그 광경을 보고 있었다.

"엄청… 나군!"

멸이라 불리는 노인은 자신도 모르게 감탄사를 터뜨렸다.

조금 더 시간이 흐르자 빛은 곧 사라졌고 그 빛의 진원지에는 유유객이 자리에 가만히 서 있었다. 그의 칠공에서는 피가 물 흐르듯 흘러 나오고 있었지만 그는 쓰러지지 않고 있었다. 하지만 그 흐르는 피는 얼마 가지 않아 조금씩 줄어들더니 이내 멈추었다.

그리고 유유객의 손이 조금씩 꿈틀거리더니 이내 두 눈을 번쩍 떴고 그의 숙여졌던 얼굴 또한 들려졌다.

"……."

살아 있었지만 그의 두 눈은 결코 기쁨이 아니었다. 그리고 그것은 자신을 죽이지 못한 간군학에 대한 분노도 아니었다. 바로 자신에 대한 분노였다. 그의 눈동자는 간군학이 있던 자리로 향했다. 없었다. 그는 자신의 모든 것을 산화시켜 엄청난 것을 이루었고 많은 사람을 죽였지만 정작 유유객은 죽이지 못했던 것이다.

그는 시선을 다시 돌려 멸에게로 향했다.

그의 두 눈을 본 멸은 순간 가슴이 얼어버리는 듯한 기분을 느꼈다. 그리고 그것은 이내 두려움으로 번지고 있었다. 그는 유유객의 그런 눈을 본 적이 없었다. 단언코 그것이 처음이었다. 그렇지만 자신도 모르게 그런 그의 눈빛이 너무나 두려워지고 있었다. 순간 자신이 죽는 것인가 하는 착각마저 들 정도였다.

그것은 그만의 느낌이 아닌 듯했다. 멀리서 그의 눈빛을 본 자들도 자신들도 모르게 들고 있던 무기를 떨어뜨리더니 슬금슬금 뒷걸음질치고 있었다. 이내 그의 눈뿐만 아니라 그의 전신에서 퍼져 나가는 무시무시한 기운은 사방을 공포의 도가니로 몰아갔다. 그를 본 수많은 무사들이 무기를 버리고 달아나기 시작했다.

"살려줘!"

"으아아!!"

"엄마야!"

단 한 사람으로 인해 근처 만 명에 해당하는 사람들이 일제히 공포에 젖어 도망가고 있었던 것이다.

"뭐 하는 거야. 모두 죽여라."

그는 조용히 말했지만 회골림 내부의 공격에 가담한 초월경 고수들의 귀에는 너무나 확연하게 들려왔고, 그들은 자신들도 모르게 깜짝 놀라며 내공을 끌어올리며 다시 살인을 하기 시작했다. 모두 두려움에 도망가고 있는 자들을 죽이는 것은 아까보다 더욱 쉬운 일이었다. 그저 장을 시전하면, 검을 날리기만 해도 수십 명의 사람들이 죽어나가고 있었다.

유유객은 자신의 뒤로 도망가는 사람들의 무리를 가만히 지켜보다가 손을 내밀었다.

쿠아아아아아앙!!

엄청난 불꽃이 일어나며 사방 오십 장 이내가 폭발해 버렸고 그곳에 있던 사람이나 건물들은 흔적조차 남기지 못했다. 실로 가공할 위력이었다. 이미 사람의 한계를 넘은 그의 무공은 사람들을 더욱 공포에 떨게 했다.

"악마다!!"

"살려줘!"

"큭큭큭큭!"

유유객은 손을 부들부들 떨면서 웃음을 쥐어짜내고 있었다. 그러다 이번에는 양손을 좌우로 내밀었다. 그리고 다시 일어나는 끔찍한 광경.

콰아앙!

쿠우웅!

폭발의 회오리바람은 사방을 휘날리고 있었다. 엄청난 위력 앞에 무사들은 마치 개미가 잔인한 어린아이에게 짓밟히듯 죽어가고 있는 것이었다. 곳곳에서 불이 솟아오르기 시작했고 사람들의 비명 소리와 절규의 소리는 지옥의 아수라지옥도를 연상시키고 있었다. 그렇게 회골림 안의 시간이 흘러갔다.

조용해진 장내에는 황량한 바람만이 불어오고 있었다. 하지만 그 바람에는 역겨운 혈향이 가득 차 있어 그 누구도 바람의 상쾌함을 느끼지 못했다.

유유객이 서 있는 곳 주변에는 초월경고수들이 모여 있었다. 그들 모두는 주변을 둘러보며 인상을 찌푸리고 있었다. 비위 약한 자는 구토를 참지 않고 있었다. 참을 수도 있었지만 올리지 않으면 안 되는지 일부러 참지 않고 올리고 있었다.

"우에엑!"

주변은 시산혈해였다. 절대 그 말은 과장이 아니었다. 어림잡아 이만 명 이상의 사람들이 쓰러져 있었다. 걸을 때마다 밟히는 것은 시체였고 눈을 돌릴 때마다 보이는 것도 시체였다. 마음 약한 사람이 있었다면 미치는 것은 순식간의 일일 정도로 주변의 광경은 참혹했다.

까아악! 까아악!

어디선가 냄새를 맡았는지 까마귀들이 무리 지어 날아오고 있었다. 어리석은 인간들의 무지를 탓하기 위함인가? 아니면 썩어버린 인간의 가슴에 응징의 포식을 위함인가? 그들은 하나둘 시체의 곁으로 가더니 시체를 파먹기 시작했다.

"도저히… 참을 수가 없어."

'홍(紅)'이라 불리는 여인의 말이었다. 자신들이 저질러 놓은 짓이었지만 지금은 눈앞에 펼쳐진 끔찍한 광경에 죽고 싶은 마음뿐이었다.

"우린 미쳤어. 어떻게 사람이 이런 짓을 할 수가 있지? 난… 그 옛날 무공을 배울 때 힘이란 좋을 일을 위해 쌓는 것이라고 배웠는데… 그때 그 말이 그렇게 유치하기 짝이 없었는데… 왜 지금에서는 그 말이 내 가슴을 후벼 파고 있는 거야? 왜?'

그녀의 절규는 까마귀의 울음처럼 구슬프게 맴돌고 있을 뿐이었다. 그녀의 어깨가 흔들리고 있는 것이 울음을 참지 못한 듯하였다.

그들은 한동안 아무 말도 하지 못하고 있었다. 그저 홍의 울음소리만이 들릴 뿐이었다.

"이게 정말… 약속이란 명목 하에 한 일인가?'

그 말의 주인공은 황선문의 사내였다. 그는 사라성에서의 살육까지만 해도 참을 만했었다. 하지만 자신들도 믿지 못할 이번의 대량 학살은 엄청난 회의를 불러일으키고 있었다. 자신이 배웠던 황선문의 가르침이 자꾸만 생각나는 것이었다.

"사람이란… 기본에 가장 충실해야 하는 것이건만……."

그의 중얼거림은 조용한 가운데 모두가 들을 수 있었다.

"난 이제 죄인이다! 유유객 너의 탓도 하지 않겠다! 난 진짜 죄인이다! 내 힘을 앗아가도 좋다! 어서 내 힘을 빼가라! 아니면 날 죽여라! 죽이지도 않겠다면 난 떠날 것이다! 아무도 없는 곳으로 떠나 평생 이 참혹한 일을 저지른 것에 대한 죄를 갚으며 살아갈 것이다! 어흐흐 흑!!"

강이라는 사내는 기어이 참지 못하고 홍처럼 구슬프게 울기 시작했다. 그의 울음이 시작되자 몇몇도 자신들의 죄악에 울기 시작했다.

'이 모든 것이 힘 때문인가, 아니면 우리의 원한 때문인가? 우리는 그동안 바보같이 살아온 것이나 마찬가지다.'

멸의 주름진 두 눈에서도 뜨거운 눈물이 소리없이 흘러내리고 있었다. 자신의 어리석음, 그리고 부끄러움에 대한 회한의 눈물이었다.

'난 바보였다.'

그러나 그런 그들의 반응에도 유유객은 여전히 까마귀들만 보고 있을 뿐이었다. 아무런 말도 없었고 아무런 표정도 짓지 않고 있었다. 하지만 왠지 그의 전신에는 힘이 없어 보였다.

"난 떠날 것이다!"

강은 그렇게 말하고는 어디론가 날아가 버렸다. 하지만 유유객은 그를 잡지 않았다. 이에 사람들은 하나둘씩 아무 말 없이 떠나기 시작했다. 서로 마음 맞았던 사람들은 같이 떠나기도 했고, 어떤 자는 홀로 떠났다. 하지만 공통된 것은 그들의 어깨에는 지울 수 없는 멍에가 씌워져 있다는 것이었다.

순식간에 사람들이 떠나고 말았다. 남은 자들은 멸을 포함해 그를 존경하고 따르는 홍이라 불리는 여인과 산(山)이라 불리는 사내, 이렇게 세 명이었다.

"유유객, 모든 것은 허무한 것이다."

"……."

유유객은 여전히 아무 말이 없었다. 그는 언제까지나 그렇게 있을 듯 움직일 줄 몰랐다.

"칠십 년의 인생이 무엇을 위해 살았는지 모르겠구나. 사람은 가장 기본적인 것에 충실해야 한다는 황선문 사내의 말이 절대 진리이거늘……."

그는 그렇게 장탄식을 하며 두 명의 젊은이와 함께 유유히 회골림을 빠져나갔다.

남은 것은 오직 유유객 혼자뿐이었다. 그의 등이 유난히 고독해 보였지만 착각일 수도 있었다.

"…허무해? 크크크……."

그의 메마른 웃음은 꽤 오래 지속되었다.

"크크크, 허무감마저 나의 인생에는 짐이 될 뿐이다. 기본적인 것에 충실해? 난… 이미 그런 것을 할 수 없는 인간이 아닌 괴물이 되어버렸단 말이다!"

그의 외침에 까마귀들이 일제히 날아올랐다. 그의 외침은 곧 내를 메아리쳐 울렸다. 메아리는 다시 그의 가슴을 요동쳤고 그는 가슴을 뒤흔드는 고통에 두 눈을 질끈 감아버리고 말았다.

"으하하하하!"

그의 비감 섞인 웃음은 하늘로 끝없이 날아가고 있었다. 하늘이 끝이 없듯이 그의 웃음도 끝이 나지 않을 듯 계속되었다.

"으하하하하! 킥킥킥킥!!"

그는 자리에 주저앉아 미친 듯이 웃어대고 있었다. 착각이었을까, 순간 그의 두 눈가가 반짝인다 생각한 것은?

주변의 황량한 시체들은 이제 비참함이 아닌 쓸쓸함을 남겨주고 있었다.

◆제6장 ◆ 정말 의도된 인생이었는가

黃昏片月滿
地砰涯情
純梗桃桃
無契
疑有乾
雜廣賢瑩
雜所

[모월 모일. 맑음.

아빈과 이야기하다가 아주 우연히 그녀가 가지고 있던 환단을 보았다. 이것이 무엇이냐고 물으니 내가 예전에 사마진영과 함께 사라성으로 갔을 때 한 노인이 왔었는데 사막의 거센 바람 때문에 잠시 이곳에 머물렀다고 한다.

그때 감사의 표시로 이 환단을 주었는데 죽은 사람도 살릴 수 있는 환단이라고 장난스럽게 말해 그냥 거짓말인 줄 알고 말하지 않고 가지고 있다가 자신도 잊고 있었다고 한다.

나는 그것을 가만히 살펴보고는 깜짝 놀랄 수밖에 없었다. 예전에 이런 환단을 본 적이 있었기 때문이다.

그것은 유유객, 죽은 나의 친구가 가지고 있었던 것인데 아주 잠깐 스쳐 지나면서 본 적이 있는 것이었다. 환단을 보자 우연히 그것을 봤던 기억이 떠오른 것이었다.

　별 신경을 쓰지 않으며 내 친구가 했던 말을 들었기에 잘 기억은 나지 않지만 그녀가 하는 말을 들으니 아무래도 내 친구 역시 죽은 사람도 살릴 수 있는 환단이란 말을 했던 것 같다.

　하지만 그런 강력한 소생 능력을 가지고 있는 환단을 만들기 위해서 얼마나 많은 전설 속의 영약을 구해야 하는지 알기에 이런 귀한 것을 왜 주었을까 하는 의문도 들었다. 그러나 그런 것을 둘째 치고 일단 이 약이 정말 소생환단이 맞는지도 잘 모르겠다.

　아빈은 맞을 것이라고 했다. 왜냐고 물으니 그 사람의 모습이 거짓말을 할 사람이 아니었다는 것이다. 그녀의 눈을 난 믿기로 했다. 왜냐하면 난 그녀를 믿기 때문이다.

　방금 생각난 것인데 이것이 있으면 도용연을 살릴 수 있을 것이다. 그녀의 몸은 사라성에 있었는데 과연 어떻게 되었는지 알 수가 없다. 계속 그곳에 있는 것일까, 아니면 어떤 문제라도 생겼을까? 후에 좀 더 알아본 뒤 이 영약을 보내야겠다고 생각했다. 아빈도 나의 생각에 허락을 해주었다. 착한 마음씨다.

　요즘 들어 문제는 아빈이 유난히 나와 결혼을 하자고 보채는 것이다. 아무래도 냉미요가 나를 부르는 호칭 때문에 더욱 자극을 받은 것 같다. 아빈의 생각지도 않은 공세에 머리가 아플 지경이다. 어떻게 할지는 나도 잘 모르겠다. 하지만 내 마음이 싫지 않은 것을 보면……

　그녀의 말에 냉미요와 아빈의 신경전이 예전보다 더욱 심해졌다. 도무지 정신을 차리지 못할 정도로 심하다. 서문설은 그 사이에서 두 사람을 중재하느라 정신이 없고 나는 어쩔 수 없이 문밖으로 도망 나올 수밖에 없었다. 이것도 행복이겠지. 영원하기를……]

[모월 모일. 흐림.

이렇게 두근거리기는 처음이다. 기분이 너무 이상하다. 오늘 아침부터 새벽인 지금까지 계속 그렇다. 너무 이상한 기분에 잠을 이룰 수가 없을 정도이다. 오늘은 흐린 날씨이지만 너무 이상한 기분에 이런 일기를 쓰는 것이다. 가슴이 두근거린다고 해야 할까, 아니면 아프다고 해야 할까? 설명할 수가 없다. 대체 이 기분은 무엇일까?

세 여인이 종일 굳어 있는 내 표정에 많이 걱정하고 있는 것 같아 미안한 마음도 일었지만 어쩔 수가 없다. 지금은 곤히 자고 있는 그녀들이 고맙기도 하다.

무언가 일어나기 직전의 조짐일까, 아니면 이유를 알 수 없는 불안감일까? 그것도 아니면… 내가 수명이 다한 때문일까? 하지만 수명이 다했다는 느낌은 들지 않는다. 이런 적은 정말 처음인 것 같다.

하지만 조금만 더 기다려 보자. 이 기분에 대한 정체를 알 때까지.]

아침 햇살이 밝게 비치고 있었다. 햇살이 비치는 집 안은 평온한 아침 분위기와 다름 아니었다. 관영호는 탁자에 앉은 채 허리를 꼿꼿이 세운 자세로 잠들어 있었다. 새벽 내내 이상한 기분에 잠 못 이루다 자신도 모르게 잠이 든 것이다.

세 여인이 사용하는 침상은 빈 지 제법 되는 듯 싸늘한 기운만이 감돌고 있었다. 아침에 일어난 세 여인은 관영호가 곤히 잠든 것을 보고는 차마 깨우지 못하고 그냥 놔두었던 것이다.

밖에서 누군가 계단을 올라오는 소리가 들리더니 이윽고 문이 열렸다. 냉미요였다. 냉미요는 아직도 자고 있는 관영호를 보고는 살풋 미소 짓더니 이내 고개를 갸웃거렸다.

몇 달간 같이 지낸 그였지만 이렇게 늦잠을 잔 적이 없었기 때문이다. 그런데 오늘은 이상하게 잠만 자는 것이었다. 그는 아무리 늦게 자도 항상 아침 일찍 일어나는 사람인데 말이다.

더구나 어제는 하루 종일 불편한 표정으로 사막을 바라보며 이런 저런 생각을 하는 것 같아 세 여인, 특히 유아빈이 제일 걱정했다. 그가 저런 표정을 지은 적이 없었기 때문이다.

'내 정신 좀 봐. 이 사람이랑 지내다 보니 옛날의 내 모습은 모두 사라지는 것 같다니까.'

싫지 않은 느낌이라 생각하며 그녀는 그의 곁으로 가 그의 팔을 살짝 건드렸다.

"낭군, 손님이 왔어요."

그녀가 팔을 건드리자 관영호는 스르르 두 눈을 떴다. 그녀의 말을 들은 그는 잠시 그 말의 뜻을 생각하다 이내 의아해할 수밖에 없었다.

"…누가 온 것이오?"

그는 자리에서 천천히 일어났다. 금세 정신을 차린 것 같았다. 그렇게 불편하게 자고도 멀쩡한 정신을 유지할 수 있는 그가 신기한 듯이 바라보던 그녀는 그의 물음에 답했다.

"당신을 찾아왔다는데요? 삼십대 중반 정도로 보이는 남자예요. 하지만… 절대의 도가 아무런 반응도 하지 않았고 제가 봐도 아무런 느낌이 없는 것을 보니 평범한 사람인 것 같아요. 하지만 미소가 아주 깨끗하던걸요."

"일단 누군지 봐야겠군."

관영호는 자신을 찾아올 사람이래 봤자 대장간의 친구뿐이었다. 그런데 다른 인상착의를 한 자가 왔다 했고 만약 냉미요가 아는 사람이라면 분명 누구라고 말을 해주었을 것이다.

두 사람은 밖으로 나가 계단을 내려갔다.

"이 기분은 무엇이지?"

어제 하루 종일 느꼈던 그 기분은 계단을 내려서자마자 또 느낄 수 있었다. 때문에 그 기분을 가라앉히기 위해 그는 걸음을 멈추어야만 했다. 그는 잠시 그 기분을 차분히 가라앉히고는 계단을 내려갔다.

오른쪽으로 조금 더 걸어가자 유아빈과 서문설이 서 있었다. 그녀들의 앞으로 등을 보이고 서 있는 사내가 있었다.

발자국 소리가 들리자 유아빈과 서문설이 고개를 돌렸다.

"어머! 오빠, 괜찮아요? 오늘따라 이상하게 늦잠 자고……."

"괜찮단……!"

"오빠?!"

유아빈은 그의 표정에 정신이 없었다. 어제는 그렇게 불안한 표정을 지었으며 오늘은 늦잠까지 자버렸다. 그리고 지금은 한 번도 지은 적이 없는 놀람의 표정을 짓고 있는 것이다. 두 눈이 크게 치켜떠진 채 흔들리는 눈동자는 그가 얼마나 놀라고 있는지를 확실히 보여주고 있었다. 냉미요는 그의 손마저 떨리고 있는 것을 볼 수 있었다.

"낭군, 왜 그러세요?!"

세 여인은 그의 시선이 향하고 있는 곳으로 눈을 돌렸다. 그가 보고 있는 것은 몸을 돌려 이쪽을 보고 미소 짓고 있는 사내였다.

"오랜만이군, 친구. 후후후."

그는 잘생기진 않았지만 남자답게 생긴 자였다. 입가에는 싱그럽다고도 할 수 있는 미소를 짓고 있는 사내. 그는 바로 유유객이었다. 실로 오랜 세월을 거쳐 너무나 오랜만에, 그리고 갑작스럽게 그의 앞에 나타난 것이다.

관영호가 아무런 말 없이 가만히 쳐다보고 있자 유유객은 오히려 밝게 웃었다.

"하하하! 이거 참, 처음 만나면 무슨 말을 할까 했는데… 오랜만이란 말밖에 나오지 않아. 하하하!"

하지만 그의 지금의 웃음은 왠지 이상한 느낌을 주고 있었다. 단순한 웃음이 아닌 섬뜩함을 품고 있는 미소랄까?

"누구시오? 나를 알고 있는 당신은 누구시오?"

관영호가 서서히 표정을 풀며 한 첫 말이었다.

"후후, 날세. 유유객."

"……!"

"유유객? 오빠, 호, 혹시……?"

유아빈은 설마 하는 표정으로 유유객과 관영호의 얼굴을 번갈아 보았다.

"유유객은 오빠가 아주 옛날에 사귀었던 친구… 그리고… 그 사람은 오빠 앞에서 편안히 죽었다고 했잖아요?"

유아빈은 약간 두려운 표정으로 관영호를 보고 말했다. 뭔가 불길한 느낌이 들었던 것이다.

"자네가… 자네가… 진짜… 맞는가……?"

"보시다시피. 죽은 줄 알았던 친구가, 더구나 무덤까지 손수 만들어 주었던 친구가 이렇게 다시 살아나 나타난 것에 혼란스러운 것은 충분히 이해가 가네."

"……"

관영호는 이 있을 수 없는 일에 정신이 매우 혼란스러웠다. 하지만 그는 누구보다 강한 정신력을 가진 자였고 누구보다 침착할 수 있는 마음을 가지고 있었다. 그의 표정은 천천히 원래의 표정으로 되돌아가고 있었다.

"왜 죽은 척했던 것이지?"

"역시 내 친구일세. 금방 냉정을 되찾았군."

"……"

"후후, 초월경을 알고 있겠지?"

"……!"

관영호는 그가 한 말에서 뭔가 불길한 예감을 느끼고 있었다. 그리고 그 예감은 바로 이어진 유유객의 말에서 확인되었다.

"난 빛의 오의 말고도 하나가 또 있네. 바로 생사초월의 힘이지."

"생사… 초월……? 정말 죽지 않는 힘이란 말인가?"

"그래, 아주 재수없는."

관영호는 유유객의 표정이 재수없다라고 말할 때 일그러지는 것을 볼 수 있었다.

"아, 친구, 나의 무공, 완성시켰나? 오파 말일세."

"…아직."

관영호는 그의 말에 자신이 마치 꿈을 꾸고 있는 기분이 들었다. 자신이 죽은 뒤 저승에서 친구를 만나 그동안 했던 일에 대해 확인받고 있는 기분이었다.

"그렇겠지. 알고 있었네. 아무리 자네라도 사파까지가 한계일 걸세. 오파는 빛의 오의의 힘을 가져야만이 사용할 수 있지."

"…그랬군."

관영호는 이상하게 목이 메이는 것을 느끼고 있었다. 왜인지 알 수 없었지만 지금 실컷 울고 싶다는 생각이 드는 그였다.

"자네만이 날 도와줄 수 있네."

"무엇을 말인가?"

"날 죽여주게."

"이해할 수 없네."

"괜찮아. 이해할 필요 없어. 왜인지 아나?"

"모르네."

"자네는 태어나면서부터 나에 의해 정해진 운명을 살았거든. 그러니까… 이해할 필요 없네. 단지 내가 이끄는 대로 행동하기만 하면 되는 것이야. 큭큭큭큭!"

"그, 그게 무슨 말인가?"

"말 그대로일세."

유유객의 입가로 서서히 잔인한 미소가 서리기 시작했다. 남을 지배하는 자만이 가질 수 있는 강자의 미소. 모든 것을 아는 자만이 지닐 수 있는 오만한 미소. 하지만 그것은 누구에게나 상대적일 수밖에 없었다.

"그런 웃음 짓지 말게."

관영호의 표정은 처연해져 있었다. 세 여인은 이 이해할 수 없는 상황, 그리고 심각한 분위기에 절로 동화되어 침묵을 고수하고 있었다.

"말 그대로… 자네는 나에 의해 모든 것이 결정된 인생이었어. 큭큭큭! 말해 줄까? 자네가 불우한 유년기를 보낸 것도 나에 의한 것이고, 누구지? 너무 오래되어서 기억이 안 나는군. 아, 혈영마녀였지? 그녀를 죽음에 이르는 중상을 입게 해 자네에게 다가가게 한 것도 나였어. 그리고 방약진이란 여인, 자네의 인생에서 큰 변화를 일게 해준. 그녀의 마음을 바꾸게 한 남자도 바로 나였지. 큭큭큭큭."

유유객의 메마른 웃음은 사막에 황량히 휘날리고 있었다.

"그리고 자네 옆에 나타났던 것도… 모두 계획된 일이었어. 어때? 참, 한 가지 의외였던 것은 태양선인이 자네를 도와주었다는 것이야. 자네를 주화입마에 빠지게 한 것도 나였고… 태양선인을 유인한 것도 나였지만 도와줄 것이란 기대는 하지 않았지. 그런데 도와주더군. 자네의 혈영천마공이 만들어지도록 말이야."

"그만!!"

"꺄악!"

관영호의 전신이 혈신이 강림한 듯 붉은 빛이 나기 시작하더니 엄청난 기의 폭풍이 사방으로 불어 나갔다. 모래바람이 휘몰아치고 있었다. 그리고 그의 눈빛은 활활 타오르고 있었다.

"좋아! 그거야! 으하하하! 날 죽일 마음을 가져야 해! 어서 날 죽여!"

"진짜 죽여주마."

"참, 날 죽이기는 힘들 것이야. 왜냐고? 웬만한 공격으론 날 죽일 수 없어. 자넨 나한테 진 적이 있거든. 이런 사람한테 말이야."

그의 말이 끝나는 순간 그의 몸은 벌써 관영호의 앞에 있었고 그의 장심은 그의 가슴을 누르고 있었다.

"크흑!"

관영호는 내부를 뒤흔드는 큰 충격에 피를 쏟으며 허리를 숙였고, 유유객은 어느새 원래의 자리로 돌아와 있었다.

"오빠! 괜찮아요?!"

"괘, 괜찮다. 그 움직임은? 그럼… 자네는… 회골림주?"

"기억하고 있군. 맞았네. 후후후."

"왜 이런 일을?"

"날 죽여야 해."

그의 간단한 말 한마디에 관영호는 갑자기 그에게 동정심을 느꼈다. 밑도 끝도 없는 말, '날 죽여야 해'란 말이 왠지 모르게 쓸쓸하면서도 간절했던 것이다. 그 기분이 드는 순간 방금 전의 분노는 씻은 듯 사라져 버림을 알 수 있었다. 왜인지 알 수 없었다. 자신의 인생을 그의 의도대로 살게 했다는 말에 분노해야 하고 그를 죽여야 했지만 이상하게도 지금은 그런 생각이 들지 않았다.

"아니, 자네와 난 친구야. 죽일 수 없어."

"······!"

관영호의 의외의 대답에 유유객은 두 눈을 크게 떴다. 하지만 이내 싸늘한 미소를 짓고는 거칠게 대답했다.

"흥! 자네는 나에 의해 의도된 인생을 살아왔어! 처음부터 지금까지! 그대가 여태껏 했던 대결 중 상당수가 나에 의해 의도되었던 것이란 것을 아는가? 그런 것을 알고도 아직까지 내가 친구란 말인가?! 후후후후!"

유유객의 왠지 쓸쓸한 느낌을 주는 웃음이 한동안 계속되었다. 네 사람은 아무 말 없이 그를 바라보고만 있었다. 왠지 그의 말은 그 자신을 향한 절규 같아 보였기 때문이다.

"자네와 난 친구가 아닐세."

"······!"

"그저 아무 관계도 없던······. 자네가 살인을 하면··· 난 그저 무심코 지나가 버리는 그런 관계일 뿐."

"설사 내 인생이 자네에 의해 의도되었던 것이라 할지라도··· 자네는 나의 친구일세. 처음에도 그랬고 지금도 그럴 것이고 후에도 그럴 것이네. 만약… 자네가 이 거대한 사막을 흔적도 없이 없앨 수 있다면, 그래서 내가 다시는 이 사막을 볼 수 없게 된다면… 자네 말대로 자네와 난 친구가 아니게 될지도.”

“…….”

유유객의 두 주먹은 꽉 쥐어진 채 부들부들 떨리고 있었다. 네 사람은 유유객의 심정이 어떤지 알 수가 없었다. 그의 표정은 지금 무표정했기 때문이다. 그러다 갑자기 그의 얼굴 표정이 펴지며 파안대소했다.

“하하하하!”

“…….”

“큭큭큭, 자네는 날 죽여야 해. 그것이 자네의 운명이야. 의도된 인생의 끝은… 바로 날 죽이는 것이야. 나를 죽여야만… 자네를 얽매고 있는 의도된 인생이란 사슬에서 풀려날 수 있을 테니까. 내가 존재하는 한 자네는 영원히 의도된 인생으로 살 수밖에 없어.”

유유객은 신형을 돌려 몇 걸음을 옮겼다. 관영호는 그에게 뭔가 말을 하려고 했지만 어느 순간 그의 신형은 꺼지듯 사라져 버렸다.

마치 원래 없었다는 듯이, 지금 자신이 아직도 꿈을 꾸고 있는 것처럼, 유유객의 영혼이 자신에게 장난을 치고 있는 듯이 그는 사라져 버렸다. 갑자기 어디서 날아왔는지 알 수 없는 바람이 그들의 전신을 휘감고 있었다.

[모월 모일. 맑음.

한 달 만에 일기를 쓰는 것이다. 사람은 충격적인 일 앞에서 무력해지는 것은 당연한 것이다. 나에게는 그런 일이 없을 줄 알았다. 하지만 겪어보니 그렇지가 않다. 나의 충격은 지금 거의 한 달째 계속되고 있었다.

나의 친구였던 유유객. 그는 죽었다, 아주 오래전에. 그런데 그가 다시 살아서 돌아왔다. 생사초월의 힘을 가진 채.

그는 나의 인생을 자신의 의도대로 살게 했다고 한다. 정말일까? 왜 그랬을까? 그리고 왜 그는 자신을 죽여야 한다고 했을까?

그의 말에 순간 나는 분노를 느꼈다. 그를 죽이려는 마음까지 들었다. 그의 말이 거짓이 아님을 알았기 때문이다. 하나 나는 그를 죽일 수가 없다.

점의 이동에 가까운 빠르기를 보여주는 믿지 못할 속도, 그리고 너무나 파괴적이면서 자유자재로 시전이 가능한 무서운 장력, 냉철한 판단력, 수많은 전투 경험, 그리고 죽지 않는 몸까지.

나의 친구는 완벽에 가까운 자다, 그것도 무서울 정도로. 그런 자가 나보고 자신을 죽여야 한다고, 그것이 나의 운명이라고 말한다.

그는 왜 죽고 싶은 것일까? 사람은 본능적으로 장수를 원하고 영원불멸하기를 원한다. 하지만 어느 정도 이해도 갔다. 영원불멸할 수 있는 자는 유한한 인간의 생명, 그리고 죽음에 대해 동경하고 갈망하고 있을지도 모른다.

하지만 그건 단순한 이해일 뿐, 내가 그일 수는 없기에 이해도 한계가 있다. 다시 말해 난, 그를 죽일 수 없다.

한 달간 아무 말도 하지 않았다. 세 여인은 나의 이런 모습에 화도 내고 울어도 보았으며 애교도 부려보았지만 난 그간 도무지 응할 기운도 없었으며 그럴 정신 상태도 아니었다.

나의 인생이 나의 의도대로, 하다못해 하늘의 의도대로라도 흐른 것이 아니라 한 사람에 의해 의도적으로 살아왔다는 것에 너무나 큰 상실감을 느낀다. 여태껏 살아오면서 생각하고, 느끼고, 이루어왔던 것들이 내 것이 아니라는 생각에, 모든 것이 모래성처럼 된 것 같다는 생각에 견딜 수가 없었다.

그는 정녕 나의 친구인가? 그리고 그때 내가 유유객에게 했던 말이 진실일까? 난 이 상황에서도 그를 친구로 생각하고 있는 것일까? 아니면 위선인가? 난 나 자신에게 지금 솔직해질 필요가 있다. 그렇지 않으면 모래성 같은 나의 인생이 너무나 억울하고 허무하여 미쳐 버릴지도 모른다.

아직도 갈피를 잡을 수가 없다. 헤어나야 한다는 것을 알면서도 마음은 그렇지가 않다. 아빈을 위해서라도 벗어나야 하건만 나의 이 무력한, 허무한 마음은 텅 비어 있다.]

[모월 모일. 맑음.

나의 인생은 어떤 것이었는가. 이런 생각도 지금은 너무 힘들다. 일기를 쓰는 것도 힘들지만 이렇게 쓴다는 것이 나의 마음을 한층 정화시켜 줄 수 있다는 것을 알기에 힘들더라도 써야 한다. 힘들더라도 나의 인생을 생각해야 한다. 결코 내 인생이 의도된 것이 아니라는 것을 증명하기 위해서.

너무나 오래되어 기억이 잘 나지 않지만 내 인생에서 중요했던, 또는 기억에 남는 것들은 아직 남아 있다.

혈영마녀라는 여인을 사랑했던 일. 거기서 난 나 자신의 참모습을 찾을 수 있었고 이름을 바꿀 수 있었다. 이것이 의도된 일일 수가 있을까? 내가 그녀를 사랑한 것이, 내 이름을 바꾼 것이 나 자신의 참모습을, 아니, 나 스스로를 이겨낸 것이 의도된 것이었는가?

무공에는 뜻이 없었던 평범한 시절, 서로 사랑했던 그 여인. 방약진과의 사랑도 의도된 것이었을까? 그럴 리가 없다. 그녀가 사랑했던 자가 유유객이었다고 해도 그것은 단지 젊은 시절 있을 수 있는 한낱 사랑 이야기가 아닌가. 하지만 난 거기에 크게 흔들렸고 결국 무공을 익혔다. 그리고 엉망이었던 나의 마음과 정신은 수많은 사람들을 죽이게 된다. 이것이 나의 인생이 아니었단 말인가?

그렇다. 아닐지도 모른다. 그때 나는 무언지 모를 어떤 힘에 의해 이끌리듯이 따라가고 있었다. 그러면 안 되는 것을 알면서도 난 계속했었다. 나를 이끄는 힘은 결국 나의 인생을 의도된 방향으로 끌고 가고 있었던 것이다.

난 의도된 인생이었을까? 정말 그렇다면 난 어떻게 해야 하는 것인가? 그를 죽여 나의 인생을 되찾아야 하는가, 내가 죽음으로써 나의 인생을 되찾아야 하는가.

아니, 그때 그 이후에 있었던 나의 삶은 생각지도 않았구나. 난 그 이후 줄곧 사막에서 살아왔다. 그때는 오직 일 년에 한 번씩 찾아오는 유유객을 반기는 일 외에는 오로지 사막만을 바라보며 일기를 썼다.

그가 죽은 후에는 줄곧 무공에 매진하였으며 깨달음을 얻고 바로 된 인생을 살기 위해 애썼고 올바른 생각만을 하기 위해 노력하였다. 이 모든 것은 내가 원해서 이루어지지 않는가! 그것이 어찌 의도된 인생이었겠는가!

대체 무엇이 옳고 무엇이 그른 것일까? 여전히 혼란스럽다. 나는 이렇게 흔들리는데 사막은 변함이 없다. 그 겉모습은 변했지만 의연한 그 기상만은 여전한 것이다. 나는 그 모습을 닮아야 한다.]

"오빠……."

유아빈은 오늘도 자지 못하고 밤을 새운 듯 눈이 빨개져 있었다. 예전의 밝고 빛나던 모습이 아니라 너무나 수척해진 지금의 그녀는 얼마나 그동안 마음 고생이 많았는지를 보여주고 있었다.

그녀는 거의 한 달간 아무 말 없이 밥도 먹지 않고 자지도 않은 채 사막만을 멍하니 바라보고 있는 관영호 때문에 몸도 마음도 엉망인 상태였다. 그가 혹시나 사라지면, 혹시 그 옛날 젊었던 시절로 돌아가면 어떡하나 하는 걱정으로 잠을 이룰 수가 없었다.

냉미요와 서문설도 걱정하는 것은 피차 일반이었지만 유아빈은 아예 관영호와 같았다. 그녀 역시 밥도 먹지 않았으며 잠도 제대로 자지 않았던 것이다.

냉미요는 몸 상한다며 야단까지 쳤지만 그녀는 막무가내였다. 일주일을 그렇게 밀고 당기다 결국 냉미요가 먼저 두 손을 들고 말았다.

그러다 며칠 전 그가 일기를 쓰기 시작했을 때는 그녀의 얼굴에도 생기가 도는 듯했다. 하지만 그는 괴로운 표정이었으며 마치 절망에 빠진 사람처럼 변해 있었다. 이에 그녀 역시 더욱 괴로울 수밖에 없었다.

그녀는 안타까운 표정으로 말없이 앉아 있는 관영호의 곁으로 다가가 그의 옆에 무릎을 꿇고 앉아 그를 불렀다. 냉미요와 서문설도 관영호의 곁으로 왔다.

"…아빈아, 나 때문에 고생이 많구나."

"오빠?!"

"미안하다. 냉 소저와 서문 소저에게도 미안하오."

"오빠아아! 으아아아아앙!"

그녀의 눈물이 기쁨으로 다시 터져 버렸다. 정말 한 달 만에 보는 그의 미소였다. 메마르고 희미했지만 그 속에 조금은 따스한 기운을 느낄 수 있었던 것이다.

서문설의 눈에서도 눈물이 흘러내리고 있었다. 냉미요만이 간신히 참으며 미소 지으며 물었다.

"괜찮으신가요, 낭군?"

"나보다는 그대들이 안 좋은 것 같구려. 그만 울거라, 아빈아. 서문 소저도 울지 마시오."

관영호는 자리에서 일어났다. 그리고는 유아빈을 안더니 침상으로 걸어가 그녀를 그곳에 눕혀주었다.

유아빈은 자신의 몸을 감싸는 따뜻하고도 편안한 기운을 느낄 수 있었다. 그 기운을 음미하며 조금씩 울음을 그쳐 가던 그녀는 어느새 입가에 가벼운 미소를 매달며 잠들어 버렸다.

"……."

아직 해결된 것은 아무것도 없었다. 하지만 최소한 그녀들을 위해서라도 움직이고, 말하고, 웃어야 했다. 가장 큰 위안과 가장 큰 깨달음은 사람들과의 사이에서 부딪치면서 느끼는 것이라 했던가.

"낭군, 누가 왔습니다. 계단 밑에 누가 서 있어요."

"……."

관영호는 자리에서 일어나 밖으로 나가보았다. 계단 밑에 서 있는 자는 가끔 이곳을 들렀던 황장경이었다. 지금 그는 없는 사마진영을 대신해서 천궁단을 맡고 있었다. 천궁단은 현재 그 어떤 도적질도 하지 않은 채 상인들이 자진해서 바치는 통행세로만 살아가고 있었고 남는 시간에는 철저히 그들의 능력을 높이는 데 투자하고 있었다.

이미 주변에는 천궁단 외에 남아 있는 마적단은 눈을 씻고 찾아보아도 없었다. 그리고 천궁단의 위명과 그 위세는 이곳 옥문관 근처와 관외에서는 하늘을 찌를 정도로 대단했다. 그들의 놀라운 단결력과 집단무공, 그리고 그들의 꺼지지 않는 사막과 같은 생명력은 타 세력에게는 두려움의 대상이었고 상인들에게는 고마움의 대상이었다. 천궁단은 그리 많은 통행세를 원하지도 않았지만 그러면서도 철저히 그들의 신변을 보장해 주어 여타 마적단들보다 훨씬 믿을 수 있었던 것이다.

그 이름만큼 황장경이 잘 이끌었다는 증거이기도 했다. 그는 가끔 이곳에 들러 관영호에게 이런 저런 이야기를 듣기도 했고 무공도 몇

가지씩 배워가곤 했다. 그런 그가 아주 오랜만에 들른 것이다.

"오랜만이군."

"네, 오랜만입니다. 잘 지내셨습니까?"

"그럭저럭. 올라오시오."

황장경은 계단을 오르면서 그의 얼굴이 상당히 수척해진 것을 알고는 좀 놀랐지만 묻지는 않았다. 애초에 그에 대해서는 아무것도 묻지 않기로 약속했었고 스스로도 다짐했기 때문이다.

"오늘은 무슨 일로 왔소?"

"오늘은 나름대로 심각한 일 때문입니다."

"말하시오."

"저희들… 이제 더 이상 이곳에 있을 수 없을 것 같습니다."

"무엇 때문이오?"

"모두들, 특히 간부급의 녀석들은 심각하게 고민하고 있습니다. 다들 젊은 편이고 자신들이 강하다는 것을 잘 압니다. 그들은 자신들이 이곳에 존재하는 이유를 알고 싶어하기에… 저도 더 이상은 어떻게 진정시킬 수가 없을 것 같습니다."

"중원무림으로 나가고 싶어한단 말이오?"

"네."

황장경은 역시 말이 잘 통하는 사람이라 생각하며 말을 이었다.

"솔직히 저도… 어르신처럼 도인이 아니라 수양을 하며 계속 자기 정진을 하는 것에는 도무지 맞지가 않습니다. 간간이 상인들의 경호도 서주며 돈도 받고 하긴 하지만… 그런 것으로는 성에 차지 않습니다. 심지어는 예전처럼 마적질이나 하며 관외를 쓸어버리자고 말하는 놈도 있을 정도입니다."

"……."

"저도 그 의견에는 찬성이라 일단 무림에 정보를 얻기 위해 이곳저곳에서 정보를 얻었습니다. 그런데 지금의 무림은 정말 혼돈의 극치더군요. 아니, 이제는 슬슬 정리되려 하고는 있지만… 제가 우연히 알아낸 정보에 의하면 곧 다시 혼란스러워질 것 같습니다."

황장경은 입맛을 다시고는 다시 말을 이었다.

"사라성과 회골림이 하루아침에 사람 하나 남기지 못하고 멸망한 후 척사비한단은 임사우와 뇌운성이라는 뛰어난 고수를 필두로 무림맹이라는 미증유의 거대 세력을 형성했습니다. 이제 무림은 무림맹의 영향력에 의해 움직일 것입니다. 하지만 제가 우연히 얻은 정보로는 어디선가 또 다른 세력이 움직인다 합니다. 곧 무림맹도 알게 되겠지만… 결코 좋은 집단은 아닌 것 같습니다. 분명 한바탕 피바람이 불 것입니다. 피바람 부는 무림 속에서 저희가 존재하는 이유를 확인하고 싶지만 저와 제 밑에 있는 녀석들처럼 무식쟁이들만 있는 상태에선 무림으로 나가봤자 하루도 견디지 못하고 쓰러질 것입니다. 이런 우리를… 이끌어주십시오. 이 말씀을 드리기 위해 주저하다 이렇게 찾아온 것입니다."

"……."

관영호는 그의 말을 듣고는 아무 말도 하지 않았다. 황장경도 그가 생각할 시간을 주려 했는지 아무 말 하지 않고 가만히 고개를 돌려 사막만 바라보고 있었다.

'지형이 많이 변했군.'

그는 이런 생각이 들었지만 크게 신경 쓰지 않았다. 사막에서 지형이 변하는 일쯤이야 비일비재했기에 그에게는 그다지 놀라운 일이 아니었던 것이다.

"미안하오. 난 그런 것을 할 수 있는 사람이 아니오."

"…그렇습니까? 아쉽습니다. 솔직히 허락하실 줄 알았습니다."

"난 이곳에서 줄곧 살아왔소. 무림을 떠난 지도 오래되었고… 굳이 무림에 다시 나갈 생각도 없구려."

"알겠습니다."

황장경은 꽤 실망했는지 얼굴에 실망의 빛이 역력했다. 하지만 그도 더 이상은 어찌하지 못했기에 자리에서 일어났다.

"시간 내주셔서 고맙습니다. 저는 이만 가보지요."

그가 인사하자 관영호는 가볍게 고개를 끄덕이며 답했다.

황장경은 뭐가 아쉬운지 자리에서 잠시 머뭇거리다가 주저하던 표정을 짓더니 이내 입술을 꼭 깨문 뒤 그에게 말했다.

"솔직히 몇 번 본 어르신이라면 저희들이 존재하는 이유를 확인시켜주기 위해서라도 이끌어주실 줄 알았습니다. 누구에게나, 아니, 하다못해 천지의 모든 사물도 존재의 이유가 있기 때문입니다. 저희들은 무공을 익힌 자로서의 본분을 다하고 싶었기에 무언가라도 하고 싶었습니다. 그것을 알아주실 분은 어르신뿐이라고 생각했습니다. 그럼."

황장경은 자신이 다 말해 놓고는 좀 어색했는지 급히 몸을 돌려 계단을 내려갔다. 관영호는 무표정한 얼굴로 그의 뒷모습을 바라보고만 있을 뿐이었다.

"……."

"……."

그는 하루가 지나도록 여전히 의자에 앉아 사막을 보고 있었다. 유아빈은 걱정스런 표정을 지었지만 관영호는 그녀에게 가볍게 미소 짓고는 살짝 고개를 저어 보였다.

하지만 그 뒤의 표정은 그리 밝지 않았다. 아직은 자신을 완전히 추스르지 못한 까닭에 약간은 혼란스러운, 그리고 약간은 슬픈 듯한 표정이었던 것이다.

모두에게는 나름의 존재 이유가 있다는 말이 그의 가슴을 사정없이 파고들고 있었다. 그리고 계속하여 맴돌고 있었다. 얼마나 위대하고 가슴을 저미는 말인가. 천지의 모든 사물은 나름의 존재 이유가 있다는 말. 사람 또한 당연히 그럴 것이다. 누구에게나 필요없는 사람이 없으며 가치없는 삶 또한 없다.

'나 역시 그렇지 않은가?'

그랬다. 그의 삶은 누군가에 의해 의도되었다고는 해도 그의 삶은 그의 삶 자체로 그에게는 매우 소중했으며 그에게 큰 가치가 있었다. 그리고 깨달음 이후 그의 삶을 후회한 적도 없었다. 순리에 따르는 순천자의 삶이란 얼마나 위대하고 가치있는 것이었던가.

'누구에게나 자신도 원치 않는 이끌림에 의해 이게 아닌데 하면서도 끌려가지 않은 인생의 한 부분이 있을 것이다.'

그의 눈에 봉분이 들어왔다. 간도민의 무덤. 그녀 역시 무언가에 이끌려오듯 그렇게 살아왔지 않았던가. 모두가 그럴 것이다. 아니, 모두가 그랬다. 하지만 그들은 자신의 삶이 의도된 인생이라고는 생각하지 않는다. 그 부분마저 자신의 인생이라 생각한다.

'그 이끌림에 파멸되는 인생조차 있거늘… 난 그 이끌림을 이겨낸 자가 아닌가. 난 행복한 인생이다.'

맞는 말이었다. 자신은 간도민에 비한다면 너무나 행복한 인생이라고 할 수 있었다. 자신은 그 이끌림을 이겨내고 자신이 의도한 대로 살아왔던 것이다.

'누군가의 간섭이 없는 것은 사람의 인생이 아니다. 사람들 사이에서 살면 사람들에 의해 간섭당하게 되고 은거한 사람은 주변의 자연에 의해 간섭을 받게 된다. 나 또한 마찬가지가 아닌가. 난 단지 사람에게 간섭당한 것일 뿐.'

그는 자신의 마음이 갑자기 탁 트이는 것을 느낄 수가 있었다. 그는 자신이 하염없이 의자에만 앉아 아무것도 하지 않던 몇 주 전을 생각했다. 그때 유아빈이 울면서 자신에게 이야기하던 것이 기억났다.

"의도된 인생이 아니었단 말이에요! 난, 난 유유객이라는 사람에 의해 온 것이 아니라 나 스스로 오빠를 따라온 것이란 말이에요! 오빠와 내가 사랑하는 것도 이렇게 살아가는 것도 의도된 것이 아니라 우리의 인생이잖아요!"

자신은 얼마나 어리석었던가! 언제나 깨달았다고 생각했지만 항상 기본적인 것에서부터 흔들리는 자신이었다. 그렇게 간단한 진리를 알고 있었던 것을 그는 과거의 기억에, 과거의 정리에 얽매여 망각하고 있었던 것이다. 아니, 망각하려 했던 것이다.

"후후……."

그의 입에서 짧은 웃음이 새어 나왔다. 자신의 어리석음을 날리려는 웃음이었고, 이제는 자신을 걱정해 주는 사람들에게 걱정을 끼치지 않아도 된다는 기쁨의 웃음이었으며, 다시는 어리석은 짓을 하지 않겠다는 맹세의 웃음이기도 했다.

그는 자리에서 일어나 아래를 바라보았다. 이곳에서 얼마나 많은 일이 있었던가. 몇 사람 스쳐 지나가지 않은 곳이지만 그에게는 참 많은 것을 알게 해준 사람들의 흔적이 고스란히 남아 있는 것 같았다.

"나를 죽여야 해."

"자네는 날 죽여야 해. 그것이 자네의 운명이야. 의도된 인생의 끝은… 바로 날 죽이는 것이야. 나를 죽여야만… 자네를 얽매고 있는 의도된 인생이란 사슬에서 풀려날 수 있을 테니까. 내가 존재하는 한 자네는 영원히 의도된 인생으로 살 수밖에 없어."

그의 말을 되새기던 그는 그 말을 할 때의 유유객이 너무나 쓸쓸했다고 새삼 느끼고 있었다. 그는 자신의 친구였다. 처음으로 마음을 준 친구. 그 역시 자신에게 마음을 주었다. 그때는 그 모든 것이 거짓이었다고 생각했지만 사실은 아니었다.

그는 여전히 자신의 친구였고 그 쓸쓸함에서 아직도 자신의 친구임을 느낄 수 있었던 것이다. 그러나 그가 살아 있음에 기뻐해야 했지만 그렇지가 않았다. 안타까운 마음, 쓸쓸한 느낌. 그가 언제부터 그렇게 쓸쓸함으로 다가왔을까 하는 생각이 들자 쓴웃음이 나오는 관영호였다.

바람이 일렁이자 그의 눈은 한 달 전에 유유객이 서 있었던 자리를 보고 있었다. 아직도 생생히 기억나는 그의 모습과 그의 말들……

다시 바람이 불자 마치 유유객의 잔영을 날려 버리듯 모래가 하늘로 날아올랐다.

그가 서 있던 자리에는 쓸쓸함이 아직도 남아 갈대처럼 이리저리 휘날리고 있는 듯했다.

◆제7장 ◆ 지금의 내가 중요하다

箕嶺片月滿
地砰岩淸
絶投此枝尙
無覺
底肯響
難折

척사비한단은 새로운 비상을 위해 나아가고 있는 중이었다. 지금이 척사비한단이 생성된 이래 최고의 전성기라고도 할 수 있었다. 그들의 비상은 하늘이 도와준 것이나 다름없었다.

사라성의 활동이 갑자기 중단되어 이상함을 느낀 척사비한단은 사람을 보내어 조사케 했으며 사라성이 사라졌다는 충격적인 소식을 듣게 된다. 곧 다시 본격적인 조사를 들어가게 된다.

그런데 조사가 들어간 지 며칠도 되지 않아 회골림이 멸망했다는 소문이 퍼지기 시작했다. 근처에 척사비한단의 밀정이 있었기에 즉시 회골림의 조사를 요청했고, 그 결과는 더욱 충격적이었다.

회골림 멸. 과장 한 푼 보탬 없이 시산혈해를 이루고 있음. 시체의 부패한 냄새가 하늘을 치솟고 있으며 까마귀들이 연신 날아들고 있음. 건물들도 모두 파괴된 상태이며 귀기마저 감돌고 있음. 그들이 여태껏 불러온 세력들이 모두 한곳에 모여 있다는 것이 이해되지 않지만 대략 삼만여 명의 시체가 있는 것으로 보아 모든 세력이 회골림으로 모였던 것으로 추측됨. 결론은 회골림의 확실한 멸망임.

척사비한단은 갑작스런 두 거대 문파의 멸망에 정신을 차릴 수가 없었다. 너무나 갑작스럽게 두 문파가 멸망했기 때문이다. 그것도 며칠 차를 보이지 않고 멸망한 것으로 짐작되니 누가 의도적으로 노린 것이 아닌 이상은 불가능한 것이라고 추측되었다.

하지만 정작 중요한 것은 오리무중이었다. 과연 그 범인이 누구냐 하는 것이었다. 그들을 멸망시킨 수법은 잔인하고 또한 너무 많은 사람들을 죽여 문제가 되기도 했지만 그들은 엄연히 무림에 피를 몰고 온 자들이었다. 그랬기에 죽어 마땅하기도 했다.

아무튼 그런 것은 둘째 치더라도 그들을 물리친 자, 또는 자들에 대한 수많은 추측이 일어날 수밖에 없었다. 하지만 아무리 추측하고 또 추측하여 보아도 도무지 결론은 나오지 않았다. 그나마 가능성있는 것은 은거해 있던, 또는 은밀히 세력을 키워온 절대고수, 또는 절대 세력이 그들을 일망타진하고 다시 은거해 버렸다는 가설이었다.

이제 세인들은 비망일(秘亡日)이라 하여 그들이 이 무림에서 사라져 버린 것을 기리는 날로 정할 정도로 무림에 평화가 깃들고 있는 것을 자축하였다.

하지만 척사비한단은 결코 방심하지 않았다. 쉽게 그 결과를 받아들이기엔 너무나 갑작스러웠던 것이다. 그들은 여전히 이곳저곳으로 밀정을 보내 조사를 계속 착수하고 있었고 세력을 키우는 데 여념이 없었다. 마의 뿌리는 너무나 깊고 질기다는 것을 알기 때문이었다.

단호란은 하염없이 하늘만 바라보고 있었다. 이렇게 하늘을 보고 있는 것은 그녀가 따분하다는 기분을 느낄 때였다. 그리고 이렇게 하늘을 볼 때면 항상 그 당시의 일이 생각났다. 그때의 일은 생각만으로도 아직까지 가슴 두근거리게 하는, 그리고 평생 잊지 못할 최고의 추억거리이기도 했다.

감숙성, 그리고 사막의 시작을 알리는 옥문관에서의 일, 천궁단으로 납치되던 일, 그리고 얼마 뒤 나타난 관호의 일행, 잊을 수 없는 친구 유아빈. 모든 것이 새로운 세계에서 겪은 흥미진진한 일이었다. 마치 자신이 소설 속의 주인공이 된 듯한 느낌이었다.

가끔은 관호라는 사내가 백마 탄 왕자가 되어 꿈속에서 나타날 때도 있었다. 때로는 자신과 행복한 나날을 보내는 꿈도 꾼 적이 있었다. 어디까지나 그녀만의 비밀이지만.

제삼 황태자의 약혼녀로 정해진 지금 그녀는 황궁에서 여인이 누릴 수 있는 최고의 혜택을 누리고 있었다. 그러나 그녀는 여전히 그 거친 사막에서 일어났던 관호라는 사내와 천궁자라는 사내의 싸움을 잊지 못하고 있었다. 너무나 두근거리는 결투.

도저히 잊을 수가 없어 그녀는 결국 무공에 흥미를 가지게 되었다. 황실 무공을 익히고 있는 여러 사람을 만나보기도 했고 자신이 직접 무공을 배우려고 해본 적도 있었다.

하지만 무엇을 해도 그때 보았던 그런 환상 같은 결투를 재현할 수는 없었다. 자신은 물론이거니와 황실에서 가장 강하다는 노사(老師)도 그렇게 할 수는 없는 것 같았다.

자신의 투정 섞인 이야기를 들은 노사는 믿지 못하는 눈치면서도 천궁자에 대해서만은 장황한 설명을 해주었다. 그리고 부활한 천궁자를 이긴 관호란 자에 대해서도 지대한 관심을 보였다.

"무림에는 기인이사들이 정녕 많습니다. 이야기를 하자면 끝이 없지요. 하지만 황태자비께서 말씀하신 이야기는 그중 단연 최고라고 해도 되겠습니다. 허허허."

이렇듯 그녀는 무공에 대해 관심이 점점 높아졌으며 결국 황실의 비밀 무력 단체인 밀금부(密金府)에 가입하게 될 정도까지 가게 된다.

"따분해."

그녀는 시선을 하늘에서 자신의 방 안으로 돌렸다. 인기척을 느꼈기 때문이다.

"향미(香美) 왔구나."

문이 열리며 아름다운 소녀가 들어왔다. 그녀는 풀어헤친 자연스런 머리를 한 십칠 세의 소녀였는데 소녀다운 티는 하나도 보이지 않고 이십대의 완숙한 미를 보이고 있었다.

"황태자비님, 황태자비께서 좋아하실 만한 소식이 들어왔어요."

"그게 뭐야? 서역에서 또 다른 보물이 들어온 거야?"

단호란은 고개를 저으며 퉁명스럽게 말했다. 그녀의 말에 고개를 당당하게 저은 향미는 웃음을 지으며 말했다.

"드디어 밀금부가 결정을 내렸어요."

그녀의 말에 단호란의 눈이 번갯불을 토해내듯 반짝였다.

"어떤?"

"놀라라. 방금 눈빛은 절정고수의 눈이었어요. 호호호!"

"아무튼 빨리 이야기해 봐."

그녀가 재촉하자 향미는 눈을 흘기며 이야기했다.

"밀금부가 여태껏 회골림을 치기 위해 이런 저런 준비를 해오다 갑작스런 회골림의 멸망으로 갈 곳을 잃은 상태였죠. 하지만 조사단을 파견해 회골림의 멸망이 확실시되자 앞으로 밀금부가 할 일에 대해 많은 논의가 있었어요."

거기까지는 그녀도 아는 이야기였다. 중요한 결론을 말해 주기를 그녀는 참고 기다리는 수밖에 없었다. 그러지 않고 또 끼어들었다간 향미가 토라질 수 있기 때문이었다.

"그래서 강호에 대한 많은 정보를 수집한 바 척사비한단이 무림의 평화를 수호하는 단체로 규정하고 그들을 뒤에서 우리들이 할 수 있는 만큼 지원해 주기로 결정했어요. 그래서 이번에 지원에 대한 일로 일차 파견단이 곧 설립될 것이라네요."

"그래?"

단호란의 눈이 예사롭지가 않았다. 무언가를 꾸밀 때만이 그런 눈빛을 한다는 것을 아는 향미는 그녀가 반드시 파견단에 낄 것임을 확신할 수 있었다.

'정말… 야생마처럼 살아 있으면서도 백합처럼 청초하신 분이란 말야?'

열 명의 사람이었다. 그들은 모두 복면을 하고 있었고 검은 망토를 걸치고 있었다. 그들의 전신에서 뿜어져 나오는 지독한 마기로 인해 주위는 음습하고도 숨 막히는 분위기였다.

그들은 무릎을 꿇고 허리를 숙인 채 미동도 하지 않고 있었다. 그들의 앞에는 석실 입구가 어두운 입을 벌리며 그들을 삼키려는 듯 공포스러운 모습으로 존재하고 있었는데 그 안에서는 강렬한 기운이 계속하여 솟아오르고 있었다.

마치 안에서 강렬한 바람이 불어오는 것과 같았는데 그것이 단순한 바람이 아님을 그들은 알았고 그래서 더욱 기대하고 있었다.

사라광마존의 수련 석실. 새로운 곳으로 자리를 잡은 그들은 지난석 달 동안 그가 내상을 치료하기만을 기다리고 있었다. 정체를 알 수 없는 자에게 당했던 내상은 그가 죽지 않은 것이 신기할 정도로 그를 엉망으로 만들어놓았다. 하지만 더 놀라운 것은 사라광마존의 회복 속도였다. 바로 다음날 정신을 차린 그는 무공은 아니더라도 거동은 가능했던 것이다. 그는 즉시 새로운 터전을 잡고는 수련 장소를 물색했다. 그리고 십마천에게 새로운 기반을 닦으라고 명한 뒤 기약없는 폐관에 들어간 것이었다.

십마천은 최대한 빠른 속도로 새로운 세력을 만들기 위해 불철주야 돌아다녔다. 다행히 밖에서 공급되던 자금줄은 여전했다. 그랬기에 그들이 해야 할 일은 사람들을 모으는 일이었다.

척사비한단은 결코 고삐를 늦추지 않고 전 무림에 정보망을 뿌려놓았기에 그들은 사람을 모으는 데 꽤나 애를 먹었지만 불가능한 것은 아니었다. 그리고 무림에는 정녕 많은 사람들이 있었고 많은 기인이사와 거마들이 존재했다. 세력 불리기는 석 달이 지난 지금 예전만큼은 아니더라도 지금의 척사비한단에게는 뒤지지 않을 세력을 기를 수 있었다. 이 모두 사라광마존이 심혈을 기울여 키운 십마천의 뛰어난 능력 덕분이었다.

그리고 그들에게는 지금의 세력 말고 가장 믿음직스러운 존재가 있었다. 그것은 바로 그들의 신인 사라광마존이었다. 비록 알 수 없는 사내에게 처참한 패배를 당했지만 이상하게도 그에 대한 존재는 그 이후로 감감무소식이었다.

십마천은 한동안의 정보 수집에서 더 이상 그에 대한 정보를 얻을 수가 없자 그와 사라성을 멸망시킨 세력에 대한 잠정적인 결론을 내릴 수밖에 없었다.

─지금은 존재하지 않지만 언젠가는 또 나타날 것이다. 하지만 그때는 결코 사라광마존님과 자신들의 적수가 되지 않을 것이다!

자신들이 아직 존재한다는 것과 자신들의 세력에 대한 것은 아직까지 무림에서는 전혀 모르는 일이었다. 하지만 이제는 더 이상 숨길 필요가 없었다. 충분히 그들과 맞설 수 있는 자신감이 있었기 때문이다. 아니, 자신감뿐만 아니라 실제로 그 세력 또한 그들을 앞서고 있었다. 그만큼 마의 뿌리는 깊었기에 금방 재생할 수 있었던 것이다.

바람은 점점 더 강해지고 있었다. 만약 십마천이 아니고 다른 평범한 무인이었다면 이 불어오는 엄청난 바람에 내상을 입고 피를 토했을 것이다.

"으하하하하!"

동굴 안에서 광소가 울려 퍼지기 시작했다. 광소는 만족의 의미를 담고 길게 계속되었다. 그 웃음소리는 주위를 울리고 있었는데 석실 입구의 돌 무더기가 떨어져 내릴 정도였다.

"으하하하하!!"

어느 순간 그의 광소가 멈추어졌고, 잠시 후 사라광마존이 석실 안에서 걸어나왔다. 매우 남루한 옷, 다리까지 길게 내려오는 머리카락과 다듬어지지 않은 지저분한 수염. 석 달간 외부와의 접촉이 일절 없었음을 보여주는 외양이었다.

하지만 십마천 중 홍일점인 나찰마화(羅刹魔花)가 그에게 다가가더니 곧 그의 수염을 깎기 시작했다. 그리고 미리 준비된 물로 그의 얼굴을 씻겼다. 그러자 예전의 젊고 준수한 시절의 사라광마존으로 다시 돌아오게 되었다.

그의 눈빛은 예전처럼 광기에 젖어 있지 않았고 오히려 순해진 것 같았다. 하지만 입가에 서려 있는 섬뜩하도록 잔인한 미소는 그의 본질이 여전함을 보여주고 있었다.

세면이 끝나자 그녀는 곧 가위를 꺼내더니 그의 머리를 허리까지 서슴없이 잘라 버렸고 뒷머리는 끈으로 묶어 머리를 단정하게 만들었다.

그녀가 들어가자 제일 앞에 있던 사내가 일어나 공손히 옷을 건넸고 그는 그 자리에서 옷을 벗고는 새 옷으로 갈아입었다.

자신의 모습에 흡족해하던 사라광마존은 열 명을 보고 사악한 미소를 지으며 말했다.

"드디어 십층벽사옥룡반탄강기(十層碧邪玉龍反彈罡氣)를 이루었다! 이제 그 누구도 나의 무공에 맞설 자는 없을 것이다! 으하하하하!!"

"감축드리옵니다!"

"사라광마존 만세!"

열 명은 그의 대성을 축하했다. 어떤 자는 이마를 땅에 찧는 자도 있었다. 그들의 열기가 잠시 식자 사라광마존은 다시 광기를 번뜩이며 말했다.

"으하하하! 날 그렇게 만든 놈도 이제는 날 어쩌지 못할 것이다! 천하는 나의 발 아래 짓밟힐 것이고 하늘은 피보라로 가득 차게 될 것이다!!"

그의 포효는 무림에 다시 불어올 피바람을 예고하고 있었다.

척사비한단은 천천히 새로운 일을 진행 중이었다. 그들이 원래 지향했던 목표를 향해 다가가려는 것이었다. 그들은 애초 연합무림맹이라는 이름으로 중원의 정의를 위해 기치를 드높이며 영원불멸하려 했었다. 하지만 연합무림맹의 맹주로 내정되었던 임사우는 척사비한단을 위해서 장렬히 몸을 불살랐고 그의 아내인 호사란은 연합무림맹 대신 척사비한단이란 이름으로 그의 위대한 살신(殺身)을 두고두고 기리며 사라성에 대한 원한을 잊지 않으려 했었다.

그러나 척사비한단이 붕철문을 재공격할 때 지대한 공헌을 한 두 사람 중 한 사람이 죽은 줄로만 알았던 청풍룡 임사우임이 밝혀지게 되었고 척사비한단은 환호하게 된다. 또한 그곳에 같이 나타났던 또 다른 고수가 임사우보다 더욱 유명했던 천뢰공자 뇌운성임을 알게 되자 정의를 위해 기도하던 자들은 다 같이 환호했다.

척사비한단은 순식간에 축제 분위기에 휩싸이게 되었고, 곧 일사불란하게 그들의 목표를 향해 전진했다.

그것은 바로 무림맹으로 새롭게 발족하기 위한 전진이었다. 무림맹이란 이름은 결코 가벼운 것이 아니었다. 무림맹이라 정식으로 이름 짓게 된다면 그들은 명실 공히 무림에서 최고의 세력으로 등극하게 될 뿐만 아니라 무림의 대소사를 책임질 수 있는 막중한 권리와 의무를 동시에 가지게 되는 것이었다.

무림맹이란 이름은 사백 년 전에 잠깐 쓰인 적이 있었지만 이십 년을 가지 못하고 해체되고 만 역사가 있었다. 미숙한 체계와 운영으로 인한 뼈아픈 실패라 사기들은 말하고 있었다.

하지만 지금 세워질 무림맹은 옛날의 무림맹과는 질적으로 달랐다. 매우 뛰어난 지략가들과 문사들이 군사 호미란을 필두로 구름같이 모여 있었다. 그토록 그들이 바라던 절대고수, 그것도 매우 젊은 세대인 고수가 둘이나 존재했다.

이런 상황인 지금 그들이 하지 못할 것은 없는 듯했다. 게다가 혹시나 있을지 모르는 마의 발호에 대비해 무림에는 정보망이 깔려 있어 유비무환이었다.

무림맹의 새로운 본거지는 호남성으로 정해졌다. 모든 문화의 교차점이기도 했으며 수려한 풍경과 많은 사람들이 이동하므로 살아 있는 무림맹을 위해서는 그곳이 필수이기도 했다.

무림맹의 건물은 신속하게 지어지고 있었으며 옮기기 위한 대대적인 작업도 착실하게 진행되었다. 전 무림에 무림맹의 정식 발촉에 대한 날짜를 알렸고 무림맹주에 대한 신상도 자세히 공개되었다.

무림은 초대 무림맹주로 오른 사람의 이름을 보고는 경악했다.

신검마도객 임사우와 천뢰인 뇌운성.

사람들은 처음에는 둘 중 하나가 되는 것인가 하고 생각했다. 하지만 입소문이 여기저기로 퍼지면서 진상이 드러나게 되었는데 그것은 두 사람 모두 무림맹의 초대 맹주가 된다는 것이었다.

이 사실에 사람들은 작은 문파라 해도 그 장은 하나인데 하물며 무림을 대표하게 되는 무림맹의 맹주가 두 사람이나 되는 것에 대해 우려하면서도 한편으로는 그렇게 할 수밖에 없다는 것을 인정했다.

신검마도객 임사우는 이미 신비한 등장 때부터 무림의 영웅이 되어 있었다. 그리고 천뢰공자(天雷公子)에서 천뢰인(天雷人)으로 스스로 별호를 바꾼 뇌운성 역시 고금 제일이라 평가받는 천뢰상인의 후인이었다.

그의 현재 무공은 예전의 불명예를 안고 떠났던 그때와는 천양지차라고 알려지고 있었다. 항간에는 그가 번개도 부릴 수 있다는 소문마저 나돌고 있어 뇌신(雷神)이라는 별호까지 나올 지경이었다.

막상막하라고 평가되는 두 사람이었다. 인격 면에서도, 무공 면에서도, 능력 면에서도 모든 것이 비등했다. 결국 척사비한단의 간부들은 두 사람이 서로가 양보하는 것을 말리고 두 명을 동시에 맹주로 임명하게 되었다.

"우와아아아!!"
"초대 무림맹주들이다!!"
"만세!!"
"우와아아!!"

무림맹의 규모는 거대했다. 지금까지는 사라성이 그 규모 면에서 역사상 가장 거대한 집단으로 알려져 있었지만 이제는 무림맹이 그 자리를 차지하게 된 것이다. 수용 규모는 장장 십만 명이나 되었으며 고루거각의 수만 해도 이백 개 정도나 되었다. 단시간 내에 이루었다고는 너무나 믿기 힘든 거대 공사였지만 사람들은 그 기적 같은 공사의 현장을 지금 보고 있는 것이다.

창맹식에는 수많은 무림인들이 지켜보기 위해 참석하고 있었다. 무림인뿐만 아니라 일반 백성들도, 그리고 황실의 고관대작들도 이 역사적인 순간을 지켜보기 위해 구름 떼처럼 모여 있었다.

창룡단(蒼龍壇) 위에는 이십여 명의 사람들이 있었다. 그들은 모두 무림맹의 창설에 중요한 역할을 했거나 높은 지위에 있는 간부들이었다. 그중에는 오늘의 주인공이라고도 할 수 있는 임사우와 뇌운성이 있었고 호사란, 호미란 자매, 그리고 사마진영도 있었다. 옛날 사라성에서 검묘비를 지켰던 두 노부부도 있었다. 그들은 그 옛날 남북쌍괴라 불리던 기인들이었지만 그들을 기억하는 자는 거의 없었다. 그 외에도 가장 중추적인 핵심 세력인 오대세가의 가주들도 있었다.

그중에는 매우 아름다운 옷과 장신구로 화려하게 치장된 아름다운 미인도 있었다. 그녀는 바로 단호란으로 무림맹이 이런 거대한 세력을 이루는 데 결정적으로 일조한 황궁의 밀금부에서 온 사람 중 하나였다. 정확한 신분을 밝히지는 않았지만 높은 신분을 가지고 있을 것이라 추측되었다. 그녀는 척사비한단에서 높은 품위와 아름다운 얼굴로 인해 천황미녀(天皇美女)라고 불리며 순식간에 유명해진 여인이기도 했다.

'역시 이 시대의 영웅이라 그런지 기도도 헌앙하고 멋있는 얼굴이야.'

그녀의 마음은 사심(私心)이라기보다는 멋있는 것을 바라보는 감탄 서린 마음이었다. 그녀의 입은 흥미로운 일의 연속으로 미소가 짙게 매달려 있었다. 그 미소 덕분에 폭발할 듯 더욱 돋보이는 미모는 창맹식을 보러 온 무림인들의 지대한 관심사가 되고 있는 중이었다.

"저 여자는 대체 누구지?"

"글쎄 말야. 다른 여인들도 미인이긴 하지만 정말 저 여인의 화려함을 따라갈 수는 없군."

"듣기로는 황궁의 여인이라고 하던데?"

"혹시 공주 아닌가?"

"아니야. 난 공주의 얼굴을 본 적이 있는데 저렇게 생기지 않았어."

창룡단 위에 있던 사람들 중 한 사람이 앞으로 걸어나오자 소음에 가까웠던 사람들의 소리가 갑자기 줄어들었고, 이에 드넓은 이곳이 순식간에 침묵에 잠긴 것 같은 착각이 들게 했다.

"무림 동도 여러분! 저는 척사비한단에서 비도대의 부대주를 맡고 있던 광류미 소한천이라고 합니다!"

"와아아아!!"

그의 인지도 또한 무림에서 상당했기에 그를 알아본 사람들은 한결같이 박수 갈채를 보내주었다. 겸손하게 포권으로 그들의 호응에 답한 소한천은 다시 내공을 담아 모든 사람들이 들을 수 있도록 소리쳤다.

"이제부터 무림맹의 창맹을 기념함과 동시에 초대 맹주 두 분의 승극식이 있겠습니다!"

"와아아아아!!"

어디서 웅장한 북소리가 울리기 시작하며 창룡단 아래에서는 아름다운 무희들이 나와 창맹식과 승극식을 기념하는 춤을 추기 시작했다.

곧 창룡단 앞으로 임사우와 뇌운성이 걸어나왔다. 두 사람의 손에는 두루마리가 들려 있었다. 그것은 승단식을 위해 읽을 서문이었다.

두 사람은 한동안 사람들의 우레 같은 환호에 정중히 답례했다. 어느 순간 북소리가 방금 전과 조금 달라지자 두 사람은 서로 마주 보며 두루마리를 폈다. 그 엄숙한 분위기에 사람들의 소리는 하나둘 줄어들더니 곧 완전한 침묵을 이루게 되었다.

"나 뇌운성!"

"나 임사우!"

"하늘에 맹세하노니!"

"무림맹의 초대 맹주로서 모두에게 한 점 부끄럼 없는 인생을 살아갈 것이며 모두에게 공정한 지도자가 될 것임을 맹세한다!"

"무림맹은 무림의 평화와 질서 유지에 이바지하기 위해 창립된 만큼 그 장(長)이 되는 자는 이에 앞서야 하는 것은 당연한 일이다! 이에 우리는 언제나 그 정심(正心)을 잃지 않고 언제나 정의를 위해 앞서 갈 것임을 맹세한다!"

"한 단체를 이끄는 맹주로서 모든 구성원들에게 평등하게 대할 것이며 아부에 귀 기울이지 않고 언제나 힘없는 자들을 위해 열려 있는 맹주가 될 것임을 맹세한다!"

"무림의 지도자로 자리매김할 무림맹의 맹주로서 모두에게 귀감이 될 수 있는 사람이 되기 위해 불철주야 노력할 것이며 그 어떤 쟁론이나 무력이 휘둘리지 않는 자가 될 것임을 맹세한다!"

번갈아가면서 말하던 두 사람은 이제 같은 목소리로 글을 읽기 시작했다.

"나는 무림맹의 초대 맹주라는 자부심을 가지고 무림맹이 천년만년 이어갈 수 있도록 혼신을 바칠 것이다. 이에 목숨을 걸고 지킬 세 가지 조항을 발표할 것이다!"

"첫째! 정도(正道)를 수호한다!"

"둘째! 약자의 편에 선다!"

"셋째! 권력을 휘두르지 않는다!"

두 사람은 강한 힘으로 두루마리를 접고는 몸을 돌려 관중들을 향했다. 그리고 다시 동시에 소리쳤다.

"무림에 정의가 구현되어 천년만년 이어지도록 할 것임을 하늘에 맹세한다!!"

"우와아아아아아!!"

장내가 떠나간다는 표현이 부족할 정도로 거대한 함성이 무림맹에 울려 퍼졌다. 바야흐로 역사적인 광경이 이곳에서 펼쳐진 것이었다.

사람들의 함성은 그칠 줄을 몰랐다. 바로 무림의 평화를 위해 모든 무림인이 모인 무림맹이 결성되었으며 그 지도자가 될 뛰어난 맹주들이 자리에 오른 순간이었다. 이렇게 무림맹은 형성되었으며 이 무림맹은 후대에까지 이어져 천 년 이상을 흐르게 된다.

무림맹이 창립된 지 이 개월 정도가 지나서 무림은 충격적인 소식을 접하게 된다. 그것은 누가 먼저 퍼뜨렸는지 모르지만 사라성이 부활했다는 말이 퍼져 나간 것이다.

너무나 갑작스럽게 멸망했던 사라성. 그 사라성이 또 너무나 갑작스럽게 부활했다는 말에 무림인들은 넋이 나갈 수밖에 없었다.

더욱 놀라운 것은 사라성의 포고였다.

한 달 뒤 **현해평**(玄海平)에서 **전면전**을 할 것을 원한다!

사라성은 그 포고가 거짓말이 아님을 보여주기 위함인 듯 정식으로 사자를 무림맹으로 보냈고, 무림맹은 며칠간의 회의를 거치고 난 후에야 그들의 도전에 응했다. 그 뒤로 무림맹은 한 달 뒤에 있을 전투에 대비한 준비로 정신없이 돌아가기 시작했다.

아직 창맹된 지 두 달밖에 되지 않았지만 지도부 측의 뛰어난 능력과 통솔력, 그리고 거침없는 일 처리로 인해 상당한 안정을 찾고 있었기에 전면전에 대한 준비는 별 무리 없이 진행되고 있었다.

하지만 상대방에 대한 정보가 턱없이 부족한 상태였기 때문에 현해평으로 가야 할 인원에 대한 의견이 쉽게 합일되지 않고 있었다. 무턱대고 모든 전력을 보냈다가 만약 성이 빼앗겨 버린다면 그것만큼 어리석은 일도 없기 때문이었다.

그리고 가장 중요한 것은 사라광마존의 생사 여부였다. 그의 생존 여부를 상대방 쪽에서 전혀 알려주지 않았기 때문에 무림맹에서는 그에 대한 논쟁이 뜨거워질 수밖에 없었다. 그가 살아 있느냐 아니냐에 따라서 무림맹에서는 승패의 확률이 확실하게 달라지기 때문이었다.

"무엇 때문이오?"

"사라광마존의 무공 때문이에요."

뇌운성과 사마진영은 방 안의 침상에 같이 누워 있었다. 그들이 결혼한 사실은 모르는 사람이 없었고 같은 방을 쓰는 것은 부부였기에 당연한 일이었다.

"그가 강하다는 것은 알고 있소. 하지만 이번에는 그때와는 크게 다를 것이 분명하오. 그때는 사라광마존과 따로따로 공격했기에 당했지만 임 동생과 내가 같이 공격한다면 결코 밀리지 않을 것이오. 아니, 어쩌면 이길 수 있을지도 모르지."

"그럴지도 모르죠. 하지만……."

그녀의 표정에 살짝 음영이 지자 뇌운성은 의아해하며 물었다.

"영매, 무슨 걱정이라도 있소? 그런 표정은 잘하지 않지 않소?"

"그의 무공은 무서울 정도예요. 아마 성랑이 예상하고 계신 것보다 더욱. 만약 그가 살아 있다면 지금쯤이면 더욱 높은 경지에 올랐을지도 몰라요."

"음, 당신이 그렇게 생각한다면 큰일인데……."

뇌운성은 사마진영의 뛰어난 머리를 알고 있었기 때문에 진심으로 걱정하고 있었다. 그가 더 높은 경지에 올랐다면 자신들의 승산은 크게 줄어들기 때문이었다.

"그래서 말이에요."

"무슨 해결책이라도 있는 것이오?"

"아니에요. 일단 세력전에서는 압도적으로 이길 수 있을 것이라고 봐요. 그건 확실하겠죠. 시간이 없어 진을 이용한 대규모전은 힘들어도 뛰어난 자들을 모아 소규모로 진법을 익히게 했으니까요. 그들이 이번 대전에서 큰 역할을 할 겁니다."

"그럴 것이오. 모두들 자랑스러워하고 있으니까."

사마진영은 예감 반 추측 반으로 두 맹주가 사라광마존과 싸워도 이기지 못할 것으로 예상하고 있었다. 그나마 다행인 것은 세력 면에서는 자신들이 훨씬 앞설 것이라 생각하고 있었다. 세력전에서 이긴다면 그 세력의 장이 아무리 강하다고 해도 물러날 수밖에 없었다.

하지만 그것도 정도가 있었다. 사라광마존 같은 경우 그 무공 정도가 너무 강했다. 자신이 아는 관영호만큼 강한 자로 보고 있었다. 그런 정도의 고수는 자신들 같은 무인들은 아무리 많아도 별 차이가 없었다. 그것이 걱정되는 것이었다.

'관영호 그분이 있으면 좋을 텐데……. 나의 남편이나 임 대협을 얕보는 것이 아니라… 이미 내가 본 사라광마존의 무공은……. 아아, 어떡하지?'

그녀의 마음은 혼란스러웠다. 관영호의 존재를 밝히자니 모든 것이 엉망이 되어버릴 것 같았다. 우선 임사우와 그는 친구였다. 하지만 그의 정체를 알게 된다면 그 관계가 지속되기 힘들지도 몰랐다. 그는 혈영천마다. 비록 옛날 사람이라고는 하지만 그는 알려진 대로 공포의 살인마로 인식되어 있기에 사람들이 싫어할지도 몰랐다.

그리고 관영호는 이런 일을 매우 싫어한다는 것을 알고 있는 그녀였다. 설령 말한다고 해도 그가 허락해 줄 리는 만무했다.

'조금 더 기다려 보자. 그가 했던 마음가짐, 흐르는 대로 놔두라는 그의 말이 이럴 때 쓰이는구나.'

그녀의 입가에 편안한 미소가 서려 있었다.

"언니, 아직도 고칠 수 없는 것이야?"

"그래."

호미란과 호사란 자매는 호미란의 방에서 침울한 표정으로 앉아 있었다. 무언가를 걱정하고 있는 듯 상당히 좋지 않은 표정이었다.

"대체 어떤 수법을 썼길래……."

"모르겠어. 하지만 확실한 건… 신지를 완전히 잃어버렸고 회복이 불가능하다는 것이야. 그리고 그대로 둔다면 석 달을 견디지 못할 것 같아."

"은침색호접은 말해 주지 않는 거야?"

"그녀도 모른대. 사라광마존은… 애초부터 그이를 소모품으로 쓰기 위해 잠력을 폭발시키는 수법을 사용했다는 것 외에는 몰라."

호미란의 눈에 눈물이 글썽이더니 결국 그녀는 눈물을 참지 못하고 울기 시작했다.

"으흐흐흑!"

"언니……."

호사란은 그녀의 울음에 아무것도 해줄 수가 없었다. 그녀의 상황에 위로의 말도 그다지 소용없기 때문이었다.

붕철문을 점령한 뒤 임사우와 뇌운성이 나타났었다. 그리고 두 사람의 포로를 잡아왔는데 그중 한 여인은 은침색호접이라는 마녀였고 한 명은 신지를 잃은 자였다. 호미란과 호사란은 그 사내를 보고 경악할 수밖에 없었다. 그는 호미란의 남편인 군역호였기 때문이다.

그때부터 그녀는 그의 몸 상태를 되찾기 위해 갖은 방법을 가리지 않고 써보았다. 하지만 아무런 소용이 없었다. 대체 어떤 수법을 썼는지 알 수는 없지만 지독히도 강했고 그의 몸은 지금 서서히 죽어가고 있었기 때문이다.

하지만 지금은 곧 사라성과의 대전투를 앞두고 있는 시점이었다. 사람들에게 알려지는 것은 사기 측면에서 매우 좋지 않았다. 그것을 아는 두 자매였기에 안타깝고 슬프기 그지없었다.

현해평에서의 전투가 끝난 후 그를 치료하는 방법밖에는 없었다. 하지만 그것도 가능성은 희박했다.

"사란아, 나는 이제 어떡하면 되는 거야!! 흐흐흑!!"

"언니……."

두 사람의 어깨에는 슬픔만이 가득 내리고 있었다. 마치 자신들에게 세상 모든 슬픔이 내려지는 것 같았다. 아버지였던 사라광마존이 행하는 악행에 대한 업보일까? 알 수 없는 일이었다.

'하지만… 이겨내야 해, 반드시. 언니와 나를 위해서라도.'

그녀의 눈물 섞인 눈빛에는 무언가를 향한 강한 의지가 맺혀 있었다.

드넓은 현해평은 셀 수 없을 정도의 많은 사람들로 가득 차 있었다. 인산인해. 그들의 눈은 결사의 의지로 빛나고 있었고 곧게 다물어진 입에서는 무림의 평화를 위한 의지가 엿보이고 있었다.

장장 일만 오천 명. 그들은 바로 무림맹에서 나온 무인들이었다. 이 중 가장 돋보이는 자들은 가장 앞에 나열해 있는 천 명의 무인들이었다. 그들은 황의를 입고 있는 무림맹의 다른 무사들과는 달리 빛나는 은의를 입고 있었다.

이들은 지난 일 개월 동안 밤잠을 설치며 혹독한 수련을 해온 자들이었다. 오로지 이번 전투를 위해 모든 것을 바칠 각오로 각서까지 썼으며 진법을 비롯해 각종 무공을 익혀왔던 것이다. 일 개월이라는 너무나 짧은 시간 동안 그들은 모든 것을 걸어 그것들을 배웠으며 그들의 눈빛에는 한없는 자신감과 적을 향한 살기가 보이고 있었다.

그들을 따로 일컬어 은의결사대(銀衣決死隊)라고 불렀다. 비록 천 명뿐인 인원이지만 집단전을 위한 무공을 전문적으로 익힌 자들이었으므로 이번 전투에서 가장 활약이 클 것으로 기대되었다.

무림맹들이 모인 반대쪽 현해평에서는 검은 구름이 주변을 덮고 있는 듯한 착각이 들 정도로 마기가 솟아오르고 있었다. 바로 사라성. 그들은 인원이 거의 만 명에 육박하는 놀라운 세력을 보이고 있었다. 석 달이라는 짧은 기간 동안 놀라운 세력을 형성시킨 것이다.

특히 그들의 선두에 있는 자는 임사우와 그 측근들이 보았던 사라광마존이 잔인한 미소를 띠며 무림맹 쪽을 쳐다보고 있었다. 사라광마존의 존재는 무림맹 측에 큰 부담이 될 수밖에 없었다. 그의 악행과 무공은 사람들의 가슴속에 저절로 공포심을 안겨줄 정도이기 때문이었다.

그 위명은 바로 효과가 드러나고 있었다. 무림맹 측의 하급 무사들 사이에서 상당한 동요가 있었기 때문이다.

"저 선두에 있는 자가 딸마저 잡아먹으려 했다는 사라광마존이야!"

"엄청난 무공은 두 분 맹주도 상대가 안 된다더군!"

"사람의 피를 마시고 시간(屍姦)까지 하는 악마래!"

하지만 그런 현상은 사라성 측에서도 마찬가지였다.

"야, 저 선두에 있는 두 사람 중에 얼굴에 긴 상처가 있는 사람 보여?"

"그, 그래! 우우, 무슨 사람이 저렇게 무섭게 생겼지? 평생 악행만 일삼다 개과천선한 사람 같잖아!"

"저놈이 그 악명 높은 신검마도객이래! 사라성 태반의 인원이 저자에게 죽임을 당했다는 거야! 손속이 아주 잔인하대!"

"으으… 이러다 모두 죽어버리는 거 아냐?"

"저기 왼쪽의 사내는 천뢰상인의 후예라던데?"

"뭣? 저자가 그 유명한 천뢰인인가?"

"천뢰상인의 무공인 천뢰신공이라면 우리는 상대가 되지 않을 것인데……."

이렇게 서로 불안해하면서도 서로에 대한 전의는 전혀 줄어들지 않고 있었다. 이번 싸움이 서로가 속해 있는 소속의 존속 여부를 판가름할 수 있는 중요한 전투임을 모두 알고 있기 때문이었다.

호미란은 사라광마존이 자신의 아버지란 생각은 이미 오래전에 버렸기에 미련이란 없었다. 그것은 호사란도 마찬가지였다. 다만 무척 아쉬운 것은 그가 너무 일찍 싸움을 걸어왔다는 것이었다.

'만약 육 개월만 더 시간이 있었다면 완벽한 승리를 거둘 수 있었을 텐데… 이 상태로라면 이겨도 너무나 큰 피해를 입을 수밖에 없어. 내가 창안한 진법을 사용한다면……. 아아, 아쉽구나.'

하지만 때늦은 아쉬움일 뿐이었다. 운명이 예상대로 흐르지 않듯 상황 또한 그렇지 않은 것이다. 이제는 이 싸움에 최대한 빠르게, 그리고 피해없이 이기는 것만이 중요했다.

"크하하하하!! 모든 것을 파멸시킬 것이다! 내가 있는 한 두려워할 필요 없다!! 모두 죽여 버려라!!"

사라광마존의 광기에 찬 엄청난 크기의 외침은 상대편에게 큰 타격을 줄 수밖에 없었다. 그만큼 대단한 내공이었으며 그의 광기에 주눅이 든 것이었다.

"적은 천륜을 저버린 악마다! 그에 따르는 자들 역시 용서받을 수 없을 것이다! 무림의 평화를 위해!"

"우오오오오!!"

엄청난 함성이 무림맹 측에서 솟아올랐다. 무림의 평화란 그 한 단어가 무인들의 가슴을 들끓게 하고 있는 것이다.

"정의를 위해! 지금 우리가 흘린 피는 우리 자손들의 평화를 위한 것이다!!"

임사우의 진심이 담긴 외침은 만오천의 무인들의 가슴에 뜨거운 불을 붙였다.

"평화를 위해!!"

"정의를 위해!!"

"천륜을 저버린 악마를 해치우자!!"

임사우의 외침은 무림맹의 사기를 한껏 드높이고 있었다.

"무림맹의 버러지들을 없애 버려라!! 우리의 길은 끝없는 피의 길이다! 으하하하하!!"

사라광마존은 포효와 함께 자신이 먼저 앞으로 쏟아져 나갔다. 그에 따라 수많은 무인들이 물밀듯이 쳐들어오기 시작했다. 숨이 막힐 듯한 광경이 현해평에서 벌어지고 있었다.

"가자, 무림맹도들이여!!"

뇌운성의 외침과 함께 두 사람이 동시에 앞으로 쏘아져 나갔고 뒤이어 은의결사대를 비롯한 만 오천 명의 무림맹도들이 전진하였다. 그 전진은 바로 무림의 안녕을 위한 위대한 발걸음이기도 했다. 자신이 죽어도 가족만은 지키겠다는 소박한 마음에서부터 친구와 함께 죽겠다는 의리, 그리고 사랑하는 사람을 위한 애정, 무림의 평화를 지키겠다는 정의심까지 모두가 하나가 되어 있는 것이었다.

은의결사대는 매우 독특한 대열을 이루며 앞으로 전진했다. 그들의 후미에는 호미란이 빛나는 검을 쥐고 그들을 지휘하고 있었다. 그들은 고대에서부터 전해져 내려오는 진법 중 집단전에 가장 효과적인 화조승천진(火鳥昇天陣)의 역진(逆陣)을 사용하고 있었다.

전설의 불사조가 날아가는 모습의 역방향으로 돌진하여 순식간에 일정 수의 사람들을 가두어 버린다. 그리고 바깥쪽의 사람은 바깥의 공격을 막으며 동시에 안쪽의 사람들과 함께 안쪽에 갇힌 적들을 섬멸할 수 있는 진으로 차륜전의 수법이 가미된 매우 뛰어난 진이었다.

은의결사대는 신속한 속력으로 사라성의 무인 수백 명을 가둔 뒤 빠른 속도로 섬멸하고, 진을 풀고 다시 가두는 식으로의 전투를 반복하기 시작했다. 하지만 그 효과는 매우 뛰어났고 상대방 쪽에서는 별다른 진법을 사용하는 집단이 없었기 때문에 그들의 무용은 금세 두드러지기 시작했다.

임사우와 뇌운성은 자신들을 향해 덤비는 엄청난 수의 사라성도들을 강력한 무공으로 물리치며 사라광마존을 찾는 데 심혈을 기울였다. 그가 다른 무인들과 손을 섞으면 피해를 보는 쪽은 자신들이었기에 자신들 두 사람이 서둘러 그와 상대하는 것이 나았다.

콰아아앙!!

"크아아악!"

임사우가 있는 곳 우측으로 팔십 장가량 떨어진 곳에서 엄청난 폭음과 함께 수많은 무사들이 공중으로 치솟아올랐다. 사방으로 피떡이 되어 날아가 버리게 한 폭발의 진원지에서는 피를 보는 것에 대한 쾌감으로 울부짖듯이 광소를 흘리는 사라광마존이 있었다.

"크하하하하! 모두 덤벼라!"

콰아아아앙!!

그의 일장이 쏟아질 때마다 수십 명의 무사들이 형체도 보존하지 못하고 피떡이 되어 날아갔다.

"……!"

임사우뿐만 아니라 뇌운성도 그 모습을 곧 발견했고, 두 사람은 자신들의 주변을 최대한 빨리 해결하고는 같이 그를 향해 날아갔다. 두 사람의 전신에서는 엄청난 기운이 쏟아지고 있었다.

"너희들인가! 크하하하!!"

곧 두 사람을 발견한 사라광마존은 그들을 가만두지 않았다. 엄청난 기운을 폭사하더니 두 사람을 향해 주먹을 내밀었다. 그러자 권강(拳罡)이 쏟아져 나갔다. 두 사람은 갑자기 날아온 권강에 미처 피할 수가 없음을 느끼고는 어쩔 수 없이 각자 장력을 날렸다.

콰쾅!!

"크윽!"

"으윽!"

두 사람은 전신을 울리는 고통을 느끼고는 제자리에 멈출 수밖에 없었다.

"으하하하! 누가 나의 반탄강기에 필적하겠는가! 이제 아무도 없을 것이다! 으하하하!"

그는 하늘을 향해 미친 듯이 광소를 터뜨리며 사방으로 장력을 흩뿌렸다.

콰콰콰쾅!!

뇌운성은 사라광마존을 쏘아보며 전신에 천뢰신공을 팔성으로 끌어 올렸다. 사방으로 뇌전이 폭발하며 엄청난 기운이 그의 전신을 휘감자 그는 그를 향해 순식간에 날아갔다. 천뢰패영신보는 둘 사이의 간격을 순식간에 좁혔으며 이내 그와 치열한 격투가 벌어지기 시작했다.

때리고, 찌르고, 막고, 차는 기본적인 동작에서 기묘한 동작으로 연계되는 뇌운성의 몸놀림은 그야말로 기묘막측했다. 접근전에서도 최강이라 불리는 천뢰투였다. 그의 움직임은 서서히 빨라지고 있었으며 점점 그의 공격도 다른 사람들의 눈에 보이지 않게 되었다. 심지어는 보고 있던 임사우의 눈에도 간신히 보일 정도였다.

'엄청나군.'

지금 뇌운성은 완벽하지는 않지만 거의 천뢰투의 승화형인 천뢰무의 단계에까지 이르러 있었다. 무아지경에서 펼쳐지는 본능적인 몸의 움직임과 가공할 파괴력의 뇌전은 상대방을 옭아매며 좁혀 들어가는 것이었다.

하지만 상대는 사라광마존이었다. 뇌운성의 놀라운 무공에도 불구하고 그는 하나하나 다 막아내고 있었으며 뇌운성의 뇌전력은 그에게 아무런 영향도 끼치지 못하는 듯했다.

곧 구경만 하고 있는 자신을 알게 된 임사우는 서둘러 자신의 신마검을 그에게 날렸다. 횡회륜광검은 곧 원형의 강기로 변한 채 엄청난 속도로 날아가 사라광마존의 허점을 파고들었다.

채앵!

"큭!"

사라광마존이 급히 그 검을 막았고, 임사우는 약간의 반탄력을 느끼고는 움찔거렸다. 하지만 그사이 엄청난 속도로 뇌운성의 주먹이 그의 얼굴을 강타했고, 그는 뒤로 피를 뿜으며 날아가 버렸다.

임사우는 그 순간을 놓치지 않고 뒤로 튕겨 날아가던 신마검을 신마도로 바꾼 후 바로 극쾌의 도법 천섬도를 시전했다. 빛이 주위를 비추는 순간 이미 검은 사라광마존의 어깨를 뚫고 있었다.

"천뢰패(天雷覇)!"

우우우웅!

기이한 음성과 함께 사라광마존은 전신을 짓누르는 압력을 느끼며 땅 밑으로 박혀 버리고 말았다.

"크아아아!!"

사라광마존은 땅에 박히자마자 발작적인 괴성을 지르며 땅 위로 솟아올랐다.

"크으으!"

그의 눈빛은 분노의 불꽃으로 이글거렸으며 이를 갈며 포효하고 있었다.

"크으으으! 죽일 것이다! 크아아아!!"

그의 두 손에서 곧 두 개의 원반이 생성되었다. 그가 손을 내밀자 그것은 두 사람을 향해 번개같이 날아갔다.

두 사람은 그것이 지극한 반탄력이 담겨 있을 것이라 생각하며 이리저리 피할 수밖에 없었다. 뇌운성은 원반을 피하며 다시 그에게 다가

갔지만 그는 빠르게 다가가던 그 속도 그대로 무언가에 부딪친 듯 뒤로 나뒹굴어 버렸다.

"크으윽!!"

"형님!"

임사우는 깜짝 놀라며 뇌운성을 보다가 하마터면 원반에 적중될 뻔했다.

"크윽! 대체 뭐지?"

"크ㅎㅎㅎ!"

하지만 뇌운성은 쉴 틈이 없었다. 원반이 다시 그를 향해 날아왔기 때문이다.

그때 사라광마존의 뒤로 누군가가 몰래 다가가 그를 향해 검을 찔렀다. 하지만 그는 채 찌르기도 전에 엄청난 반탄력으로 피떡이 되어 뒤로 날아갔다. 비명도 지르지 못하고 즉사한 것이다.

"……!"

"무형반탄강기(無形反彈罡氣)인가?"

두 사람은 경악할 수밖에 없었다. 무형반탄강기까지 그가 사용할 수 있을 줄은 몰랐던 것이다.

두 사람은 원반을 이리저리 피하면서 어찌할 방법이 없음을 느꼈다.

"무적의 방어막이군."

"젠장!"

"크ㅋㅋㅋ!!"

"사라광마존! 네 주위를 봐라! 우리 무림맹이 압도적으로 너희들을 휘몰아치고 있다!"

갑자기 들려온 외침에 시선을 돌린 사라광마존은 호사란은 볼 수 있었다. 사라광마존은 잠시 주변을 돌려보았다. 그녀의 말대로 전세는 너무 빠르게 기울고 있었던 것이다. 모두 은의결사대의 압도적인 집단 무공 때문이었다. 그들의 움직임은 일사불란하고 매우 신속했으며 움직임에 거칠 것이 없었다. 그들이 스쳐 지나가는 자리에는 무수한 시체만이 남고 있었던 것이다.

"…버러지 같은 것들."

사라광마존은 낮게 중얼거리더니 곧 손을 내렸다. 그러자 원반은 소멸되어 버렸고 이리저리 피하던 두 사람도 신형을 멈추었다.

"크크크크! 임사우, 넌 나와 같은 경지이면서도 나와는 상대가 되질 않는군! 가소롭구나! 크하하하! 그것은 뇌운성도 마찬가지이다! 하지만 초월경이 아닌데도 그 정도의 경지에 이르렀다는 것에는 경의를 표하마!"

"초월경?"

"흐흐흐흐! 이제 끝을 내주마!"

그의 말에 긴장이 되는 두 사람이었지만 두 사람은 그가 아까 당한 공격에 약간의 내상이라도 입었을 것이라 생각하고는 자신감을 가질 수 있었다.

호미란은 자신이 계획한 은의결사대가 매우 잘해내고 있자 매우 기분이 좋았다. 상대 측은 자신들의 화조승천진의 압도적인 위력 앞에 맥을 못 추고 있었다. 이 상태로라면 세력전에서는 승리를 할 수 있을 것 같았다. 은의결사대의 엄청난 위용에 다른 무사들도 큰 사기를 얻고 분발하고 있어 승리는 점점 확실해지고 있었다. 물론 저쪽의 저항 역시 만만치 않았기에 아군도 큰 피해를 입었지만 저쪽만큼은 아니었다는 것에 안심했다.

"으아악!"

"……?!"

그녀는 이번에 폐진(閉陣)하여 가둔 자들 중에 상당히 강한 자들이 있다는 것을 알 수 있었다. 어느새 자신들 쪽의 사망자가 삼십 명이 넘어가고 있었던 것이다. 그녀는 그 강한 자를 찾기 위해 이리저리 살피다가 다섯 명의 마인이 매우 강하다는 것을 알았다. 타 무인들보다 압도적인 무공이 상당히 높은 직분의 사람들 같았다.

그녀는 서슴없이 한 명을 향해 어검술을 날렸다. 그녀의 무공은 지혜와 더불어 나날이 발전해 가 엄청난 경지에 이르러 있었다.

채애앵!

쇠가 부딪치는 소리가 상당히 길게 울렸고 그녀는 약간의 반력을 느끼며 뒤로 물러날 수밖에 없었다. 이에 그녀는 상당히 놀랐다. 이 정도로 강할 줄은 몰랐기 때문이다.

상대방도 이쪽에 상당한 고수가 있음을 알고는 놀랐는지 굉장히 경계하는 듯한 표정이었다. 그러더니 다른 두 사람에게 신호를 보내더니 같이 그녀를 향해 공격해 오는 것이었다.

"……!"

그녀는 깜짝 놀랐지만 곧 냉정을 되찾고 사람들에게 명령을 내렸다. 그러자 주위의 수십 명의 무사들이 동시에 그들을 향해 공격해 갔다.

갑작스런 단체 공격에 당황한 세 사람은 그들을 막느라 호미란에게 공격하는 것은 나중으로 미룰 수밖에 없었다. 다 막았다 싶은 순간 앞조와 뒷조가 바뀌면서 다시 그들을 공격하였고 세 사람을 비롯해 다른 사람들은 정신을 차릴 새도 없이 뒤따르는 공격에 다시 방어에 급급할 수밖에 없었다.

　이것이 화조승천진의 무서운 점이었다. 공격이 끝난다 싶을 즈음 진의 명령자가 명령을 내리면 바로 바깥쪽과 안쪽이 바뀌며 새로운 공격이 들어가고 안쪽에서도 열 사람을 기준으로 전체적으로 이동하기 때문에 공격의 변화와 그 연계성이 매우 뛰어났다. 고수도 사람 수에는 못 당하듯이 여러 방면으로 연계되는 차륜진으로 인해 아무리 고수라도 오래 견디기는 힘든 것이었다.

　호미란은 회심의 미소를 지으며 다시 조를 바꿈과 동시에 공격 명령을 내렸고, 그와 동시에 그녀도 같이 움직이며 셋 중 한 사람을 향해 검을 날렸다.

　"헉!"

　그녀가 시전한 검법은 회심의 일격이었다. 전국 시대에 검으로 위명을 날렸던 검천자(劍天子)의 검천화의(劍天和意)라는 최고 공격검이었던 것이다.

　갑작스런 강맹한 그녀의 검법에 십마천 중 일인이 반격하지도 못한 채 죽어버렸다. 그의 몸이 검을 찔려 나뒹굴 때 공격 명령이 동시에 내려져 그의 시체는 형체도 남기지 못하고 찢겨져 버렸다.

　그렇게 일각이 더 지나자 강했던 나머지 두 고수와 다른 무사들을 모두 죽일 수가 있었다. 다시 한숨을 내쉬며 개진(開陣)을 명령하려던 그녀는 갑자기 들려오는 엄청난 폭음에 시선을 돌렸다.

　"아니!"

　엄청난 폭음은 바로 임사우와 뇌운성, 그리고 사라광마존이 싸우고 있는 곳에서 난 소리였던 것이다. 두 사람과 한 사람이 폭음과 함께 좌우로 날아가고 있었다. 서로의 힘에 견디지 못하고 날아간 것 같았다.

그녀는 그 모습에 마음이 흔들렸다. 그들을 돕고 싶은 마음 때문이었다. 하지만 전투 전에 회의도 했으며 개인적으로 임사우가 와서 신신당부한 것도 있었다.

"만약 우리가 그에게 밀린다고 해도 결코 흔들리지 마십시오. 반드시 군사님은 은의결사대를 이끌어 사라성의 악도들을 쳐부수는 데 앞장서 주십시오. 세력전에서 이길 수 있다면 저희들이 쓰러지는 것은 아무것도 아닙니다. 세력전이 중요합니다!"

그녀는 입술을 깨물고는 몸을 돌렸다.
'여보!'
그녀는 아직도 정신을 차리지 못하고 있는 자신의 남편을 생각하며 마음을 다잡았다. 한순간의 감정으로 임사우를 도와주려 이탈한다면 자신이 이끌고 있는 은의결사대의 화조승천진이 흐트러질지도 모르고, 그렇게 되면 세력전에서마저 밀리게 되는 것이다. 그것은 패배를 자초할 수 있으며, 이는 자신이 그토록 사랑하는 남편의 정신을 되돌려 놓을 시도조차 하지 못하게 되는 것이기도 했다.
임사우를 애써 외면한 그녀는 다시 개진을 명령한 후 다른 곳으로 움직여 갔다.

"크으윽!!"
임사우는 입에서 피를 꾸역꾸역 쏟으면서도 자리에서 일어나려 했다. 그는 여느 날과 달리 몸속에서 끊임없이 무언가를 향한 맹목적인 욕구가 일어나고 있었다. 오늘은 바로 모든 것을 종지부 찍는 날임을 자신의 본능도 알고 있는 듯 일어나라고 외치고 있었다.

뇌운성도 그와 비슷하게 자리에서 일어났지만 두 사람 모두 상태가 엉망이었다. 그가 시전한 검법과 맞서다 두 사람 모두 강력한 반탄력에 뒤로 튕겨져 버린 것이었다.

하지만 사라광마존 역시 두 사람의 강력한 공격에 뒤로 날아가 버리고 말았다. 하지만 그도 얼마 안 있어 바로 자리에서 일어났고 다시 광포한 기운을 풍기며 흉소를 지었다. 그는 마치 죽지 않는 불사신, 아니, 악마처럼 공포스러워 보였다.

임사우는 다시 힘을 개방하여 초월경의 상태로 들어갔다. 그의 전신에서 엄청난 검기가 폭발할 듯이 솟아오르며 사라광마존을 압박하려 했다.

'모든 것을 건다!'

그의 몸에서 점점 더 많은 검기가 불꽃처럼 솟아올랐다. 그는 자신이 무리하고 있는 것임을 알면서도 계속 내공을 끌어올리고 있는 것이었다.

그에 마음이 일치된 듯 뇌운성 역시 천뢰심공을 십성 모두 끌어올리고 있었다. 그의 왼손이 하늘을 향해 들렸다. 엄청난 뇌력에 땅이 울릴 정도였으며 하늘에서는 작지만 사방을 충분히 뒤덮을 만한 먹구름이 몰려오고 있었다.

"크하하하하!! 이제 마지막이냐! 죽여줄 테다!"

그의 전신에서도 엄청난 기운이 솟아오르고 있었다. 그것은 서서히 강기 막의 형태로 변형되어 가고 있었는데 그가 보통 때 쓰던 강기와는 뭔가 달라 보였다.

"하아아앗!!"

우르르릉! 꽈광! 꽈르릉!

갑자기 먹구름에서 엄청난 번개가 내리치더니 한줄기 뇌전이 내려와 뇌운성의 왼손 안으로 빨려 들어갔다. 이 엄청난 광경에 사람들은 넋을 잃을 수밖에 없었다. 사람이 뇌전을 흡수할 수 있다는 사실을 누가 쉽게 받아들일 수 있겠는가. 오로지 천뢰상인의 무공만이 가능한 일이었다.

사라광마존이 만든 강기가 마치 부풀어 오르듯이 자신들을 향해 다가오자 임사우가 먼저 그를 향해 공격했다.

"검—도—요—!"

그의 전신에서 도기(刀氣)가 무수히 튀어나왔고, 곧 현해평을 환히 비추는 강렬한 빛이 뿜어져 나오자 그것은 강기를 향해 날아갔다.

"크으으으으!!"

뇌운성은 칠공에서 뿜어져 나오는 엄청난 뇌기에 전신이 타 들어갈 것만 같았다. 지금 자신은 한계를 넘어선 힘을 쓰려고 했기 때문에 조금 더 시간이 걸렸다. 자신의 몸에 들어온 뇌전은 자신의 몸을 폭발시킬 듯 미친 듯이 발작하고 있었고 그는 그것을 제어할 필요가 있었다.

예전에 그에게 썼던 뇌전보다 더욱 강력한 뇌력이었기 때문에 이번에는 반드시 그를 없앨 수 있을 것이라 생각했다.

'마지막이다!'

임사우의 검도요는 사라광마존의 강기와 부딪쳤지만 그 빛은 강기에 부딪쳐 조금씩 사라지고 있었다. 그리고 강력한 반탄력에 임사우의 전신은 뒤로 천천히 밀리고 있었으며 입에서는 피를 토해내고 있었다.

뇌운성은 주체할 수 없을 정도로 포화 상태가 되어버린 듯한 자신의 몸을 견디지 못하고 발작적으로 소리를 지르며 손을 내밀었다.

"으아아아아!!"

그의 손에서 나가는 것은 대자연의 포효였다. 분노한 하늘이 내리는 신벌과도 같았다. 무시무시한 번개는 위에서 아래로가 아니라 횡으로 번쩍이고 있었고, 그것은 이 현해평을 갈라 버릴 듯한 기세로 나아가며 순식간에 강기와 부딪쳤다.

찌저적!

무언가 부서지는 소리가 나면서 번개는 강기 안으로 흡수되어 버렸다. 강기는 부서지긴 했어도 아직 남아 있는지 임사우의 검도요는 여전히 강기와 밀고 밀리는 중이었다. 십층벽사옥룡반탄강기의 엄청난 위력은 뇌운성의 천류뇌하섬멸붕 앞에서도 단지 세 개의 강기 층만 부서졌을 뿐이다.

"크으윽!!"

뇌운성은 자신의 전신을 강타하는 엄청난 반탄력에 하마터면 뇌력을 제어하지 못해 몸이 폭발할 뻔했지만 극고의 인내력으로 간신히 버틸 수 있었다.

"크아아아아!!"

뇌운성은 미칠 듯한 고통에 자신도 모르게 나머지 손을 내밀었으며, 손에서 다시 엄청난 번개가 뿜어져 나갔다. 그리고 뇌운성은 그 순간 칠공에서 피를 분수같이 쏟아내며 앞으로 쓰러지고 말았다.

다시 세 겹의 강기 막이 부서졌지만 여전히 네 겹의 반탄강기막은 남아 있었다. 임사우는 뇌운성이 쓰러진 것을 알고 이제 자신만이 남아 있는 것에 큰 부담을 느꼈다. 저기 있는 사라광마존은 입가에서 피를 흘리고 있었지만 자신보다 훨씬 멀쩡한 것 같았다. 이 상태로 계속 간다면 자신은 밀릴 것이 뻔했고 지금 상황에서 그가 승리한다면 세력전에서도 패배할 것이 분명했다.

'그럴 수는 없어!'

그는 계속 힘을 끌어올렸다. 아까보다 조금 수월해지기는 했지만 반탄력은 더욱 심해지고 있었고, 자신의 검도요는 서서히 무너지고 있었다.

'안 돼!'

"크아아앗!!"

그의 강기 막이 이제 점점 자신을 향해 밀려왔고 임사우는 계속 뒤로 밀리는 듯 했지만 인내력으로 계속 버티고 있었다. 하지만 강기 막은 곧 그의 지척까지 다가왔다.

"여보!"

"임 대협!"

뒤에서 그를 애타게 보고 있던 호사란과 사마진영의 울부짖는 소리가 들려왔다. 사마진영은 자신의 남편이 정신을 잃었는데도 그에게 가지 않고 오로지 승리를 위해 계속 적들을 섬멸하고 있었다. 그렇게 간절한 바람이었다. 자신의 아내와 얼마나 바라던 일이었는가.

"모든 것이 끝나고 정말 평화롭게 살아갔으면 좋겠어요."

그녀의 눈가에 맺힌 눈물을 보고 그는 아무 말도 할 수 없었던 적이 있었다.

'이젠 아니다!'

갑자기 그는 무언가 머리를 스치고 지나감을 느낄 수 있었다. 온몸이 상쾌해지는 느낌. 앎에 대한 희열인가, 아니면 마지막을 위한 최후의 산화인가. 그는 자신도 모르게 입에서 거대한 외침이 쏟아져 나옴을 알 수 있었다. 마치 예전부터 생각해 냈던 이름처럼. 자신의 몸이 그 이름에 따라 반응하고 있었다.

"회륜만겁(回輪萬劫)!!"

빛은 사라지고 곧바로 전신에서 수많은 검기가 바로 반탄강기를 향해 날아갔다. 그냥 날아가는 것이 아니라 모든 검기가 회전을 하고 있었다. 그것은 그의 무공 중 검절 횡회륜광검과 유사한 모양들이었다.

수많은 회전 검기들. 그것은 메뚜기 떼처럼 반탄강기를 갉아먹고 있었고, 한 겹 한 겹 부서지더니 결국 네 겹을 모두 부수고는 사라광마존을 향해 날아갔다.

콰콰콰콰쾅!!

남아 있던 회전 검기들은 그리 많지는 않았지만 그의 전신을 강타했고, 그는 피를 뿜으며 뒤로 날아갔다. 하지만 임사우 역시 너무 많은 힘을 써버렸는지 자리에 주저앉고 말았다. 눈을 뜬 채로 정신을 잃은 듯 검은자위가 위로 올라가 있었다.

"여보!"

"성랑!"

호사란과 사마진영은 정신을 잃은 그들을 향해 사라성의 무사들이 무기를 꼬나 쥐고 달려들자 두 사람을 지키기 위해 자신들의 남편을 향해 다가갔다.

사라성의 무사들은 두 여인이 흉험한 기세로 두 남자 곁에 서 있자 어찌하지를 못하고 머뭇거렸다.

"크하하하하하하!!"

콰쾅!

그때 사라광마존이 날아갔던 자리에서 폭음과 함께 광소가 들리더니 사람들이 사방으로 날아가 버렸다.

"……!"

"아직인가?!"

두 여인은 경악할 수밖에 없었다. 그렇게 강력한 공격을 받고도 아직 살아 있는 그에게 두려움마저 생길 정도였다.

"크크크크!"

그의 전신은 피로 덮여 있어 끔찍한 모습이었다. 입으로 흘러 들어가는 자신의 피를 혀로 핥으며 자신을 보고 있는 두 여인을 향해 흉소를 짓던 그는 앞으로 걸어갔다.

"흐흐흐흐, 대단했다. 하지만 그 정도로 나를 죽일 수는 없어!"

그가 마지막 말에 힘을 주자 그의 몸 주위로 힘이 폭발할 듯 솟아 나가 주위를 에워싸던 무사들에게 내상을 입혔다.

사라광마존은 잠시 주위를 살피며 전황을 판단하더니 얼굴을 살짝 일그러뜨렸다. 사라성도들이 크게 줄어 있는 것을 안 때문이었다.

"크흐흐흐! 이 정도의 위력을 발휘할 줄은 몰랐다, 임사우! 그리고 뇌운성!"

그가 이런 말을 하는 와중에도 주변에서는 처절한 비명 소리가 울리고 있었다. 이제는 천 명이 되지 않지만 은의결사대는 끝까지 포기하지 않고 사라성도들을 도살하고 있었다. 그들의 지치지 않는 힘과 승리를 향한 집념, 그리고 그 끈기는 사라성도들의 사기를 계속 떨어뜨리고 있었다.

"흐흐흐흐! 호미란, 호사란, 오늘은 내가 졌지만 다음에는 이렇게 끝나지 않을 것이다! 다음에는 저 두 놈을 완전히 죽여 버리고 나머지 떨거지들을 하나하나 죽일 것이다! 그리고 네년들은 철저히 가지고 논 뒤 고통 속에서 죽게 해주마."

사라광마존은 잔인한 말을 서슴없이 하고는 몸을 돌려 걸어갔다. 그가 지나가자 무림맹의 무사들은 그 무서운 모습과 형언할 수 없는 기도에 자신들도 모르게 길을 터주었다.

"사라성은 일제히 후퇴한다!"

그의 내공이 담긴 외침이 현해평에 울리자 사라성의 무사들은 기다렸다는 듯 일제히 물러나기 시작했다. 그들을 추격하려는 무림맹의 무사들은 이어서 들려온 명령에 추격을 멈출 수밖에 없었다.

"무림맹은 추격을 멈추고 자리로 돌아와 전열을 정비하라!!"

호사란의 명령이 떨어지자 그제야 멈출 것 같지 않던 은의결사대의 진도 풀리더니 일제히 무사들과 함께 뒤로 물러났다.

"여보!"

호사란은 안타까운 심정으로 그를 애타게 불렀다. 하지만 대답이 있을 리 없었다. 이번 전투는 세력전에서는 압도적인 우위를 점했지만 맹주와 성주들의 싸움에서는 치욕적인 패배나 다름없었다.

'앞으로 있을 싸움은 어떻게 될 것일까…….'

무림은 열광했다. 공식적으로는 무림맹이 사라성을 크게 이겼기 때문이다. 평화를 기원하는 무림은 축제 분위기였다. 연일 잔치를 벌이는 곳도 있었으며 무림맹의 번영을 기원하는 의식을 치르는 곳도 있을 정도였다.

무림맹 또한 승리에 기뻐하며 축제를 벌이고 있었지만 한편으로는 경계를 늦추지 않고 있었다.

하지만 무림맹의 지도부 측에서는 그렇게 기뻐할 수 있는 입장이 아니었다. 세력전에서는 압도적인 승리를 거두었다고는 하나 임사우와 뇌운성의 몸은 사라광마존과의 싸움으로 엉망이었기 때문이다. 한동안 무공을 사용할 수 없을 정도로 심한 내상을 입은 두 사람이었다.

특히 임사우는 자신의 몸이 보통의 사람과 다른 경지에 있는 것임에도 내상이 쉽게 고쳐지지 않는 것에 놀랄 수밖에 없었다. 그만큼 자신의 내부를 침투한 사라광마존의 반탄강기가 강하다는 뜻이기 때문이었다.

지금 무림천부(武林天府) 안의 분위기는 상당히 침체되어 있었다. 여러 사람이 모여 있었는데 그중에는 임사우와 뇌운성도 있었다. 그들은 얼굴은 창백하기 그지없어 누가 보더라도 내상에서 아직 치유되지 않았음을 알 수 있었다.

"이제 어떡해야 하죠?"

그녀는 소류연이었다. 소한천의 옆에 앉아 있는 그녀의 안색 역시 그리 좋지 않아 보였다. 은의결사대에 소속되었던 그녀는 전투 당시 심한 내공 소모와 부상으로 아직 회복이 완전히 되지 않은 상태였던 것이다.

지금 상황은 절망적이라고 할 수 있었다. 세력은 여전히 강했지만 대표라 할 수 있는 두 사람이 지금 무공을 사용할 수 없는 상태에 있기 때문이었다.

이럴 때 만약 사라광마존이 다시 쳐들어온다면 무림맹은 손쓸 도리가 없었다. 이번 싸움에서 그의 절대적인 무공을 충분히 느낀 그들이었다. 자신들이 모두 덤벼봤자 계란을 바위에 던지는 격이나 마찬가지였다.

소류연의 안타까운 물음에 대답할 수 있는 사람은 아무도 없었다. 그랬기에 분위기는 더욱 침잠될 수밖에 없었다.

비록 대외적으로는 승리에 대한 노고로 사기 진작을 위해 연일 잔치를 베풀고는 있지만 속사정은 이랬던 것이다.

"두 분의 내상이 치료될 때까지 철저히 방어선을 구축하는 것이 어떻겠습니까?"

금단장주 공손혁이 제안한 의견이었다. 하지만 호미란은 힘없이 고개를 저으며 말했다.

"그것이 지금 할 수 있는 최선의 방법이겠지만… 그렇게 장기전으로 가봤자 결국 저희들이 먼저 지칠 것입니다. 저쪽은 계속하여 세력을 모을 것이고 계속 이곳을 공격할 것입니다. 그런데 우리가 그 공격을 받아들이지 않고 방어만을 고집한다면 사기적인 면에서도 문제이지만 세인들의 이목 또한 좋지 않아질 것입니다. 특히 사라광마존은 아마 자신이 직접 이곳을 쳐들어와 방어선을 부수는 공격을 감행할지도 모릅니다. 그는 충분히 그럴 능력이 있습니다. 그리고… 만약 그자가 혼자 이곳으로 잠입하는 사태가 벌어지면… 그때는 막을 자가 없습니다. 그가 그러지 않기를 바라야겠지요."

"……."

그들은 가슴이 답답하게 막히는 것을 느낄 수 있었다. 무림맹이 발촉될 당시에는 모든 것이 잘될 줄 알았던 그들이다. 하지만 사라광마존이라는 거대한 벽 앞에 그들은 어찌할 방도가 없었다.

"사라광마존의 벽이… 이렇게 높았던가? 허허…….."

독패장주 남궁현원이 허탈한 듯 중얼거리자 사람들의 마음은 더욱 가라앉을 수밖에 없었다.

"여러분들께 맹주로서 좋은 모습을 보이지 못하고 있어서 너무나 죄송합니다."

임사우는 자리에서 일어나 그들에게 허리를 숙이며 사죄했다. 하지만 사람들은 그의 예에 고개를 저으며 정색했다.

"아니오. 두 분께서는 너무나 잘해주셨소. 오히려 두 분을 보필하지 못하는 우리가 부족할 따름이지요."

남궁현원의 말에 사람들은 고개를 끄덕이며 쓴웃음을 지을 수밖에 없었다. 그때 호미란이 정색하는 듯한 표정으로 임사우를 꾸짖었다.

"맹주의 직위에 계신 분이 겸손하며 스스럼없이 사과할 줄 아는 자세는 좋지만 지금 상황에서는 오직 자신감에 차 있는 모습만을 보여주셔야 해요. 제 말이 주제 넘었다면 죄송합니다."

"아닙니다, 군사. 군사님의 말 또한 크게 일리가 있습니다."

뇌운성과 임사우는 그녀에게 포권하며 그녀의 충고를 받아들였다. 그들의 모습에 약간의 활기를 되찾은 사람들은 앞으로 어떻게 할지에 대해 좀 더 고민하기 시작했다. 머리를 맞대면 되지 않는 일이 없을 것이라는 막연한 희망 때문이었다.

"진영, 무슨 좋지 않은 일이 있소? 계속 표정이 좋지 않구려. 너무 걱정하지 마시오. 반드시 사라광마존을 퇴치할 수 있을 것이오."

사마진영은 억지로 미소 지으며 고개를 끄덕였지만 마음은 그렇지가 않았다. 너무 갈등되었고 너무 슬펐던 것이다.

지금 뇌운성의 상태는 말 그대로 엉망이었다. 천뢰심공을 무리하게 운용했으며 반뇌신의 상태에서 견딜 수 있는 뇌력 이상의 힘을 써버렸기에 어쩌면 무공을 회복하지 못할지도 몰랐다.

'정말… 그 방법밖에 없을까? 내가 그것을 말한다면… 과연 잘하는 일일까? 이미 모든 것을 떠나 흐름에 맡긴 채 살아가는 사람에게… 단지 무림의 평화라는 잣대 하나만으로 움직이게 한다는 것이.'

"한 사람의 고수라도 절실하게 필요할 때예요. 분명 무림을 생각해 주는 의사(義士)들과 기인들이 아직은 있을 겁니다."

공손아리가 밝은 표정으로 사람들에게 말했다. 그녀가 일부러 그런 표정을 지어 사람들의 기분을 풀어보려는 것임을 아는 그들이었기에 그들은 미소 지으며 고개를 끄덕였다.

"예전에 저의 병을 치료해 주신 분이 있었어요."

호미란의 말에 사람들은 귀를 기울이기 시작했다.

"그분은 세상을 등진 기인이신 것 같은데… 알고 보니 임 맹주님과 막역한 친구 사이시더군요."

"아, 관호!"

"혹시 신비천장을 말하는 것입니까?"

소한천이 묻자 호미란은 고개를 끄덕이며 미소 지었다.

"네, 그분의 무공이 실제로 어느 정도인지는 모르나 그 정도로 강하신 분이라면 분명 우리에게 큰 도움이 될 것입니다."

사마진영은 그녀의 말에 마음이 더 타 들어가는 것 같았다. 아무런 준비 없이 가봤자 결국 그를 설득하는 것은 불가능했다. 그에 대해 알고 가지 않으면 충격이 클 것이고 설득도 되지 않을 것이다.

"하지만 아직도 그분이 옥문관에 살고 계신지는 모르겠군요."

"신비천장이라면 충분히 우리에게 도움이 될 거예요. 꼭 초빙했으면 좋겠군요."

소류연은 활짝 웃으며 그녀의 말에 지지했다. 그녀로서는 예전에 연정을 품었던 사내가 온다는 것에 마다할 일이 없었다.

사마진영은 갑자기 떠오르는 것이 있었다.

'천궁단! 잊고 있었구나!'

천궁단이라면 자신이 충분히 이곳으로 데려올 수 있었다. 자신이 예전 천궁단의 단주인 것은 오직 뇌운성만이 알고 있었지만 군이 숨길 일도 아니었다. 천궁단의 생각이 떠오르니 왠지 그에 대한 이야기도 할 수 있을 것만 같았다.

여태껏 뇌운성이 관영호에 대한 질문을 가끔 할 때마다 이야기하지 않을 정도로 그에 대한 이야기는 하지 않으려 했지만 이제는 해야 할 때인 것 같았다. 자신이 원망과 욕을 들어도 사라광마존을 퇴치할 수만 있다면 충분히 견딜 수 있었다. 사람들은 그를 살인마로 기억하고 있을 테지만 그의 본질은 그렇지 않은 것을 자신이 알고 있었다. 지금의 그가 중요하지 과거의 그가 중요한 것은 아니었다.

"제가 뛰어난 무인 한 사람을 알고 있습니다."

"누구인가요?"

호미란을 비롯해 다른 사람들이 시선이 그녀를 향했다. 그녀는 여인답지 않게 진중했고 말도 많지 않았기에 그녀가 하는 말에는 절로 비중이 있을 수밖에 없었다.

"그전에 이곳에 도움이 될 아주 강한 세력을 알고 있습니다."

"세력?"

"네, 천궁단이라고 아실지 모르겠습니다만……."

"천궁단이라면 옥문관 근처와 관외에서 매우 위명이 높은 세력이 아닌가요? 세외 세력으로 분류하고 있지만 단주도 아직까지 신비에 싸여 있고 그 강함도 신비에 싸여 있는 곳인데……?"

호미란이 의문을 표하자 사마진영은 살짝 미소 지으며 뇌운성을 바라보았다. 그러자 뇌운성이 웃으며 대답했다.

"하하하! 지금은 아니지만 예전의 천궁단주가 바로 진영입니다. 천궁단을 세운 것도 그녀이고."

"넷?!"

"그럴 수가!"

사람들은 의외의 사실에 놀라워했다. 감탄의 눈빛을 보내는 사람들도 있었다. 그녀의 역량이 그 정도일 줄은 몰랐기 때문이다.

사마진영은 이제 진짜 이야기를 해야 할 때가 왔다고 생각하고 마음을 다잡았다.

"천궁단이 온다면 세력 면에서는 큰 우위를 점할 수 있을 것이고 수비에 있어서도 더욱 완벽해져 두 분이 내상을 치료할 때까지 충분히 견딜 수 있을 것입니다."

"그럼 알고 있다는 무인은 누구인가요?"

공손아리가 궁금함을 참지 못하고 그녀에게 물었다. 그녀는 예전에 신비천장이라는 사내, 즉 관호와 같이 사라성에 왔기에 혹시 그를 말하는 것이 아닌가 예상하고 있었다.

"군사님이 말씀하시는 분과 동일인이죠. 하지만 그분은 그냥 단순한 기인이 아닙니다. 그분을 설득하기 위해서는 그분에 대한 것을 아셔야 하고, 그분에 대한 편견을 버리셔야 할 것입니다."

"그분이 대체 어떤 분이길래?"

"그분이 오신다면 분명 사라광마존을 물리칠 수 있을 겁니다. 저만큼 그분의 무공에 대해 잘 아는 사람은 없을 것이니까요. 하지만 그분은… 예전에 혈영천마라고 불리던 사람이었습니다."

"……!"

"혈영천마!?"

"뭐라구요?!"

반응은 그녀의 예상대로였다. 그가 그 옛날 혈영천마라는 이야기에 다들 경악했다. 호미란은 반신반의하는 표정으로 물었다.

"어떻게 그렇게 오래 살아 있을 수… 있는 것이죠?"

"글쎄요. 알 수가 없죠. 그것은 그 자신도 몰라요. 다만 하늘이 주신 오랜 생명력에 감사하며 하늘의 뜻에 살고 있는 분이죠."

"혈영천마라면 그럴 수가 없소! 혈영천마는 무시무시한 살인마였소! 아무 이유 없이 사람을 죽이고 기분이 나쁘다고 수천 명을 죽이는 악마였소! 그런 자가 아직 살아 있다는 말이오? 그리고 설령 그가 혈영천마라고 해도 우리 쪽으로 들어온다면 그것만큼 수치가 있을 수 없을 것이오! 사라광마존이라는 악마를 죽이기 위해 혈영천마라는 악마를 끌어들이는 것은 화를 자초하는 일이외다!"

혈명각주 주검군이 그녀의 말에 크게 반대했다. 그는 정과 사에 대해 상당히 구분 논리가 흑백화된 사람이었기에 혈영천마의 존재를 인정하지 않고 있었다. 몇몇이 그의 의견에 동의하자 사마진영은 고개를 저었다.

"그분이 옛날에는 그랬을지 모르나 지금은 그렇지가 않습니다. 하늘의 뜻에 맞게 사는 분입니다. 사람을 구하는 것에 소극적이지 않을 것입니다. 바로 이 한 가지 예만으로도 확실하지 않나요? 군사님의 천병(天病)을 낫게 해주었습니다. 그리고 모용군영 소저와 뇌 맹주님께서 예전 오패마에게 크게 쫓기실 때에도 도움을 주셨어요. 그리고 임 맹주님과는 서로 그리워하는 절친한 친구이기도 합니다. 그리고 저를 그릇된 욕심의 길에서 올바른 길로 가도록 크게 영향을 주시기도 했습니다. 저는 예전 천궁단을 맡고 있을 당시 중원을 정복하려는 야욕마저 가지고 있는 여자였습니다. 황실에도 자금줄을 대어 세력을 형성시키기까지 했으며 외국의 공주를 납치해 이득을 얻으려고도 했습니다. 물론 사막을 지나는 상인들에게 언제나 통행료를 징수하는 악행도 서슴치 않았습니다. 이건 모두 무림을 정복하려 했던 저 자신의 야욕이었죠. 하지만 그분은 저에게 그만두라는 말을 하지 않았어요. 더 큰 깨달음으로 진정한 길을 보여주셨습니다. 그래서 저는 제가 진정으로 걸어야 할, 그리고 걷고 싶었던 길을 걸어왔고 지금의 여기에 선 것입니다. 다른 분들은 몰라도… 그분은 저에게 인생의 지도자나 마찬가지인 분입니다. 그분은 결코 악인도 아니고 선인도 아닙니다. 다만 하늘의 도리를 다하시는 분입니다."

그녀의 말에 아무도 대답하는 사람은 없었다. 그녀의 말에는 자기에 대한 진솔한 고백이 있었고 혈영천마에 대한 진심 어린 믿음이 담겨져 있었기 때문이다.

어느 누가 자신의 수치스러운 과거를 말하며 남을 감쌀 수 있겠는가. 그것도 여자의 몸으로 자신의 좋지 않은 과거를 스스럼없이 말한 것이다.

뇌운성은 그녀의 태도에 아주 기분이 좋았다. 자신이 선택한 여인은 이렇게 뛰어난 여인이었던 것이다. 미모, 무공, 인격, 능력 등 모든 면에서 아주 뛰어난 여인이었다. 그것이 아니더라도 자신은 혈영천마를 초빙해야 한다는 것에 찬성이었다.

"난 그녀의 의견에 찬성입니다. 혈영천마를 반드시 초빙하고 싶습니다."

"나도 찬성입니다. 나의 친구가 혈영천마라는 사실이 자랑스러울 정

도입니다. 하하하! 반드시 초빙하여 사라광마존을 해치우는 데 도움을
받았으면 합니다."

두 맹주가 동시에 찬성을 했다. 그들의 적극적인 찬성에 다른 사람
들도 고개를 끄덕이며 동의했다.

호미란 역시 웃음을 띠며 고개를 끄덕였다. 사라광마존을 해치우는
것에 도움을 받는 것도 좋았지만 자신의 생명을 살려준 은인을 보고
싶은 것도 있었다. 그리고 왠지 그라면 자신의 남편을 구할 수 있을지
도 모른다는 은근한 기대도 있었다.

무림천부의 회의는 그 외에도 다른 사안들에 대해 계속되고 있었다.

"저곳이에요. 지형이 많이 변한 것 같네요."

사마진영은 약간은 가물가물한 기억을 더듬으며 두 사람에게 말했
다. 그녀와 동행한 사람은 바로 두 맹주 뇌운성과 임사우였다. 사람들
은 처음에 반대가 심했다. 굳이 맹주가 갈 필요가 있는지에 대해 반문
하며 원치 않았던 것이다.

하지만 뇌운성과 임사우는 물론 호미란도 그들을 간곡히 설득하여
간신히 셋만 오기로 했다. 많은 사람들이 가봤자 오히려 이목만 끌지
도 모르기 때문에 세 명으로만 정했으며 선물 같은 것도 그에게는 거
추장스러울 것이라 생각하여 빈손으로 가는 길이었다.

세 사람은 백 장 정도 떨어진 곳에 있는 사막 위의 집을 볼 수가 있
었다. 저곳이 바로 예전 천하를 울리던 혈영천마라는 자가 사는 곳이
었다. 그 위명에 비해 초라한 곳이었으며 집 또한 초라하기 짝이 없었
지만 그들은 전혀 개의치 않았다. 그라면 그럴 것이라 생각되었던 것
이다.

"저곳이 그… 의 집인가……."

임사우는 감회에 젖은 표정으로 집을 바라보았다.

"가죠."

세 사람은 다시 걸었다. 계속 걷자 임사우는 가슴을 울리는 묘한 느낌을 받을 수 있었다. 그것은 사라광마존과 있을 때 느꼈던 그 느낌이었다.

'공명! 그럼 그도 나와 같은 경지였단 말인가?'

임사우는 놀란 표정으로 집을 보고 있었다. 그때 문을 열고 누군가가 나왔다.

세 사람은 곧 관영호의 집에 도착할 수 있었다.

"어머, 당신?"

유아빈이 깜짝 놀란 표정으로 사마진영을 보고 있었다. 너무나 오랜만에 만나는 그녀였다. 사마진영은 그녀가 반가운지 밝은 표정으로 그녀에게 인사했다.

"정말 오랜만이에요, 아빈."

"네, 정말 오랜만이에요. 오빠는 당신이 자신의 길을 떠났다니 뭐니 하던데… 이렇게 다시 보게 될 줄이야. 너무 반가워요. 그리고 도운영이라는 재미있는 사람도 당신을 찾았는데, 혹시 봤어요?"

"네, 봤어요. 저도 정말 반가워요."

두 사람은 새삼 옛날의 감회에 빠지게 되었다. 두 사람이 이런 저런 이야기로 만남을 기뻐하고 있을 때 관영호의 입가에도 작은 미소가 걸려 있었다.

"오랜만이오."

"자네……."

임사우는 그를 어떻게 부를까 하다가 그냥 평소 부르던 대로 하기로 했다. 그것이 그에게도 편하고 자신에게도 편할 것이라 생각했다.

곧 문이 열리며 냉미요와 서문설이 나오자 뇌운성과 임사우는 물론 사마진영까지 놀라고 말았다.

"하하하하! 자네 정말 인기가 많군! 이렇게 아리따운 여인들이 셋씩이나 있다니 말이야!"

"후후, 그런 말 말게. 어서 안으로 들어오시오. 뇌 대협도 들어오시오."

"감사합니다."

뇌운성은 어색했지만 그래도 특유의 유들한 성격으로 밝게 웃으며 그의 요청에 응했다.

세 사람은 그의 집 안으로 들어가 이런 저런 이야기를 나누었다. 그들이 여태껏 어떻게 지냈는지, 임사우가 어떻게 고난을 겪고 지금의 상황에까지 이르렀는지, 뇌운성과 사마진영이 어떻게 지냈는지, 그리고 지금의 무림이 어떻게 되었는지에 대해 이야기하는 데 많은 시간이 지났다.

어느새 밤이 되었고, 저녁 후 그들은 차를 앞에 두고 둘러앉았다.

"그럼 혹시 도용연 소저의 몸은 무림맹에서 가지고 있는가?"

"그렇다네. 어찌 나의 친구였던 그녀를 쉽게 버릴 수 있겠는가. 아직까지 그 상태로 있다네. 그녀의 아버지는 요즘 아예 신경을 끊었어. 보면 울고 생각하면 힘들고 하니 요즘은 덤덤하시지."

"그렇군."

관영호는 차 한 모금을 마시고는 유아빈을 보고 말했다.

"아빈아, 그 환단을 지금 나에게 줄 수 있겠느냐?"

"물론이죠. 대신⋯⋯."

"그때 한 말, 잊지 않았죠?"

"그래, 알았다."

"호호호호! 정말이죠?"

유아빈은 쓴웃음을 짓고 있는 관영호는 못 본 척 뭐가 좋은지 깔깔거리며 웃었다. 그것은 그녀가 관영호에게 결혼하자고 은근히 강요 아닌 강요를 한 일이었다. 관영호는 자꾸 대답을 미루고 있었는데 그 난관을 넘기기 위해 시일 내로 말해 주겠다고 말한 적이 있었다. 그런데 그녀가 그것을 잊지 않고 상기시키는 것이었다.

유아빈은 품에서 작은 낭을 꺼내 그에게 건네었다. 그것은 어떤 노인이 주었던 회천생단이었다.

"이것으로 그녀를 살릴 수 있을 걸세."

"이것이 무엇인가?"

"회천생단이라고 하는 것으로⋯ 우연히 얻은 약인데 죽은 사람도 살릴 수 있는 명단이지. 그녀에게 먹이기만 하면 되네. 혹시 모르니 조금씩 먹여보게. 그렇게 해서 남는 약은 또 다른 목숨이 경각에 다다른 자에게 먹이면 도움이 될 걸세."

"고맙네. 역시 나의 친구일세. 친구의 정을 잊지 않고 계속 생각해 주었군. 고맙네."

임사우는 진심으로 고마워하고 있었다. 자신의 옛 친구였던 도운영을 살릴 방법이 생긴 것이 기뻤으며 그 방법을 찾아준 그가 정말 고마웠던 것이다.

관영호 역시 그녀를 살릴 수 있다는 생각에 기분이 좋았다. 자신의 눈앞에서 자신을 위해 죽었던 고형강의 모습이 잠시 떠올랐지만 곧 지위 버렸다. 살아 있는 자들은 죽은 자들을 대신해 살면 된다. 굳이 얽매여 슬퍼할 필요는 없었다.

'더 이상 친구가 죽어서는 안 될 텐데……'

[모월 모일. 맑음.

친구가 왔다. 임사우. 상당히 오랜만에 본 것같이 생소하면서도 반갑다. 임사우와 뇌운성은 상당히 몸이 좋지 않아 보였다. 두 사람 모두 심한 내상으로 아직 회복이 되지 않은 것이다. 그런 몸으로 여기까지 와준 것에 정말 고맙지만 내가 해줄 수 있는 것은 그들에게 내가 만든 약을 주어 내상을 최대한 빨리 낫게 하는 것뿐이다.

그들은 사라성주, 그러니까 이제는 사라광마존이 된 그와 싸우다가 심한 내상을 입었다고 한다. 전설의 반탄강기. 그런 것을 익힌 자가 그러니 놀라울 따름이다. 반탄강기는 공격자의 공격을 그 배의 위력으로 상대방에게 그 충격을 도로 안겨주는 저주받은 무공이라고도 불린다. 실제로 그 배까지의 위력은 아니지만 상당한 충격을 안겨주지 않을까 생각한다.

임사우는 어떻게 그런 경지에 이르렀을까. 그가 밤에 이야기해 주었는데 사라광마존에게 죽기 직전 살마(殺魔)라는 자에게 구함을 받았단다. 그는 원래 사라광마존의 바로 밑에 있는 수하였는데 자신이 괴형신마의 무공을 익히는 것을 보고 신마천의 마지막 전통 후예임을 알았단다.

괴형신마는 옛날 신마천의 천주였는데 천형을 가지고 있어 불구자였다고 한다. 하지만 무공에 대한 자질만큼은 천부적이라 무공에 미친 듯이 매달렸다고 한다. 그 후 신마천에서 세력 다툼으로 인해 괴형신마는 쫓겨났고 그로 인해 진정한 후예만이 얻을 수 있다는 초대 천주의 내단을 소실해 버렸다고 한다.

괴형신마는 결국 밖에서 무림을 떠돌다 자신을 따르던 한 사람에게 후인을 부탁하고는 죽었는데 그 부탁을 받은 사람의 후인이 바로 살마였단다.

살마는 그를 구하려다 결국 추격자들에게 큰 내상을 입었고 자신의 앞에서 내단을 넘기며 죽었다고 했다. 그리고 그는 그 내단을 먹고 초월경에 들 수 있었으며 몇 달간의 수련 후 무림으로 나왔다고 한다.

그의 잘생긴 얼굴에 큰 상처가 난 것이 안타까웠지만 그만큼 얻은 대가도 있으니 전화위복이라 할 수 있겠다. 얼굴이 그의 인생에 모든 것은 아니지 않은가.

임사우는 조심스럽게 나에게 도움을 달라고 했다. 그는 나의 정체를 알고도 예전처럼 대해주었으며 뇌운성 또한 크게 신경 쓰지 않는 듯했다. 그런 태도에 고맙기는 하지만 도와줄 마음은 없다.

나의 인생은 이제 그런 것에서 벗어나 있지 않은가. 그런 것보다 나는 지금 유유객 그에 대해 내가 어떻게 해야 할지가 더욱 고민이다. 무림의 평화라는 거창한 말은 나에게 무용지물이다. 무림 역시 흐름에 따라 자연스럽게 흘러갈 것이다.

친구의 부탁을 너무 쉽게 저버린 것에 다른 한편으로는 미안하기도 했다. 하지만 난 꼭 그들을 도와주어야 할 필요성을 느끼지 못했다. 내 일이 아닌 것 같아서 그런 것일지도 모른다. 그런 마음도 있기는 했지만 가장 큰 이유는 역시 유유객 때문이 아닐까? 언젠가 그와 내가 다시 만날 날이 올 것이다. 그때 나는 어떻게 해야 할 것인가. 그냥 기다리는 것이 최선일까, 아니면 어떤 결론이라도 내려야 하는 것일까.]

"또 왔어요, 오빠. 거의 한 달 만이네요."

"그렇구나. 이번엔 여러 사람이구나."

"누구죠?"

"후후, 살아돌아왔구나."

"네? 그게 무슨 말이에요?"

"아니, 아무것도 아니란다. 이번엔 이 오빠의 친구가 세 명이나 왔단다."

"세 명이나요? 오빠한테 그렇게 많은 친구가 있었어요?"

그녀가 놀리듯이 말하며 혀를 내밀자 관영호는 실소할 수밖에 없었다. 냉미요와 서문설 또한 옆에서 그녀의 모습에 크게 웃었다.

"호호호호!"

그들이 떠난 지 거의 한 달이었다. 아쉬움을 뒤로하고 떠난 세 사람은 한 달이 지나 다시 돌아온 것이다. 이제는 셋이 아니라 여섯 명이었다. 두 배가 된 만큼 그 바람도 두 배일 것이다. 거절할 수 있을까 하는 의문이 들었지만 모르는 일이었다. 그때 허락할 걸 그랬나 하는 후회도 잠시 했지만 안 하길 잘했다는 생각이 들었다.

그때 사마진영은 천궁단으로 찾아가 그들 모두를 데리고 무림맹으로 갔었다. 관영호는 그때 안타까운 눈빛의 사마진영과 황장경, 그리고 임사우와 뇌운성의 눈빛이 떠올랐다. 그들이 그렇게 바라는 것은 대체 무엇을 위해서일까. 그들도 어쩌면 맹목적으로 방향도 없이 앞으로만 나아가고 있는 것은 아닐까 하는 생각도 드는 그였다.

'하지만 그들은 다르다. 진정 무림을 생각하고 평화를 위해, 모두를 지키기 위해 싸우고 있는 사람들이지.'

자신은 그 당시 저런 목표라는 것 자체가 없었다. 그저 의미없이 살아갔던 것이 그의 젊은 시절이었다.

'얼마나 어리석었던가.'

하지만 슬프거나 하지는 않았다. 그것도 자신의 삶의 일부분이었다. 의도되었든 아니든 간에 자신의 모든 인생에서 중요한 부분을 차지하는 삶이었다. 그리고 지금도 중요했다. 그러나 더 중요한 것은 지금이다.

'지금의 내가 더 중요하다. 지금의 나는 지금 이 순간을 소중히 살아가고 있는 것이다. 이 삶이 어찌 나의 것이 아닐 수 있겠는가.'

그는 마음이 평온해짐을 느꼈다. 자신을 보고 있는 유아빈과 냉미요의 시선을 느끼고는 살짝 웃어주었다.

"왜 그래요, 오빠? 그나저나⋯ 왜 아직도 이야기 안 해줘요? 그때 대답해 준다고 했잖아요!"

유아빈은 그의 팔을 꼬집으며 소리쳤다. 결혼에 대한 이야기를 다시 꺼낸 것이다.

"하하하, 조금만 더 기다려다오. 내가 언제 안 한다고 했느냐."

"⋯오빠!"

유아빈은 그의 간접적인 대답에 감동을 받은 듯 눈망울이 일렁였다. 너무 좋았는지 울먹이는 그녀였다.

"저기 사람이 오는구나."

그는 그녀의 머리를 가볍게 쓰다듬으며 정면으로 시선을 돌렸다. 뇌운성, 임사우, 그리고 사마진영과 호미란도 있었다. 그리고 놀라운 것은 자신의 친구도 있었다. 대장장이 친구가 이곳에 왔고 더욱 놀라운 것은 도용연이 있다는 것이었다. 이미 보았지만 이렇게 가까이서 보니 그는 감회가 새로웠다.

"예끼! 친구가 왔는데 자네는 대체 누굴 보는 거야?"

흰 염소수염이 독특한 그는 삼십대 초반의 모습이었지만 말투는 마치 노인과 같았다. 그는 오랜만에 본 친구가 반가웠는지 입가에 함박 미소를 머금고 있었다.

"살아 돌아와 줘서… 너무나 다행이오."

그의 말에 도용연의 눈에서 눈물이 흐르기 시작했다. 그러다 갑자기 그녀는 몸을 굽히더니 그에게 큰절을 했다.

"당신은 생명의 은인이에요. 너무나… 고마워요. 흐흐흑!"

그녀는 감정이 복받쳐 소리 내어 울기 시작했다. 사마진영은 그녀의 몸을 일으키며 달랬다. 그녀와 함께 생사를 같이했던 우영의 죽음에 대한 서러움, 그리고 살아난 것에 대한 미안함, 그리고 살아난 것에 대한 기쁨, 그리고 살려준 것에 대한 고마움이 그녀의 눈물에 섞여 있었다.

"오빠."

"왜 그러느냐?"

"가요."

"어딜?"

"그곳에 갔다 오세요. 난 여길 지키고 있을 테니까요."

"……."

그녀의 말뜻을 알아들은 그는 아무 말 없이 미소를 지었다.

"진짜 중요한 것이 무엇인지… 오빠는 알잖아요."

"맞다, 아빈아. 진짜 중요한 것이 무엇인지 나는 알고 있지."

"그럼 그렇게 하면 돼요. 이것저것 생각할 필요 없잖아요."

"맞구나."

관영호는 고개를 끄덕였다. 그녀의 말이 맞았다.

"어머? 아빈이 이렇게 멋진 말을 하다니, 난 무슨 말인지 모르겠는 걸?"

냉미요가 놀랍다는 듯 그녀를 보고 말하자 유아빈은 눈을 흘기며 쏘아댔다.

"흥, 언니도 느꼈으면서. 전에 나한테 말했잖아요, 진짜 중요한 것이 무엇인지. 그것이 오빠에게도 마찬가지일 뿐이에요."

"호호호! 우리 아빈, 똑똑하네?"

"이게 정말?!"

"어머머!"

"모두 올라들 오시오. 앉아서 이곳까지 온 노독을 풀어야 하지 않소."

관영호는 밝게 미소 지으며 여섯 사람에게 올라오기를 청했다. 아직은 한낮이었다.

◆제8장 ◆ 모든 것을 받아들일 수 있는 마음[天道]

[모월 모일. 맑음.

한동안 일기를 쓰지 않을 것 같다. 이번에 무림맹으로 갈 때는 일기장을 들고 가지 않을 것이기 때문이다. 얼마나 걸릴지 모르겠다. 하지만 막상 가려고 마음먹은 후에는 빨리 돌아오고 싶은 마음이 들고 있다. 이런 것이 사람의 마음일까.

모두들 자고 있는 새벽이다. 아니, 나의 대장간 친구만이 자지 않고 나의 옆에서 사막을 구경하고 있다. 대장간에서 물건을 만드는 것이 마치 사막의 흐름과 같은 것 같다고 중얼거린다. 끈질기면서도 지속적이다.

사막은 너무나 다양한 모습을 가지고 있다. 마치 막대기를 보고 누구는 지렁이 같다고 말하고 누구는 뱀 같다고 말하며 누구는 굵은 새끼줄 같다고 말하듯이 사막은 보는 사람에 따라 다른 모습을 보여주고 있었다.

하지만 지렁이라고, 뱀이라고, 굵은 새끼줄이라고 말해도 결국 그 본질은 막대기이듯이 사막도 마찬가지로 그 본질은 사막이다. 그들이 보는 모든 모습이 바로 사막인 것이다.

나의 모습 또한 그렇다. 어떤 사람은 나에게서 슬픔을 느끼고 어떤 자는 나를 사랑한다. 어떤 자는 나에게서 편안함을 느끼며 어떤 자는 살인자의 모습을 본다. 또 어떤 자는 분노를 볼지도 모른다. 하지만 그 모든 모습이 나이다. 나는 나라는 본질은 변하지 않는다. 나는 나일 뿐이다. 나는 변하지 않는다.

사마진영이 무림으로 나오면 나를 싫어하고 저주하는 사람도 있을지도 모른다고 걱정을 해주었다. 그것 때문에 생각이 나 써본 말이다.

정말 중요한 건 지금의 나, 지금의 이 순간이다. 지금 나의 곁에 있는 이들이 중요하다. 이들은 나의 친구들이며 이들은 나를 필요로 하고 있다. 나는 기꺼이 그들의 필요에 응해주어야 한다. 그것이 지금 이 순간이다.

그들은 나를 원하고 있으며 나 역시 그들을 원하고 있다.

무림맹으로 갈 때 서문설과 냉미요를 같이 데려갈 생각이다. 이미 말도 해놓았다. 서문설은 이제 밖으로 나가 자신의 길을 찾을 때가 된 것 같았다. 무림맹에 그녀의 부모님과 집 안 사람들도 와 있었기에 그녀를 부모님에게 보내는 것이 나을 것 같다. 그녀도 이제 돌아갈 곳이 있다는 것이 얼마나 소중한 것임을 알고 있을 것이다. 그만큼 그녀는 성숙해져 있으며 많은 것을 알고 있다.

냉미요는 의외로 아빈이 보내는 것이다. 같이 다녀오라고 한다. 오랜만에 혼자 있을 것이라며 반강제로 그녀를 보냈다. 이유는 잘 모르겠지만 냉미요는 아빈이 예뻐 죽겠다며 난리다.

나의 인생은 앞으로 어떻게 흘러갈까? 이번 싸움 이후 계속 사막에서 평생을 살아갈 것인가, 아니면 또 다른 인생을 살아갈 것인가? 항상 생각하는 것이지만 항상 흘러가는 대로 이 세계에 몸을 맡기련다. 대자연의 흐름, 온몸을 감싸고 도는 이 느낌이여! 나는 아직 깨닫지 못한 것이 너무나 많은 것 같다. 항상 깨달아가며 그것을 실천하고 있는 나를 보면 나뿐만 아니라 모든 사람은 항상 완벽을 향해 나아가는 불완전한 존재인 것 같다. 그렇기에 사람은 무한히 발전할 수 있는 것이기도 하지만.

친구가 봉분에 대해 묻는다. 나는 모두 이야기해 주었다. 간도민에 대해서도, 그는 나의 이야기를 모두 들으며 때론 분노하고 때론 통쾌해했고 마지막에는 나처럼 슬퍼했다.

사람과 사람이 감정을 공유할 수 있다는 것에 너무나 감사한다. 공유할 수 있기에 친구이며 연인이지 않겠는가. 마음의 공유가 있기에 우리는 진정한 사람이며 인생은 참다워진다. 마음의 공유가 없다면 어떻게 될까. 얼마나 슬플까. 얼마나 외로울까.

유유객은? 그때는 나와 마음을 공유했을 것이다. 그리고 그 이후에는? 아니, 그러지 못했다. 지금까지 줄곧. 아마 죽지 않는 몸이면 언제나 그렇게 홀로 살아가며 공유하지 못한 채. 그 생각에 미치자 난 안타까운 마음이 들었다.

유유객은 나의 친구였다. 그리고 지금도 나의 친구이다. 우리는 마음의 공유를 했었다. 그리고 그는 분명 지금 다시 그 공유함을 원하고 있을 것이다. 이번에 다시 만난다면 다시 그때처럼 우리 서로 마음을 나누자고 말하겠다. 우리는 친구니까.

달빛이 아름답다. 달빛은 사막의 모래를 비단처럼 감싸 안으며 나의 마음을 덮고 있는 것 같다. 잠 못 이루는 밤이다.]

지금 무림맹의 상황은 그다지 좋지 않았다. 사라광마존은 짧은 기간

내에 다시 엄청난 세력을 형성시켰고, 무림맹을 공격하기 시작했던 것
이다.

더구나 무림맹의 독주를 원치 않는 자들은 자진하여 사라광마존의
밑으로 들어가 그들을 치는 데 일조하고 있었다.

무림맹은 그들의 공격에 대항하지 않고 오직 방어만을 고수하고 있
었다. 무림맹도들은 그들을 쳐부수자고 항의했지만 상부 측에서는 오
직 방어만을 고수하라는 명령만 나올 뿐이었다.

이에 무림맹도들의 불만이 조금씩 퍼져 가고 있었고, 종내에는 사기
마저 저하되는 상황까지 온 것이다.

그때쯤 뇌운성과 임사우의 내상이 완전히 다 나았다. 하지만 두 사
람은 여전히 내상을 핑계로 밖으로 나오지 않고 있었다. 그때 두 사람
은 관영호를 데려오기 위해 옥문관으로 가 있었던 것이다.

간부들은 두 사람이 빨리 돌아오길 학수고대하고 있었다. 만약 이런
상태로 가다 내분이라도 일어난다든지, 아니면 사라광마존이 직접 앞
으로 나선다든지 하는 상황이 온다면 무림맹은 거대한 세력을 가지고
있음에도 무너질 수밖에 없기 때문이었다.

그가 무림맹에 왔다는 것은 대부분 몰랐다. 우선 그가 왔다는 것을
아는 자는 몇 있었지만 그가 혈영천마라는 사실을 아는 자는 극소수였
다. 알려져 봤자 이득될 것은 없기 때문이었다.

관영호 역시 그에 대해 별다른 마음이 없는 듯 아무런 말도 하지 않
았다. 오히려 많이 알려지면 그도 피곤할 뿐이었다. 차라리 잘된 일이
었다.

하지만 그가 혈영천마임을 알고 있는 자들 중에서는 그를 대단히 비

판하는 자도 있었다. 그가 살인자라며 관영호의 면전에서 소리치는 자도 있었다.

그를 욕하는 자도 있었지만 관영호의 표정은 시종일관 담담했다. 그런 일로 마음 상하거나 흔들릴 그가 아니었던 것이다. 만약 그랬다면 지금의 그가 있기나 했을까. 지금의 자신은 결코 남에게 부끄러운 모습이 아님을 아는 그였기에 두려워하거나 피할 필요가 없었다.

그의 태연한 모습에 백매화는 뻔뻔한 자라며 비난했고 자중남은 침을 뱉었다. 오대세가주 중에서 주검군과 당세기도 그를 반기지 않았다.

하지만 도현악은 딸을 회생시켜 준 장본인이나 다름없는 관영호를 매우 고마워하며 반겨주었다. 예전에 본 적도 있었기에 더욱 반기고 있었다.

그것은 호미란도 마찬가지였다. 도용연은 회생시키고 남은 회천생단으로 그녀의 남편인 군역호를 살릴 수 있었기 때문이다. 이로써 두 내외는 관영호에게 똑같이 생명을 구함받은 셈이 된 것이었다. 그랬기에 더욱 그랬을까? 두 사람은 관영호를 부모 모시듯 극진히 대접했다.

임사우는 친구처럼 스스럼없이 지냈으며 뇌운성 역시 사마진영과 함께 잘 지내는 편이었다. 더구나 천수환도 궁상의 할아버지인 자가 관영호와 친구였기에 궁상과 그의 자식들인 궁대현, 궁소현 남매 또한 그와 잘 지내고 있었다.

그렇게 본다면 그를 배척하는 사람은 그리 많지 않았다고 해도 좋았다. 하지만 그것은 그의 존재를 극소수만이 알고 있었기에 그런 것일지도 몰랐다. 만약 바깥으로 알려진다면 그 파장은 엄청나게 클 것이 분명했다.

이 사실을 알고 있는 극소수의 그들은 관영호에 대한 소문이 밖으로 퍼져 나가지 않도록 신경 썼지만 사람의 입과 눈이라는 것이 그렇게 쉽게 단속되지 않는 것이 인간의 일이기도 했다. 결국 관영호가 온 지 일주일이 지나자 그들이 우려하던 일이 터지게 되었다.

"죽지 않는 노괴물을 이곳으로 끌여들였다는 것은 무림맹의 수치요!"

"그는 살인자요! 나의 선조가 그에 의해 죽었으니 그와 나는 불구대천지원수라 할 수 있소! 그를 지금 심판하시오!"

"이마제마의 책략은 매우 뛰어나나 결국 그것이 우리를 파멸의 길로 몰아넣을 것이오! 당장 그를 쫓아내시오! 그는 무림맹을 위험하게 할 것이외다!"

"그를 죽여라!"

"그를 쫓아내라!"

"그가 진짜 혈영천마라면 어서 사라광마존에게로 보내 버려라! 같이 죽여줄 테다! 무림맹의 이름으로!"

순식간에 무림천부 앞에는 백여 명 이상의 사람들이 모여 있었다. 관영호가 혈영천마이고 사라광마존을 상대하기 위해 간부 측에서 그를 불렀다는 소문이 어느새 무림맹 전체에 퍼져 버렸으며 이에 분개한 무림맹도들은 대표를 뽑아 반대하는 시위를 벌이고 있었다.

그들의 기세는 살기등등했다. 마치 그를 쫓아내거나 죽이지 않는다면 당장 뒤집어버릴 듯 맹렬한 분위기였다.

"그를 내치시오! 그렇지 않으면 무림맹은 그 수치스런 이름으로 천년을 흐를 것이오!"

"오호통재로다! 무림맹이 세워진 지 얼마나 흘렀다고 벌써 마의 무리와 결탁한다는 것인가! 정과 사에 대한 개념이 없는 애송이들이 맹주가 되었으니 이런 일이 벌어지는 것이 아닌가!"

"그를 내치지 않는다면 우리가 나갈 것이오! 그러면 무림맹은 절로 해체될 것이오!"

그들의 기세는 너무나 확고했다. 타협이나 설득의 틈이란 보이지 않았다. 만약 이대로 나갔다가는 정말 무림맹은 크게 흔들릴 수밖에 없을 듯했다.

"휴, 한 치 앞을 바라보지 못하고 어리석은 과거에만 집착하고 겉모습에만 치중하다니… 무림의 평화를 위해 몸바치겠다는 맹세가 언젯적 일이던가."

호미란은 속이 타 들어가는 심정으로 밖의 시위 소리를 들을 수밖에 없었다. 진실을 보지 못하는 것은 어쩔 수 없는 일이기도 했다. 모두가 같을 수는 없는 노릇이었다. 하지만 진실을 보지 못하는 자들이 너무나 많았다. 그리고 그 결과는 지금 이렇게 나오고 있는 것이었다.

"어떡하면 되는 거죠? 겨우 데려온 것인데……."

소류연은 안절부절못하고 있었다. 이대로 놔두었다가는 무림맹의 사기가 땅에 떨어지고 이를 틈타 사라성이 쳐들어올지도 모른다. 그렇다고 사라광마존을 상대하기 위해 불러온 고수를 내친다는 것은 또한 말이 되질 않았다.

"모르겠어, 대체 어떻게 해야 할지. 사람의 인식을 바꾸기란 너무나 힘들구나."

호사란 또한 안타까운 심정으로 밖을 바라보고 있었다.

안에는 수뇌부의 사람들이 모여 있었는데 관영호에 대해 호의적인 자들은 모두 안타까운 심정을 금치 못하고 있었다. 이러지도 못하고 저러지도 못하는 상황이었던 것이다.

"관 대협!"

"아!"

그때 몇몇이 동쪽 창 쪽에 어느새 관영호와 냉미요가 서 있는 것을 발견하고는 깜짝 놀랐다. 그가 직접 이곳에 올 줄은 몰랐던 것이다.

"내가 나가겠소. 하지만 그것은 내일이오."

"관 공자!"

"관 대협!"

사람들은 안타까움과 미안한 표정으로 그를 볼 수밖에 없었다. 그들로서는 이보다 더 부끄러운 일이 없었다. 무림을 떠난 사람을 두 번의 간청으로 간신히 데려왔다. 그런데 사람들에게 알려지자 사람들은 과거의 모습만으로 그를 판단하며 그를 내쫓으려 한다. 그러나 자신들은 그에 반대할 수가 없었다. 반대하면 모든 것이 와해될지도 모르는 일이었다. 그랬기에 더욱 부끄러울 수밖에 없었다.

관영호는 가볍게 미소 짓고는 말했다.

"후후, 괜찮소. 어차피… 이곳에 오래 머물 생각은 없었소. 냉 소저와 이곳으로 오면서 이런 저런 구경을 한 것으로 충분하니까. 그리고 어차피 사라광마존과 대결하기 위해서는 이곳을 나가야 할 것이니 신경 쓸 필요 없소."

"……."

"나는 내일 나갈 것이라고 말을 전해주시오. 그래야 사람들의 마음이 안정되지 않겠소. 한 집단이 안정을 되찾을 수 있을 때 모든 것을 이루기 위한 시작을 할 수가 있소."

"네, 알겠습니다."

호미란은 어쩔 수 없이 그의 말에 대답할 수밖에 없었다. 그가 원하고 있었고 자신들도 어쩔 수 없는 상황이었기에 오히려 그의 자발적인 태도가 고마울 따름이었다.

"나는 내일 나가서 사라광마존을 유인할 것이오. 나는 그를 무림맹에서 남쪽으로 십 리 정도 떨어진 곳에 있는 함마산(檻馬山)으로 데려가 처치할 생각이오. 그 틈을 타서 무림맹은 사라성의 잔당들을 모두 처치하면 될 것이오."

관영호는 이렇게 대답하고는 그들의 대답을 기다리지 않고 몸을 돌려 냉미요와 함께 창문 밖으로 날아가 버렸다.

"친구, 괜찮겠는가? 사라광마존의 공명이 자네의 공명보다 더욱 강하거늘……."

임사우가 관영호에게 공명으로 인한 느낌을 의성전어로 전하자 관영호는 그에게 대답했다.

"괜찮네, 이길 수 있으니. 무림맹이 승리를 하는 것에 최선을 다해주게."

"고맙네. 그리고 미안하네, 친구."

"잘 있게나, 나의 친구."

두 사람의 대화는 이것이 마지막이었다

"우우우!"

"혈세의 악마다!"

"늙어도 죽지 않는 저 노괴를 죽여라!"

"우우!"

사람들은 무림맹의 활짝 열려진 정문을 향해 걸어가는 관영호와 냉미요를 가만히 바라보지 않았다. 욕을 하며 저주를 퍼부었다. 달걀을 던지는 자도 있었으며 신발과 돌을 던지는 자도 있었다. 어떤 자는 무기를 던져 자신의 살기를 내비치기도 했다. 다만 혈영천마라는 무시무시한 이름 때문에 쉽게 덤비지를 못할 뿐이었다.

그러나 무리 지어 있으면 용감해지는 것이 사람의 심리던가. 그를 향해 내던진 것들은 관영호와 냉미요의 온몸에 맞고 있었다.

달걀의 흔적, 그리고 뒷간에 푹 담갔다 뺐는지 오물이 묻은 신발에 얼굴이 맞기도 했다. 냉미요 역시 관영호와 마찬가지였는데 그녀는 표정 하나 변하지 않고 시종일관 아름다운 미소를 짓고 있었다.

"요녀다!"

"혈영천마를 따르는 요녀도 죽어라!"

사람들의 이유 모를 원한과 원성은 그것을 지켜보는 임사우와 뇌운성 등에게도 두려움을 줄 정도였다. 하지만 이번 일로 인해 두 사람은 군중 심리를 더욱 잘 알게 된 계기가 될 것이고 이는 그들이 무림맹을 더욱 잘 이끌어갈 수 있게 되는 초석이 될 것이다.

"미안하오, 냉 소저."

관영호는 쓴웃음을 지으며 냉미요에게 사과했다. 하지만 냉미요는 고개를 저으며 웃을 뿐이었다.

"괜찮아요. 후훗, 낭군과 하나가 되는 듯한 이 느낌도 너무 좋은걸요. 행복해요."

"……."

그녀의 농담 섞인 대답에 관영호는 그녀에 대한 미안함이 조금 가벼

워짐을 느낄 수 있었다.

"고맙소."

두 사람은 곧 성 밖으로 나올 수 있었다. 이제 조금만 더 가면 사라 성의 무사들이 진을 치고 무림맹을 노려보고 있을 것이다. 그리고 그 속에서 관영호는 강력한 공명을 느낄 수 있었다.

사라광마존.

'반탄강기, 극한의 반탄, 그리고 그것은 보라색. 만약 마가령무가 한 말이 맞다면 그가 바로 혈세의 주인공이 될 수 있는 것이고, 그가 무제 서의 마지막 편을 가지고 있을지도 모르겠군.'

그는 이런 생각을 하며 계속 걸어갔다. 그러다 냉미요에 대한 생각 이 곧 미치게 되었다.

"냉 소저."

"네?"

"당신은 먼저 함마산 근처의 마을에서 기다리시오. 그의 무공은 예 상보다 상당하기에 위험할 수도 있소."

"어머, 제가 옆에 있으면 안 되나요?"

"안 되오."

관영호의 단호한 대답에 냉미요는 어쩔 수 없이 고개를 끄덕였다.

"그럼 근처의 객잔에 있을게요. 꼭 찾으러 오셔야 돼요? 빠른 시간 내에. 알았죠, 낭군?"

"알겠소."

관영호는 고개를 끄덕였다. 그런 그를 보던 냉미요는 갑자기 매혹스 런 미소를 짓더니 그의 입술을 훔치는 것이 아닌가. 서로 얼굴에 오물 이 조금씩 묻어 있어 좋지 않은 냄새가 났지만 그녀는 그런 것에 개의

치 않았다.

"호호호, 그럼 먼저 가볼게요."

그녀는 기분 좋게 웃으며 남쪽으로 방향을 틀어 사라졌다.

"…향기롭군."

그 말은 진심이었다. 관영호는 쓴웃음을 지으며 그녀가 사라진 방향을 잠시 바라보다 다시 고개를 돌렸다. 그가 다가오고 있는 것이 느껴졌기 때문이다. 조금 멀리서 느껴지던 그 느낌은 어느새 그의 근처까지 빠르게 다가왔다.

'상당한 빠르기군.'

"크크크! 넌 누구냐?"

관영호의 십 장 앞에 나타난 사라광마존은 무시무시한 기운을 뿜어내고 있었다. 마치 내재되어 있던 그의 광기가 모두 폭발하고 있는 듯한 느낌이었다. 두 달 전 현해평에서의 전투 당시보다 더욱 강해진 것 같았다. 그의 무공은 시간이 지날수록 무서울 정도로 일취월장하고 있었던 것이다.

"당신을 죽이러 왔소."

"으하하하하! 큭큭큭!"

그의 말에 사라광마존은 미친 듯이 웃었다. 그의 밑도 끝도 없는 그 자신감이 너무 가소로워 보였기 때문일까. 하지만 관영호의 표정은 시종일관 평온했다.

"마음에서 그 기운이 주체하지 못할 정도로 휘몰아치는 자는 결코 강해질 수 없지. 당신은 그것을 알아야 하오. 당신이 왜 그렇게 되었는지 자각하지 못한다면 당신의 끝은 파멸일 수밖에 없소."

관영호는 담담히 그에게 충고했다. 사라광마존은 그의 말에 눈썹을 꿈틀거리며 그를 노려보았지만 아무 말도 하지 않았다. 그의 심상치 않은 태평함에 이상함을 느꼈기 때문이다.

"호호호, 뭔가 믿는 것이 있나 보지?"

"나와 함께 함마산으로 갔으면 하오."

"크크크! 함정인가? 너무 바보 같군."

"그런 것 없소. 단지 나와 대결을 하면 되는 것이오."

관영호는 그렇게 말하고는 신형을 돌려 남향으로 날아갔다. 마치 그가 따라올 것임을 확신하는 듯한 행동이라 사라광마존은 순간 눈에서 불이 솟았지만 이내 차가운 미소를 지으며 말했다.

"죽여주지. 큭큭큭."

그의 신형은 관영호의 뒤를 따라 날아갔다.

두 사람은 함마산의 정상에 와 있었다. 서로 마주 보고 있는 둘은 마치 천하의 운명을 놓고 대결을 하려는 듯 비장해 보이기까지 했다.

"너는 누구지? 크크크, 왠지 심한 거부감까지 드는군. 이유는 없지만 널 죽이고 싶다. 크크크크!"

"난 시간을 끌 작정이오."

"시간?"

"당신을 여기 묶어둠으로써 무림맹은 그대의 세력을 공격할 것이오. 아마 얼마 있지 않으면 총공격을 시작할지도."

"뭐? 으하하하하!!"

그는 어이없다는 표정으로 관영호를 보더니 미친 듯이 웃기 시작했다. 그의 말이 사라광마존에게는 너무나 웃기게 들렸기 때문이다.

"크크크크! 완전 미쳤군! 네가 날 얼마나 가둘 수 있다고 생각하느냐! 으하하하! 기껏해야 촌각일 것이다!"

그의 전신에서 엄청난 기운이 폭사하기 시작했다. 함마산의 정상이 흔들릴 정도로 그의 기운은 거대했다. 자색 기운이 은은히 섞인 그의 기운은 서서히 강기로 변하고 있었다.

"당신은 오늘 여기서 죽어야 하오."

"크크크크! 어디 죽여봐라!"

관영호는 힘을 최대한으로 끌어올렸다. 시간을 끈다고 말했지만 시간을 끌 필요가 없었다. 그만 죽어준다면 모든 것은 일사천리로 풀리기 때문이었다.

쿠쿠쿠쿵!

땅의 울림은 곧 정상의 흔들림으로까지 이어졌다. 관영호의 전신에서는 붉은 빛이 은은히 반짝이고 있었으며 그의 손에서는 주변의 공기를 태워 버릴 듯 엄청난 기운이 모이고 있었다.

"크으으윽!"

사라광마존은 자신의 전신을 조이는 가공할 기운에 내공의 운용이 끊길 뻔하였다. 그 정도로 관영호의 힘은 압도적이었다.

"넌 대체 누구냐?"

"관영호."

"관영호?"

"간다!"

그의 손에서 무한역도구가 생성되더니 이내 사라광마존을 향해 날아갔다. 모든 것을 부수어 버릴 듯한 절대적인 위력. 그것은 곧 사라광마존의 반탄강기와 부딪쳤고, 반탄강기는 곧 깨져 버렸다.

"크윽!"

사라광마존은 전신을 울리는 가공할 힘에 입에서 피를 토하고 말았다. 관영호 역시 엄청난 반탄력에 내상을 입고 말았지만 그에게 그런 것은 아무것도 아니었다.

관영호의 손에서 곧 엄청난 무한역도구가 생성되기 시작하더니 이내 그것들은 합쳐져 도의 형태를 띠었다.

"......!"

관영호는 제어하기 힘든 힘의 충돌을 간신히 막으며 사라광마존을 향해 도를 날렸다. 사라광마존은 그 도를 보고 본능적으로 위기를 느끼며 그의 최후 무공인 십층벽사옥룡반탄강기를 시전했다.

콰아아앙!

도와 강기가 부딪치자 엄청난 굉음이 울리며 산 정상을 뒤흔들기 시작했다. 두 거대한 힘의 충돌은 주변의 지형을 점차 부수고 있었다.

"크아아아아!!"

사라광마존은 자신의 전신을 짜릿하게 하는 가공할 기운에 대항하기 위해 미친 듯이 소리치고 있었다. 관영호 역시 이제껏 느껴보지 못한 엄청난 반탄력에 피를 쏟고 있었지만 그는 이보다 더 심한 고통도 느껴본 사람이었다. 사람의 힘이 어찌 대자연의 힘보다 강할 수가 있으랴. 그는 용권풍에 맞서면서 더욱 강해져 있었다.

"하아앗!!"

그의 힘이 더욱 증가되었다. 곧 무한역도구의 집합체인 도는 십층으로 되어 있는 미증유의 반탄강기를 순식간에 부수었고 그것은 그 기세 그대로 날아가 사라광마존의 전신에 적중했다. 마치 그의 몸으로 흡수되어 버리듯 사라광마존의 몸 안으로 들어간 도는 그에게 엄청난 고통을 안겨주었다.

"끄아아아아아!!"

그의 고통에 겨운 비명은 최후의 발악과 같았다. 온몸에 경련을 일으키고 있었고 두 눈은 째져 피가 흐르고 있었다. 그리고 입은 한껏 벌어져 고통이 얼마나 지독한지를 여실히 보여주고 있었다.

"크으으."

몸 안으로 들어간 무한역도구로 인해 사라광마존의 전신에서 빛나던 붉은빛이 사그라들자 그는 짧은 신음성을 끝으로 뒤로 쓰러져 버렸다. 관영호는 그가 죽었음을 느끼고는 입가에 흐르는 피를 소매로 훔쳤다. 이상하게 허무한 느낌이 들었지만 그는 이내 그 감정을 지워 버렸다.

천하를 호령했던 마옹치고는 너무나 허무한 죽음이었지만 상대는 그보다 너무나 강했기에 당연한 일일지도 몰랐다. 꿈쩍도 하지 않는 그의 몸과 금세 창백하게 변해 있는 그의 얼굴이 그가 정말로 죽었음을 대변해 주고 있었다.

"……."

관영호는 한동안 아무 말 없이 그의 시체를 보고 있었다. 일각 정도를 그렇게 있었을까. 그는 몸을 돌려 산 아래로 내려가기 시작했다. 시체는 무림맹에서 알아서 할 것이다.

"오빠……."

"……!"

관영호는 그 익숙한 여인의 목소리에 자신도 모르게 신형을 뒤로 돌렸다.

"아빈! 유유… 객!"

그의 두 눈은 너무 놀라 크게 떠져 있었다. 설마 이렇게 그를 보게 될 줄은 전혀 생각도 못했기 때문이다. 그리고 설마 그가 유아빈의 목에 비도를 들이대고 있을 줄은 생각지도 못했다. 너무나 의외의 상황이었기에 그는 놀랄 수밖에 없었다.

"후후후, 어떤가? 이렇게 봐서."

"조금 놀랍군."

그의 표정은 이내 원래대로 돌아와 있었지만 마음은 혼란스러워 어찌할 바를 모르고 있었다. 유유객이 이렇게 나올 줄은 정말 상상도 하지 못했기 때문이다.

"오빠, 죄송해요."

그녀의 눈에 눈물이 조금 비춰지고 있었다. 그녀의 모습에 마음이 아픈 관영호였지만 방법이 없었다. 만약 그가 정말 그녀를 죽이겠다고 마음먹는다면 자신은 아무것도 할 수 없었다. 자신은 그의 상대가 될 수 없었다. 그리고 친구를 상대할 마음도 없었다.

"꼭 이렇게 해야 하나?"

그의 쓸쓸한 물음이 함마산 정상을 맴돌았다. 유유객은—관영호가 보기엔—잠시 흔들리는 눈빛이었지만 이내 원래의 싸늘하면서도 냉소적인 눈빛으로 돌아와 담담히 그에게 대답했다.

"자네가 나를 타락시켰네."

그가 어떤 마음으로 그런 말을 하는지 이해할 수 있었다. 만약 자신이 그를 친구로 여기지 않고 그를 죽이려고 들었으면 오히려 유유객은 편했을지도 모른다. 하지만 자신은 정말 유유객을 공격할 마음이 없었다. 그래서 치졸하지만 저런 방법을 쓰고 있는 것일지도 몰랐다.

"자네 스스로 그렇게 된 것이야."

"아직도 나를 죽일 생각이 없나?"

"……"

그의 대답이 없자 유유객은 싸늘하게 웃으며 비도를 잡은 손을 더욱 움켜쥐며 말했다.

"이 여자를 죽일지도 모르는데?"

"꼭… 이렇게 해야 하나?"

"오빠, 내 걱정은 하지 않아도 돼요! 오빠가 옳다는 생각대로, 하고 싶은 대로 하면 되는 거예요!"

"후후, 아가씨의 말이 참으로 감동적이군."

유유객은 그렇게 말하며 그녀의 아혈을 짚어버렸다. 말을 하지 못하게 된 그녀는 눈물을 흘리기 시작했다. 자신의 눈물은 관영호에게 보여줄 수 있는 자신의 진심이었다.

"저기서 오고 있군."

유유객은 그렇게 말하더니 나머지 한 손을 죽어 있는 사라광마존을 향해 내밀었다. 그러자 사라광마존의 몸이 조금씩 움찔움찔거리더니 이내 그의 얼굴이 무언가에 잡아뜯기듯 찢어지기 시작했다. 그 끔찍한 광경에 관영호는 잠시 눈살을 찌푸릴 수밖에 없었다.

찌지직!

본능을 자극하는 섬뜩한 소리와 함께 사라광마존의 얼굴 가죽이 완전히 찢어지며 사라광마존의 흉측한 표피 아래의 얼굴이 드러났다.

"큭큭큭, 인피면구만큼 완벽한 변장도 없지."

그는 손을 관영호를 향해 내밀었다. 그러자 굳어버린 피가 덕지덕지 붙어 있는 인피면구는 관영호의 바로 앞으로 날아가 그의 가슴께에서 멈추었다.

"그걸 쓰게. 거부하면 정말 이 여자를 죽이지. 아주 잔인하게."

관영호는 그의 말에 어쩔 수 없이 인피면구를 집어 들었다. 미끈한 감촉과 비릿한 냄새. 그가 이런 것에 거부감을 느끼는 비위는 아니었지만 이상하게도 지금 이 순간은 역겨운 느낌이 들었다. 그는 천천히 인피면구를 얼굴에 덮어 썼다.

그때쯤 그도 멀리서 두 사람이 이곳으로 오고 있는 것을 느낄 수 있었다. 기운으로 보아 임사우와 뇌운성이었다.

"곧 이 시대의 새로운 두 명의 영웅이 온다네. 그 둘을 죽이면 이 여자를 놓아주겠지만 그렇지 못하면… 난 이 여인을 내가 할 수 있는 모든 고통을 주어 죽이겠네. 그들을 마지못해 죽인다면… 그때쯤엔 날 죽일 생각이 들지 않을까? 사람은 죽이는 것에 금방 익숙해지거든."

"……"

관영호의 눈빛은 유유객을 향해 있었는데 전혀 분노한 표정이 아니었다. 자신을 이렇게 농락하고 있으며 자신을 이렇게 힘들게 하고 있었지만 그의 눈에는 유유객을 동정하는 눈빛이었다.

안타까움, 슬픔, 연민…….

그의 눈빛에 유유객은 잠시 표정이 흔들렸지만 이내 비릿하게 웃고는 말했다.

"눈을 감게. 자네의 눈은 사라성주가 아니게 하니까."

그가 눈을 감으라고 했던 것은 정말 그 말 그대로였는지 아니면 그런 눈빛을 보기 싫어 그랬는지는 알 수 없었다.

관영호가 눈을 감자 어색해 보이던 그의 전신에 가라앉은 분위기만 빼면 사라광마존과 똑같아 보였다.

"옷을 벗게. 그리고 사라광마존의 옷을 입게. 큭큭큭."

"…알겠네."

관영호는 사라광마존의 시체로 다가가 그의 옷을 벗겼다. 그리고 자신의 옷을 벗고 그 옷을 입었다. 그리고 자신의 옷을 시체에 입혔다. 그때 그는 자신의 품 안에 어떤 책자가 있음을 느꼈다. 그것이 무제서 마지막 권임을 안 그는 심정이 복잡해지는 것을 느꼈다. 자신이 혈세의 주인공인지 아니면 지금 죽어 있는 사라광마존이 혈세의 주인공인지 혼동스러웠던 것이다. 그는 이내 자리에서 일어나 알아서 머리를 사라광마존처럼 풀어 흩트렸다.

"아빈아, 울지 말거라."

관영호는 따뜻하게 미소 지으며 그녀를 달랬다. 사라광마존의 얼굴이었기에 미청년이 웃는 모습이었지만 유아빈은 그 속에 있는 관영호의 따뜻한 미소가 더욱 그리웠다. 빨리 저 가죽을 벗기고 싶은 마음뿐이었다.

"이제 오는군. 지켜보지."

그와 아빈은 땅으로 꺼져 버린 듯이 사라져 버렸고 열 호흡도 지나지 않아 장소성과 함께 두 사람의 신형이 높이 솟아올랐다.

"우우우!!"

"……"

관영호는 어떻게 해야 할지 아직도 결정하지 못하고 있었다.

두 사람은 곧 장내에 도착했고, 이내 장내의 상황을 파악할 수 있었다. 친구의 얼굴은 처참하게 뜯겨 나가 죽어 있었으며 사라광마존은 무표정으로 눈을 감은 채 자신들을 보고 있었다. 그의 표정이 평소와 다른 것이 이상했지만 장내의 상황은 변하지 않았다.

"네 이놈! 나의 친구를! 용서하지 않겠다, 악마!!"

"사라광마존! 너는 무림에 다시없을 악마로 남아 심판받을 것이다!"

두 사람의 분노에 찬 외침은 관영호의 귀에 또렷이 박히고 있었다.

'이것이 천하의 대마두가 된 기분인가? 후후.'

그렇다고 유유객에 대한 감정이 바뀌는 것은 아니었다.

두 사람은 내공을 최대한으로 끌어올리고 있었다. 덕분에 엄청난 기운이 정상을 뒤흔들며 울렸다. 관영호의 뒤쪽에 있는 절벽에서는 그 흔들림으로 계속 지반이 떨어지고 있었고 그의 왼쪽 멀리 있는 위로 솟은 절벽에서도 바위가 굴러 떨어지고 있었다.

"가랏!!"

"하아아앗!"

두 사람은 자신들이 최대한 쓸 수 있는 무공을 시전하고 있었다. 상대는 관영호와의 싸움이 꽤나 치열했는지 얼굴에는 핏자국투성이였다. 분명 크게 지쳐 있을 것이기에 승리할 자신이 있었다.

관영호는 그들을 속이기 위해서는 방어하는 척이라도 해야 했기에 같이 손을 내밀었다. 그리고 두 사람의 공격을 견디기 위해 전신으로 무한역도구를 엷게 강기처럼 퍼뜨렸다.

"회륜만겁!!"

"천류뇌하섬멸붕!!"

하늘이 노하고 땅이 울었다. 대기가 찢어지는 가공할 공격은 힘없이 장을 내밀던 손을 향해 순식간에 통과해 버렸다. 사방을 가르는 뇌전은 그의 몸 안으로 들어가 버렸고 회전하는 검기들은 차례로 그의 전신을 강타했다.

관영호는 숨 쉬기 힘들 만큼의 고통을 느끼며 입에서 피를 쏟아냈다. 그리고 자신도 모르게 엄청난 비명이 튀어나왔다.

"크아아아!!"

관영호는 두 사람의 가공할 공격에 하염없이 뒤로 날아갔으며 절벽 아래로 떨어지고 말았다.

"……!"

"음!"

두 사람은 그의 시체를 확인해야 했기에 절벽 아래로 몸을 날리려 했다.

"컥!"

"으윽!"

두 사람은 갑자기 전신에서 느껴지는 가공할 충격에 자리에 주저앉아 버리고 말았다. 그리고 그대로 정신을 잃어버렸다.

"큭큭큭! 짜증나는군. 너희들이 확인하기 위해 내려가려 하지만 않았어도 그냥 놔두었을 텐데. 정신을 잃고 일어나면… 너희들은 사라광마존을 죽인 것이고 친구는 방금 본 대로 이미 죽은 것으로 기억할 것이다. 후후후, 물론 이 수법은 효과가 짧지만 상관없지. 기억을 도로 되찾았을 때는 모든 것이 늦어 있을 테니까."

유유객은 손을 휘둘렀다. 그러자 두 사람은 바람에 날리듯 큰 바위 뒤쪽으로 날아가 버렸다.

그리고 절벽 아래를 향해 손을 내밀자 놀랍게도 피로 범벅이 된 관영호가 그의 손아래 나타났다. 떨어지고 있던 그의 몸이 유유객의 능력에 의해 순식간에 산정상으로 이동된 것이다.

어느새 기절시켰는지 유아빈 또한 그의 다른 손아래 나타났고, 그는 그녀를 바위 앞에 뉘었다. 그런 다음 관영호를 바닥에 눕힌 뒤 다시 손을 내밀었다.

"바보 같은. 그런 식으로 해결될 줄 알았나? 크크크, 이제 마지막이다. 이것도 통하지 않는다면 내가 모두 죽여 버리겠다.”

관영호의 몸에서 흰 빛이 반짝이는 순간 관영호의 외상이 순식간에 아물기 시작했으며 창백했던 몸도 다시 원래의 혈색으로 되돌아오기 시작했다. 그의 놀라운 능력은 곧 관영호의 의식마저 되돌아오게 했다.

눈을 뜬 관영호의 눈에 처음 보인 것은 싸늘히 웃고 있는 유유객이었다. 관영호는 그가 자신을 회복시켰음을 느끼고는 쓴웃음을 지을 수밖에 없었다. 상체를 일으킨 그는 머리를 가볍게 흔들고는 유유객에게 말했다.

“두 사람은 어떻게 되었나?”

“자네가 날 죽이지 않겠다면… 내가 자넬 죽이지.”

“……!”

유유객은 자신의 말이 끝나자마자 그의 멱살을 잡고는 관영호를 한껏 위로 치켜들었다.

“자네도 죽이고…….”

퍼억!

유유객의 주먹이 그의 얼굴을 강하게 후려치자 관영호는 타격음과 함께 멀리 날아가 버렸다. 이어 유유객은 그를 향해 장을 시전했다.

퍼펑!

“크흑!”

관영호는 그 자리에서 다시 피를 쏟을 수밖에 없었다.

“저 여자도 죽이고…….”

그의 신형은 어느새 엎드려 있는 관영호의 앞에 있었다. 그대로 발을 들어 그의 등을 짓밟아 버리고는 다시 그의 등을 향해 장을 내밀었다.

“크악!!”

그의 입에서 한 사발이 넘는 피가 쏟아져 바닥이 피로 젖기 시작했다.

"지금 객잔에서 기다리던 여자도 죽이고⋯⋯."

그는 관영호를 사정없이 걷어차 버렸다. 나뭇등걸까지 날아간 그는 그곳에 부딪친 후 땅으로 나뒹굴고 말았다.

"이 중원에 빌어먹을 놈들도 죽여 버리고⋯⋯."

그는 팔을 내밀었다. 그러자 관영호는 빨려오듯이 유유객을 향해 날아왔으며 유유객은 그를 향해 다시 장을 내밀었다.

"컥!"

관영호는 칠공에서 피를 흘리기 시작했다. 매우 심각한 내상을 입은 것이었다. 그의 강인했던 신체는 유유객의 공격 앞에서 무용지물인 듯했다. 그의 몸은 유유객의 주먹질과 장력에 만신창이 되어가고 있었다.

"모두 죽여 버리겠단 말이다!! 으하하하하!!"

그의 광소는 한동안 계속되었다. 그 속에는 풀지 못한 한이 있었으며 자조감이 서려 있었다. 풀리지 않는 무언가에 대한 슬픔이기도 했다.

"으하하하! 모두⋯ 모두 죽일 테다! 으히히⋯ 큭큭큭큭."

그는 이제 땅바닥에 주저앉아 탈진이 될 정도로 웃고 있었다.

"유유⋯ 객⋯⋯."

놀랍게도 관영호는 꿈틀거리면서도 자리에서 일어나려 하고 있었다. 그의 부름에 유유객은 거짓말같이 웃음을 멈추고는 관영호를 노려보았다.

"아직도 죽지 않았나? 큭큭큭."

그는 잔인한 웃음을 지으며 자리에서 일어났다. 그리고 그를 향해 손을 내밀며 말했다.

"후후후후, 자네 오파 멸이 궁금하지? 이제 보여주지. 한 번도 보여주지 않았지만… 이걸로 자네를 죽여 버리겠네."

관영호의 몸이 다시 피를 쏟으며 허리를 앞으로 숙였다. 그리고 어느새 그의 옆에 나타난 유유객은 그의 얼굴에 그의 무릎을 찍어버렸다.

"크흑!"

상체가 살짝 들린 관영호의 얼굴을 향해 유유객은 팔꿈치로 다시 찍어버렸다.

콰앙!

엄청난 타격음과 함께 관영호는 바닥에 처박혀 버렸다. 그는 팔을 휘둘렀고 박혀 있던 관영호는 공중으로 날아오르더니 멀리 날아가 땅으로 나뒹굴었다.

"이제 죽어라."

"……."

관영호는 머리가 멍했다. 자신이 살아 있는지 죽었는지도 모를 정도였고 아픔도 이제는 느껴지지 않을 정도였다. 내가 내가 아닌 것 같았고 모든 것이 아무것도 아닌 것 같았다.

'날 죽여주게. 그게 자네를 위한 길이라면… 친구로서.'

그의 입가에 간신히 웃음이 살짝 걸렸다.

유유객은 그를 향해 손을 내밀었다.

"오파 멸일세. 빛이란 무엇인지 아나? 이곳에도 있고 저곳에도 있지. 언제나 항상 존재하는 영원한 존재일세. 그 성질이 바로 존재성이지. 내가 빛이 된다면… 나라는 존재는 장소에 제약받지 않게 돼. 그게 빛이야."

그가 말해 주는 빛에 대한 의미는 관영호의 귀에 들어오지 않았다. 그저 멍하게 한쪽 무릎을 꿇은 채 고개를 숙이고 있을 뿐이었다.

"오빠! 죽지 마! 죽으면 안 돼요! 제발! 오빠를 사랑하는 난 어떡하라구! 오빠아아!!"

유아빈은 어느새 정신을 차렸는지 울부짖으며 유유객을 향해 달려왔다. 유유객의 내밀어진 팔을 잡은 그녀는 그의 팔을 내리려 온 힘을 다했다.

"으흐흑! 이 악마야! 어서 팔을 내려! 오빠를 죽이지 말란 말야! 이이익!"

그녀는 자신이 매달려도 꿈쩍도 하지 않는 팔을 결국 입으로 깨물고 말았다. 하지만 유유객은 싸늘한 눈빛으로 유아빈을 바라보더니 팔을 거칠게 휘둘렀다.

그러자 그녀는 멀리 날아가 바닥에 나뒹굴고 말았다.

"오빠! 안 돼요! 왜 중요한 것을 항상 잊는 것이죠? 왜 죽으려고 하는 거죠? 왜!! 오빠! 악!!"

유유객이 절규하는 유아빈을 향해 손을 내밀자 그녀는 갑자기 온몸이 감전된 듯 몸을 잠시 부르르 떨다가 의식을 잃어버리고 말았다. 유유객은 다시 팔의 방향을 바꾸어 관영호를 향했다.

"마지막으로 할 말 없나?"

"……."

관영호는 그녀의 말이 가슴에 자꾸 맴돌고 있어 그의 말을 듣지 못했다. 죽지 말라는 말, 진정 중요한 것이 무엇이냐는 외침, 그리고 유아빈을 홀로 놔두는 것에 대한 걱정 등 모든 것이 뒤죽박죽이 되어 그의 머리를 맴돌고 있었다.

'뭐지? 진짜 중요한 것은 뭐지?'

그는 갑자기 백치가 된 느낌이었다. 표정은 멍해져 있었으며 입가에서는 침이 흐르고 있었다. 하지만 그는 그 와중에도 잡힐 듯 말 듯한 그 무언가가 아른거림을 알 수 있었다.

'뭐지? 대체 뭐야?'

—제발 죽지 마!

그는 또다시 그의 마음을 울리는 그녀의 소리를 들을 수 있었다.

'그를 위해 죽는 것이 안 된단 말인가?'

—진짜 중요한 것이 무엇인지…….

'아냐! 난……!'

—죽는 것이 진짜 그 사람을 위한 것인지… 아니면 단지 포기일 뿐인지…….

'정말… 아닐까? 그를 위해 죽는다는 것은 단지 변명인 건가?!'

그 순간 그는 무언가가 머리 속을 가득 채워옴을 느낄 수 있었다. 그것은 환희였다. 살고자 할 때 느낄 수 있는 삶의 욕구였다.

'난 그동안 무얼 보고 무얼 느끼며 살아왔던가. 그 모든 것은 결국 의식의 소산이지 않았던가. 나의 의식에 의해 재조명되고… 나의 의식에 의해 걸러지지 않았던가!'

그는 느낄 수 있었다, 모든 것이 의미없음을. 자신의 깨달았다는 무의조차도 그것은 단지 의식의 산물이었다.

'진정한 무의는 천도에 있다.'

—천도는 무구하리라.

'모든 것을 받아들이는 애초의 그 마음이 진정한 무의였다. 모든 것을 받아들일 수 있는 그 마음이. 생을 위한 의지이자 천도.'

그는 고개를 번쩍 들었다. 그의 눈에는 알 수 없는 무언가로 활활 타오르는 듯했다.

그의 갑작스런 변화에 유유객은 흠칫했다.

"친구, 난 죽지 않을 걸세."

그의 몸 주위로 엄청난 수의 무한역도구가 생성되고 있었다. 그 광경에 두 눈을 크게 뜬 유유객은 비릿하게 웃으며 그를 향해 오파 멸을 시전했다.

"······!"

관영호는 자신의 몸이 폭발하는 듯한 느낌을 받을 수 있었다. 그것은 형언할 수 없는 고통이었다. 만약 평소였으면 그의 전신이 폭발했을 것이다.

'오파 멸··· 이런··· 것이었나?'

"으아아아아아아!!"

관영호는 자신도 모르게 소리를 내질렀다. 살기 위해서였다. 그는 죽는 것을 원치 않았다. 그의 비명은 삶을 위한 것이었다. 그 비명은 그 고통을 견디게 해주었으며 오파 멸의 힘은 곧 그의 내부에서 씻은 듯이 사라져 버리고 말았다.

"······!"

"하아아앗!!"

무한역도구는 그의 기합성과 함께 유유객의 전신을 둘러싸고 있었다. 그가 몸을 피하려는 순간은 이미 늦은 때였다. 무한의 역도구는 그의 전신에 붙어 있었기 때문이다. 아직 몸을 강타하지 않았지만 바로 붙어 있는 것만으로도 유유객은 지극한 고통을 느끼고 있었다. 온몸이 마비되어 버린 느낌.

"크으으으···!"

"······!"

관영호는 질끈 눈을 감았다. 그리고 그의 내밀어진 손은 주먹을 꽉 쥐고 있었다. 그의 손에 따라 무한역도구는 유유객의 전신으로 흡수되어 버리듯 들어갔다.

"……."

튀어오르듯 공중으로 솟아오른 유유객의 입에서는 어떤 소리도 나오지 않았다. 그의 얼굴은 붉은 빛에 싸여 있었지만 평온했다. 마치 그 고통을 모두 받아들이겠다는 듯, 그토록 바라던 죽음의 순간을 음미하려는 듯, 그래서 그 표정은 경건하기까지 했다.

털썩.

공중에 떠 있던 유유객의 몸은 붉은 빛이 사라짐과 동시에 땅으로 떨어졌다.

관영호는 여전히 눈을 감고 있었고 이제 펼쳐져 있는 주먹은 부들부들 떨리고 있었다. 힘이 없어서가 아니었다. 오히려 지금 그의 몸에서는 진정한 무한의 힘의 각성으로 폭발할 듯 넘치고 있었다. 하지만 그의 마음은 깨달음과 각성에 대한 기쁨은 전혀 없었다.

이윽고 그는 눈을 뜨며 바닥에 누워 있는 유유객을 보고는 그쪽으로 날아갔다.

"친구!"

그는 유유객의 상체를 살짝 들어 올렸다. 유유객은 미소 짓고 있었다. 힘이 없는 듯 미약했지만 그 웃음은 너무나 편안했다.

그의 미소는 깨달음의 미소인가? 그는 진정 죽는 것인가?

"……."

관영호는 아무 말도 하지 않았다. 눈가에 물기가 있는 것은 빛의 장난이었을까.

"미안하군. 항상 미안했어."

"친구끼린……."

친구끼린 그런 말 하는 것이 아니라고 말하려 했지만 그는 결국 복받쳐 흐르는 눈물을 참지 못해 말을 채 끝낼 수가 없었다. 쏟아져 내리는 눈물은 그의 얼굴을 타고 유유객의 얼굴 위로 떨어졌다. 유유객의 눈에서 흐르는 관영호의 눈물은 유유객의 눈물이나 마찬가지이리라. 유유객의 입가는 일그러져 있었다. 울고 싶은 것일까, 웃고 싶은 것일까.

"항상 궁금했었는데… 자네의 이름은… 뭔가? 왠지 가르쳐 주지 않을 것 같아서… 묻지 못했어."

"관… 영호."

"…멋지군!"

그의 눈에 정말로 감탄한 듯 희미한 빛이 일순간 발했다. 그가 그토록 알고 싶었던 친구의 이름이다.

"멋지군. 난……."

"친구!!"

유유객이 자신의 이름을 말하기도 전에 쌓았던 모래성이 흐트러지듯 가루가 되어 바람에 흩날려졌다. 사람이 그렇게 사라질 수 있다는 것이 신비롭기까지 했지만 관영호에게는 참을 수 없는 슬픔일 뿐이었다.

"…친구……."

그 역시 그의 이름을 알고 싶었지만 이제는 늦었다. 바람이 유유객이었던 입자를 하늘 높이 불어 올리고 있었다.

◆제9장 ◆ 끝나지 않은 이야기

그의 입가에는 짙은 미소가 달려 있었다. 재미있는 것을 보았는지 히죽히죽 웃고 있었다. 그가 서 있는 곳은 어느 산의 꼭대기였다. 그리고 그가 보고 있는 것은 멀리 있는 함마산이란 곳의 정상이었다.

그곳에서 보이는 광경은 그에게는 너무나 재미있는 광경일 뿐이었다.

"결국 소원을 이루었군. 하지만 소원은 계속되겠군."

마가령무의 입가에는 사악한 미소가 서려 있었다. 마치 어린아이가 잠자리의 날개를 찢으면서 짓는 천진난만한 웃음 같아 보였다.

"하지만 무한의 힘이 생사초월을 이길 수 있다는 것은 말도 안 되지. 아무리 깨달음이 극치에 이르렀다고 해도 말이야."

그는 몸을 돌려 산 아래로 걸어가기 시작했다.

"일부러 져준 것인지 아니면 진짜 당한 것인지는 나도 모르겠군. 하지만 그 무한의 역도구가 저놈의 몸을 죽였다는 것은 변치 않겠군. 대단해. 후에 또 저런 자가 있을까? 큭큭큭, 천 년을 기다린다. 아직 끝나지 않았거든."

그의 신형은 어느새 산 정상에서 자취를 감추어 버렸다.

[모월 모일. 맑음.

아빈과 미요를 데리고 우리는 이사를 왔다. 이사 온 지가 벌써 두 달이 지났다.

어렵게 내린 결정이었다. 처음에는 그냥 그곳 사막에서 지내려고 했지만 계속 그곳에서 지냈다간 또 다른 세파에 휘말릴 것 같았다. 물론 끝이라는 것은 알았지만 사람은 역시 그 끝을 믿지는 못하는 것 같다. 나 역시 그랬다. 혹시 하는 생각이 자꾸 들었던 것이다.

이사할 장소를 물색하는 데는 다섯 달이나 걸렸다. 이곳저곳을 돌아다니다가 간신히 찾은 장소였다. 이곳은 오랜 시간을 투자해 고른 장소인만큼 마음에 드는 곳이었다. 신선이 따로 이곳에 살까. 아름다운 꽃이 만발해 있고 아름드리 나무가 들어서 있는 곳이다. 계곡 같은 것은 없었지만 조촐한 인조 시냇물도 만들었다.

장원. 크지도 작지도 않은 마을에 장원 하나 있다고 특이한 것은 없지 않은가. 그곳에 적당한 크기의 장원을 지었고 사람의 출입을 금한 채 셋이서 살아가고자 했다.

어차피 그런 장원 하나 있다고 사람들의 관심을 끌지 못한다는 것은 알고 있다. 그리고 진정한 은자는 시진에 있다는 말이 있지 않은가.

몇 주일 전에는 아빈과 미요와 조촐한 결혼식도 올렸다. 늦은 나이에 호강하는 것 같아 쑥스럽기도 하지만 마음만은 행복하다. 이게 진정 인간이 누릴 수 있는 기쁨인 것 같기도 하다. 가장 사람답게 산다는 것. 어쩌면 그것이 인생에 있어서 정말 후회없는 삶일지도 모른다.

가끔 나의 친구들이 그립기도 하다. 젊어졌다고 기루에 다니고 있을 대장장이 친구, 후에 영웅으로 남을 멋있는 사내 임사우, 뇌운성과 결혼해 자신의 삶을 아름답게 꾸며가고 있는 사마진영, 나에게 연정을 품었던, 죽을 뻔했지만 살아난 도용연, 이제는 깨끗한 눈으로 다시 세상을 살아가고 있을 공손아리, 부모님께 돌아가 그녀의 길을 가고 있을 서문설, 그리고 정말 죽었는지 아직도 모르는 나의 옛 친구 유유객.

모두가 그립기도 하지만 그립기에 그들은 나의 친구이다. 어쩌면 다시는 보지 못할 그들이지만 정말 내 마음속에 남아 있다.

가끔 아쉬운 것도 있는데 사막에 묻어놓았던 간도민의 무덤을 옮기지 못한 것이다. 물론 다른 사람들의 무덤도 마찬가지이다.

이제는 이곳에서 나는 나의 아내들과 함께 살아간다. 그곳에서 살아왔듯이 이곳에서도 살아갈 것이다. 모든 것은 시작이 있고 끝이 있는 것처럼 나의 인생도 그렇겠지만 그 순간을 소중히 여기며 살아가는 것이 나의 인생의 진정한 의미일 것이다. 별이 빛난다. 나의 아내들이 웃는다. 나도 웃는다. 인생은 이런 것이다.]

『그림자 호수 終』

 무제서(無題書) 삼편 중 하권

　　나는 어느 순간 새롭게 나 자신에 대한 각성을 할 수 있었다. 그
것은 놀라운·각성이었다. 나의 진정한 과거를 깨닫게 되는 순간이었다.
　　나의 존재는 내가 처음이 아니었다는 것이다. 나라는 존재는 인간의 형
태는 아니더라도 그 이전부터 존재하고 있었으며 영원히 존재할 존재라는
것이다.
　　하지만 자연에는 모든 존재에 천적이라는 것이 있듯이 나에게도 천적이
있음을 알게 되었다. 그것이 바로 비중비이다.
　　비중비의 존재는 각성을 새롭게 한 나로서도 그에 대한 정보를 알 수가
없다. 그의 존재는 여태껏 나온 적이 없으며 어떻게 식별할 것인지에 대해
서도 알 수가 없었다.
　　다만 나의 본능, 즉 느낌만이 그 존재를 파악할 수 있는 것이다. 나 자
신도 스스로 알게 된 이 정보에 나는 광분하게 되었다.
　　이 존재는 대체 언제 나오는 것인가. 나 역시 유유객, 즉 동생처럼 삶에
대한 미련이 없으며 죽고 싶은 자이다. 형제는 같다고 했던가. 내가 만든
여러 명의 생사초월들 중에서 나를 포함해 죽고 싶어하는 자는 나와 나의
동생뿐이다. 재미있지 않은가. 영생을 얻어 희희낙락거리는 녀석들은 나와
동생을 빼고는 모두인 것이다.
　　하지만 그들 바보가 모르는 사실이 하나 있다. 그것은 바로 내가 죽으면
내가 나누어 주었던 힘을 가진 그놈들도 모두 죽는다는 사실을.
　　어쨌든 나는 비중비의 힘을 가진 자가 언제 나올 것인지 천기를 읽어보

있다. 하지만 역시나 그에 대한 것은 읽을 수가 없다. 그렇다면 어떻게 할 것인가? 맞다. 기다리는 것이다. 그가 나타난다면 천적인 나로서는 금방 알아차릴 수 있을 것이고 그에게 나타나 그를 위협하면 그는 나를 죽일 것이다. 멋지지 않은가? 시간이 걸리긴 하겠지만 그 길고 지루한 시간을 난 그냥 보내지는 않을 것이다.

이 책을 만들어 세 부분으로 나눈 후 나는 세상에 퍼뜨릴 것이다. 후에 누군가가 이 책을 다 모을 것이고 이 글을 읽는 자는 오직 한 명뿐일 것이다. 그리고 이 책을 해석한 유일한 한 명은 대비를 해야 할 것이다.

그것은 바로 혈세에 대한 대비이다. 나는 비중비가 나타날 때까지 기다리며 조용히 지낼 것이다. 물론 나의 힘을 이어받은 자들이 어떤 일을 벌일지는 모르지만⋯⋯. 이 책을 해석한 이후 약 천 년 즈음해서 나는 혈세할 것이다.

과연 이 책을 읽을 유일한 한 사람이 어떤 선택을 할 것인지 궁금하다. 나는 물론 기나긴 역사의 가운데에 틈틈이 나타나 나의 유희를 즐길 것이고 때가 되어 비중비가 나타난다면 그에게 죽어줄 것이다.

만약 나타나지 않는다면 이 세상 모든 인간을 멸하고 새롭게 시작할 것이다. 그것을 반복한다면 패나 재미있지 않을까? 어쩌면 이번 세상 역시 모두 멸망하고 새롭게 태어난 세대일지도 모른다. 예전에 나 같은 존재가 있어 삶의 무게를 이기지 못하고 모두 죽여 버렸을 수도 있으니까. 강자의 유희란 이런 것이다. 철저한 약육강식. 힘이 모두를 지배한다.

그림자호수

오랜 시간에 걸쳐 쓴 그림자 호수가 드디어 끝을 맺게 되었습니다. 시원섭섭한 마음을 감출 수가 없네요. 이렇게 오래 썼으면서도 이 정도밖에 안 되나 하는 자괴감과 드디어 끝났구나 하는 후련함이 동시에 일고 있기 때문입니다.

그림자 호수는 저의 첫작입니다. 잘했고 못했고를 떠나 큰 애착이 갈 수밖에 없는 작품이며 나름대로 자부심도 가지고 있습니다. 하나 너무나 긴 이야기를 쓸 요량으로 글을 시작했던 터라 아직도 그림자 호수의 이야기는 완전히 끝이 나지 않은 것이 아쉽군요.

일기를 읽고 있는 당사자와 마가령무와의 이야기가 아직 남아 있습니다. 마가령무, 유유객, 비중비의 고수, 그리고 그림자 호수에서 나왔던 많은 고수들의 후예가 각축전을 벌이는 최후의 이야기입니다.

그리고 외전 격으로는 '팔검랑전기' 라 하여 송(宋)대에 있었던 팔검랑과 불광승의 조금은 슬프고 몽환적인 이야기도 남아 있습니다. 외전 역시 초월경과 관련이 있는 이야기들이지요.

아직은 부족한 저인지라, 이 많은 이야기들을 완결 내려면 좀 더 많은 시간이 필요할 듯합니다.

나 스스로 무협에 미쳐 글을 쓰고 있다고는 하지만, 요즘은 현실이란 벽에 부딪쳐 다시 그 열정이 삭아가고 있는 것 같아 아쉽군요. 하지만 얼마 지나지 않아 저는 다시 무협에 미칠 것이고, 그때는 더 멋진 작품을 쓸 수 있을 것이라는 기대감에 미소 짓고 있습니다.

참으로 아쉬움이 많이 남는 그림자 호수, 끝을 맺는 이 순간 독자제현께 누구보다 감사의 인사를 드립니다.

이정현 拜上